子ねこチビンケと地しばりの花

未決四十一年の青春

荒井まり子

本書は径書房より一九八六年一〇月に刊行されたのち、『未決四十一年の青春』と改題され社会思想社の現代教養文庫から刊行された（一九九四年七月）。

復刊に際し社会思想社版を定本とし、径書房版よりもイラストを数点追加している。この版で新たに加えた注は、〔 〕で示した。

また、現代的な視点からは不適切な表現もあるが、時代性を考慮し、そのままにしてある。

復刊にあたって

一九八七年一一月、栃木刑務所を出所して、二二年が経ちました。

一九七五年五月、七四年から七五年にかけて起きた三菱重工爆破等の東アジア反日武装戦線による連続企業爆破事件に関連したとして私は他の七名とともに逮捕されました。裁判によって、私は一連の爆破事件に直接加わらなかったものの「無形的精神的幇助《ほうじょ》」行為により犯行を容易にしたと認定され、懲役八年の刑を宣告されました。逮捕された頃二四歳の学生だった私は、出所時三六歳、一二年半の歳月が塀の中で流れたのでした。出所後、獄中で結婚した夫と東京下町の小さなアパートで社会復帰のスタートを切りました。一九七五年から八七年へといきなりワープした私は、電車の切符の買い方、郵便局や銀行のＡＴＭの使い方、カードを使って電話をかける方法などわからないことばかり。一つ一つを彼から教わりながら、長い獄中生活のブランクを埋めるリハビリ生活を始めました。

獄中では健康に気をつけ、出されたものは何でもよく噛んで食べ、冷水摩擦をしたり、可能な限りからだを動かしたりして体力の低下を予防してきたつもりでしたが、一二年以上もの独房生活で奪われた体力を取り戻すことは並大抵のことではありませんでした。舗装された歩道を歩いているだけなのによく躓《つまず》いては転びそうになり、駅の階段は手すりにつかまりながら休み休み上るのがやっと、電車に乗って出かけると、翌日は必ずといっていいほど高熱で寝込んでしまうという状態でした。自分が今いる場所が現実の社会なのだという実感がわかず、周りの風景がテレビや映画の中のもののように感じてしまう奇妙な感覚に襲われ、塀の中に戻りたい気分になったりしました。出所しても外の世界に帰る場所がない多くの出獄者が、たちまち塀の中に舞い戻ってしまうのは当たり前だと思ったものです。それでも、周りの人々に助けられ、支えられながら、ふたりの子供にも恵まれ、一歩一歩生活を取り戻してきました。

子どもを育てながら高齢者や障害者の介護をする仕事を始め、その中で出会った人々から語りつくせないほどの人生の勉強をさせていただきました。福祉の仕事を二〇年近くやっているうちに、父が逝き、母も介護を必要とする年齢になり、一昨年、夫にも突然先立たれてしまいました。

愛する人の死がどれ程辛く悲しいものかをかみしめながらも、明るくさりげなく勇気と希望を与えてくれる子どもたちに支えられて日々を送っていたある日、『子ねこチビンケと地しばりの花』の復刻版を出そうという話が舞い込んできました。この本は一九八六年一〇月、私が東京拘置所に収容されていた未決囚時代に径《こみち》書房から出版されたものです。獄中結婚した夫への手紙として書いたものを一冊の本にまとめたもので、その後、一九九四年に社会思想社から『未決囚十一年の青春』と改題されて、文庫本としても出版されました。

この本が世に出てから、私は沢山の人々と出会ってきました。出所近い日、「必ず幸せになってね」と、涙ぐみながら握手を求めてきてくれた刑務官。三菱重工爆破事件の被害者の娘さんで「あの時、父が殺されていたら、私は生まれてこなかったのですね」と言いながら、私たちに寄り添い、私たちの声を聞こうと努力してくださったNさん。同じく三菱重工爆破で親友を失ったにもかかわらず、亡くなられた親友S・Hさんのお墓に案内してくださったFさん。東京桜組で桐山襲《かさね》さんの「風と虹のクロニクル」の演出をされた越光照文さん、今年（二〇一〇年）の六月に東京谷中のギャラリーで拙著『子ねこチビンケと地しばりの花』の原画展を企画してくださっているギャラリーTENの松橋博・かほるさんご夫妻等々、獄中で原稿を書いていた頃の私には想像もつかない人々との出会いでした。

初版本が出てから四半世紀も過ぎて、この本を介してまた新たな出会いを作ろうとしてくださる人がいようとはそれ自体が想定外のことです。読者はすでに私たちの子どもたちの世代かも知れません。復刻版を出そうという話が出た時、もう「普通の人」として生活しているのに還暦を前にして二〇年以上も前の私がまた一人歩きすると思うとぞっとするというのが正直な気持ちでした。しかし、この本が私にもたらしてくれた素晴らしい出会いの数々を思い起こすと、新しい出会いへの期待が膨らみ始め、迷いやためらいを吹き飛ばしてくれました。

私はこれまで高齢者の生活を支える仕事の現場で、数え切れないほどの生と死を見つめ続けてきました。その体験の中で、この世に殺されてもいい命などたったひとつもないのだということを痛感してきました。命のかけがえのなさを思えば思うほど三菱重工爆破によって奪われた八名の方々の命への痛みが大きくなるばかりです。爆破に巻き込まれた被害者だけではなく、加害者側やその仲間友人たちも三人の尊い命が失われました。

そして今、三菱重工爆破の実行犯として死刑が確定した大道寺将司さん、益永（旧姓片岡）利明さんは、明日をも知れぬ生を独房の中で生きています。全国に広まった支援の人々の熱い思いが、二三年間、彼らを殺すことを阻止してきたと言ってもいいでしょう。しかし、この国が死刑制度を温存させている以上、明日にでも彼らを殺すことを仕事にする人々が動き始めても何の不思議もないのです。彼らは現在、死刑制度の廃止を訴えていますが、一度は自死することで責任を取ろうと決意した彼らが、今、痛恨の思いで死刑制度の廃止を叫ぶのは、自らの行為によって命を奪ってしまった人々への償いようのない悔恨の叫びなのだということ、国家または社会が「お前は死ぬべき」などと言える命などひとつもないのだということを、苦しみの生を生き抜くことによって私たちに伝えようとしているからではないでしょうか。裁判員制度が始まって、普通の市民が正義の名のもとに人殺しを命ずるという恐ろしい時代になってしまいました。尊い命を奪った代償が、またひとつかけがえのない命を奪うことによって成し遂げられ、それが「国家の正義」なのだという愚かな制度は一刻も早く廃止しなければなりません。

「連帯を求めて孤立を恐れず、力及ばずに倒れることを辞さないが、力尽くさずして挫けることを拒否する」。こんなフレーズに胸をときめかした青春時代、振り返ればはるかに遠くにも思え、つい、昨日のことのようにも思えます。連帯することの喜びや感動、連帯することの楽しさを私たちは若者たちに伝えてこられただろうか、そんなことを思う今日この頃です。

荒井まり子

二〇一〇年一月

まえがき（径書房版）

一九八六年五月一九日、この日で私の獄中生活は一二年目に入りました。今年で三六歳になる私は、人生の三分の一をここ東京拘置所の独房で過ごしたことになります。

「人生の三分の一を独房で過ごした女」と言うと、何か自分とは全く関係のない恐ろしい女といったイメージを思い浮かべる人が大部分ではないでしょうか。しかし、監獄に入る前の二四年間の私の生は、どこにでもある、ありきたりのものにすぎませんでした。本を書いたら、という話が持ちあがった時は、私の半生なんて、あまりにも平凡すぎて他人に語るようなことは何もないと、頭をかかえてしまったほどです。

そんな私が、「彰あての手紙という形の絵文集にしたら……」「肩の力を抜いて、素直にありのままに、あなたの胸の中を書き写してごらん」「ありのままの自分を差し出したらいい」、という友人たちの助言に励まされて書き始めたのがこの本です。

手紙の相手方の彰というのは、現在、私の夫ということになっている人です。

彰とは今から約六年前、彼が私と同じ東京拘置所にいた頃に、獄中者組合の活動を共にする中で文通を通して知りあいました。同じ拘置所内といっても、囚人同士は近くの房にいるのでもなければ顔を合わせる機会はほとんどなく、互いの顔を見たのは一九八四年一一月、彼が出獄後面会に来てくれた時が初めてです。それ以来、今日まで私の獄外の手足となって動いてもらっています。

友人のアドバイスにあったように、文章を書くのは苦手の私でも、絵ならいくらでも楽しんで描けましたし、彰あての手紙ということなら、「書くことに何の意味があるのか」なんてことに思いわずらわされることもなく、普段のまま気楽に書くことができました。

ですから、「ありのままの自分を」、また自分の「胸の中を」、いくらかは書けたのではないかと思います。

さて、この本の書名のことですが、「子ねこチビンケ」は、お読みくだされればわかるように、私の大の仲良し、私に生命あるもの、心あるものの素晴らしさを、たっぷりと教えてくれました。また「地しばり」というのはご存知でしょうか、いわば日本のどこにでもある雑草の中の雑草です。タンポポの赤ちゃんのような草で、黄色い小さな花もタンポポに似ています。細い茎が四方に伸びて、その茎から出る根は、しっかりと大地をつかまえるのです。小さくか弱く見えるのに、その不屈な意志は、いかにも〝地しばり〟の感じです。

幼い頃から、いつも感心しながら見慣れてきました。あなたも、あの可憐な花を、きっと好きになってくださると思います。

子ねこチビンケと地しばりの花

未決四十一年の青春

目次

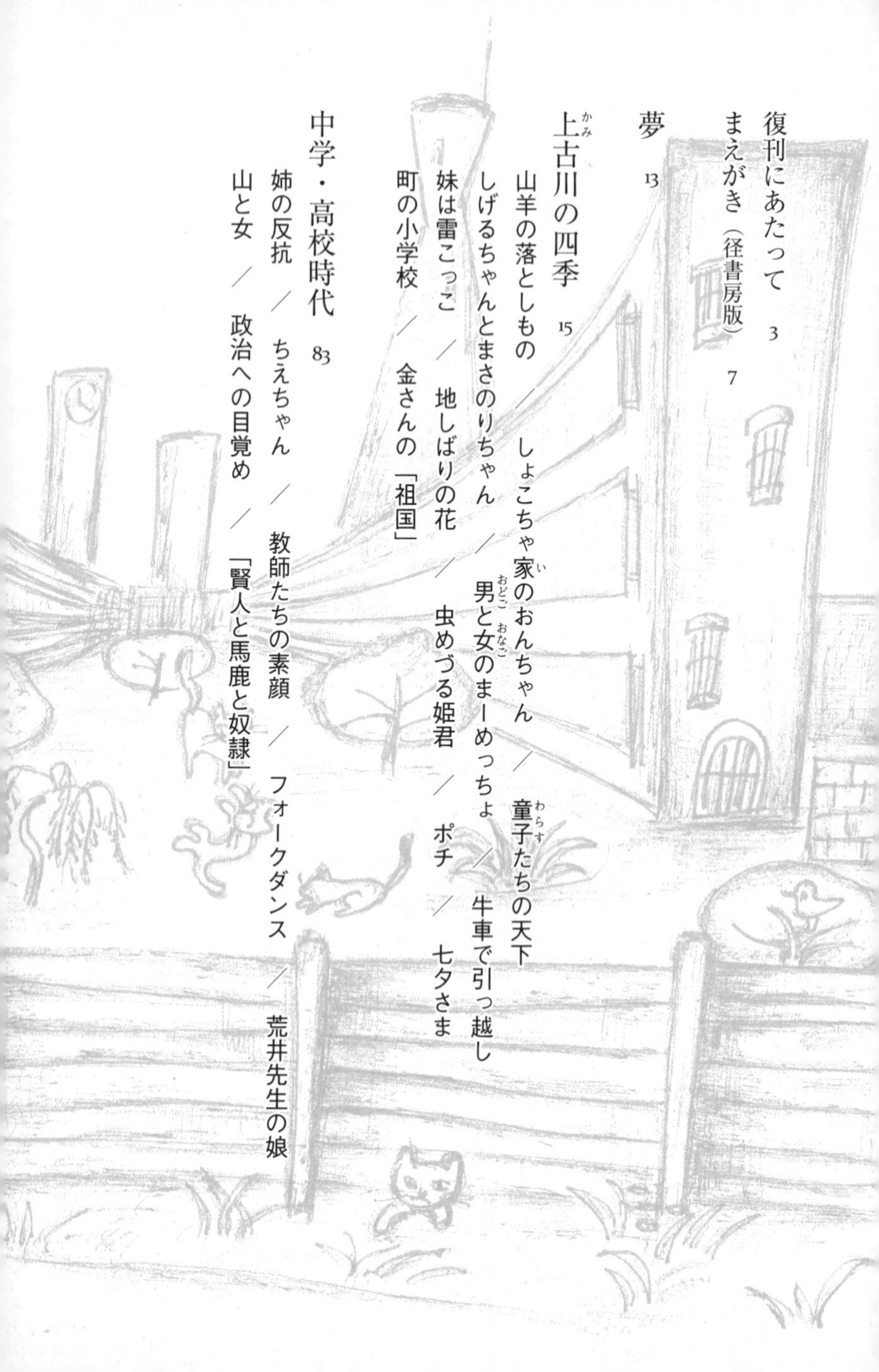

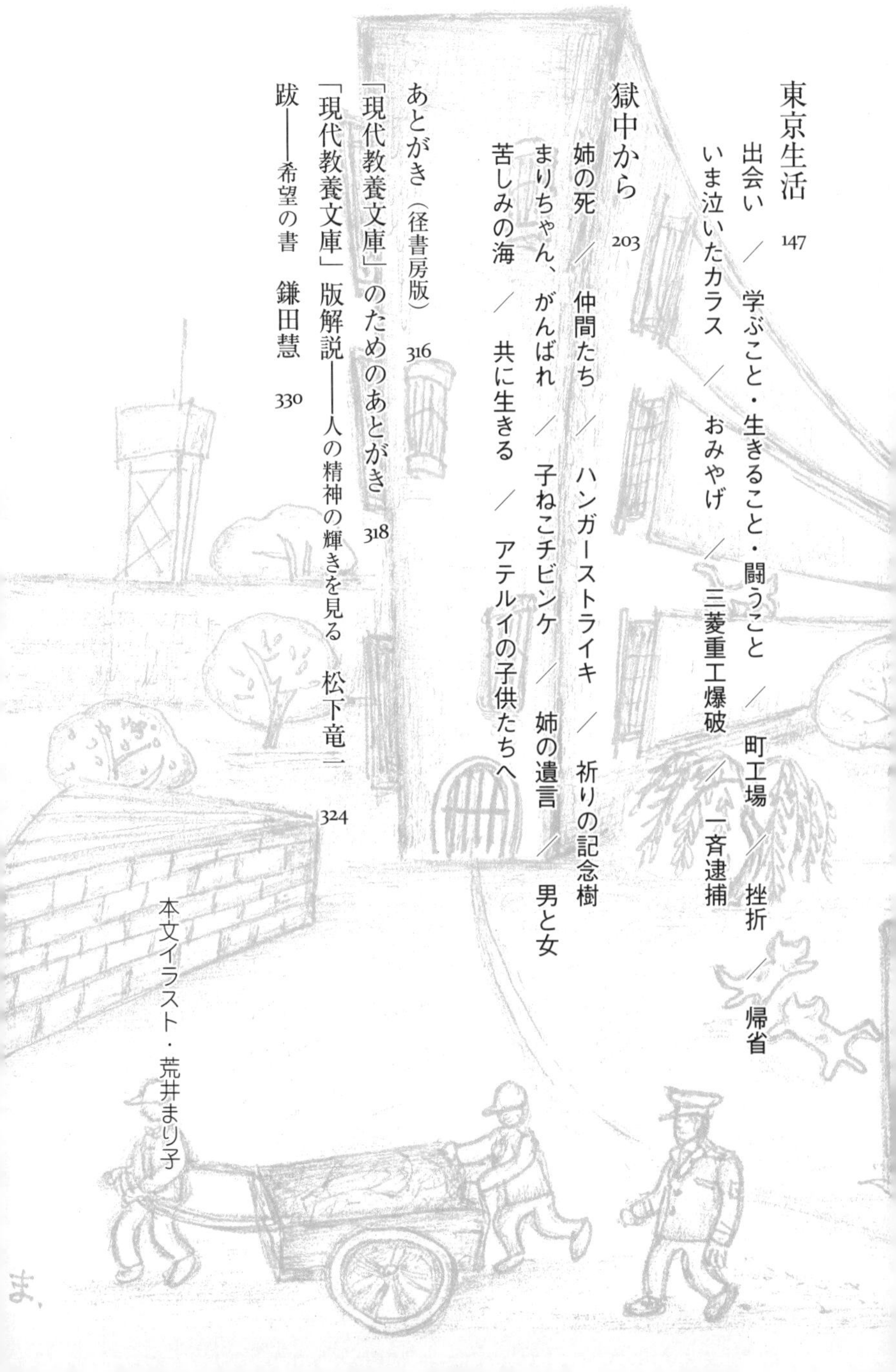

本文イラスト・荒井まり子

東アジア反日武装戦線の仲間たち

大道寺将司（だいどうじ・まさし）：1948年生、釧路市出身。74年、狼部隊に参加し『腹腹時計　都市ゲリラ兵士読本　Vol.1』を地下出版。昭和天皇爆殺計画が未完に終わった後、三菱重工、帝人中央研究所、大成建設、間組（現・ハザマ）を爆破攻撃する。75年5月19日に一斉逮捕され、87年死刑判決が下り、現在、東京拘置所在監、再審請求中。著書に、『明けの星を見上げて』（れんが書房新社）、句集『鴉の目』（現代企画室）など。

益永利明（ますなが・としあき）：1948年生、東京都出身、旧姓片岡。狼部隊に参加。将司さんと同じく、87年に死刑判決が下り、現在、東京拘置所在監、再審請求中。著書に『爆弾世代の証言』（三一書房）。

大道寺あや子（だいどうじ・あやこ）：1948年生、釧路市出身。将司さんと結婚後狼部隊に参加。逮捕後の77年、日本赤軍のダッカ日航機ハイジャック闘争で、超法規的に釈放され出国し日本赤軍に合流。

佐々木規夫（ささき・のりお）：1948年生、小樽市出身。狼部隊に参加。逮捕後の75年8月、日本赤軍の在クアラルンプール、アメリカ・スウェーデン大使館占拠闘争で、超法規的に釈放され出国し日本赤軍に合流。

斎藤和（さいとう・のどか）：1947年生、室蘭市出身。通称カズ。機関銃を製作していた日特金属工業襲撃闘争（66年）などに参加した後、74年、大地の牙部隊に参加。三井物産、大成建設、間組、韓国産業経済研究所、オリエンタルメタルを爆破攻撃する。一斉逮捕時に青酸カリ入りカプセルを飲んで自死。その生涯は『でもわたしには戦が待っている』（小社刊）に詳しい。

浴田由紀子（えきた・ゆきこ）：1950年生、山口県長門市出身。斎藤さんと同居しつつ大地の牙部隊に参加。逮捕後の77年、日本赤軍のダッカ闘争であや子さんともども超法規的に釈放され日本赤軍に合流。95年、ルーマニアで拘束され日本に強制送還される。2004年、懲役20年が確定し、現在栃木刑務所在監。

黒川芳正（くろかわ・よしまさ）：1948年生、東京都出身。さそり部隊に参加し、鹿島建設、間組を爆破攻撃。87年に無期懲役判決が下り、現在宮城刑務所在監。著書に『獄窓からのラブレター』（新泉社）。

宇賀神寿一（うがじん・ひさいち）：1952年生、東京都出身。通称シャコ。さそり部隊に参加。一斉逮捕を免れ逃亡を続けるが、82年に逮捕される。90年に懲役18年が確定し、岐阜刑務所で服役。2003年、満期出所。最終意見陳述書をまとめた『ぼくの翻身』（私家版）がある。

夢

彰、おはよう！　今日は何といい天気。起床時間まではまだずいぶん間があるのに、太陽はもう高く昇って、草々も樹々もキラキラと輝いて、いのちの賛歌をうたっている。こんな若葉の美しい季節に彰と一緒に緑の野山を歩くことができたら、どんなに素晴らしいだろうね。

そういえば、この前、彰とデートした夢を見たよ。二人で野道や大きな川のほとり、のんびりと鹿が草を食べているなだらかな丘を、とりとめもないおしゃべりをしながら歩いたんだ。うっそうとした森に囲まれた神社にも行ったよ。その神社の縁側にライオンが一匹いてね、ライオンの頭をなでたり、ライオンと握手したりじゃれあったりして一緒に遊んだんだ。とっても面白かったよ。

こんな夢が本当に実現するまであと何年かかるかなァ。彰と出会ってから早いものでもう七年になるね。一昨年の一一月、彰が府中刑務所を出て、初めて面会に来てくれてからだけでも、もう一年半が過ぎようとしているのに、まだ指一本触れあうことができないんだものね。鉄格子、プラスチックボード、立会看守なんてなしに早く自由に会いたいよ。

でも、この後さらに四、五年はかかるものね。年内にも最高裁判決があるかもしれないでしょ。刑が確定してしまったら遠くの刑務所に行かなければならないし、手紙も面会も月一回だけで、その内容も今以上に厳しく制限されてしまうよね。未決でいられる今のうちに、できるだけ私のことを彰に書き残していきたいと思っている。二人の会えない時間のためにね。

上古川《かみ》の四季

山羊の落としもの

目をつむると上古川で過ごした幼い頃の記憶がよみがえってくる。上古川は古川市街の北のはずれにあり、私は幼少時代をその上古川の田んぼの中の一軒家で過ごしたんだ。

家は、戦争中、市の対空監視所だった所を借りたもので、まわりの畑や道路より少し小高くなった台地の上に立っていた。それだけに見晴らしは抜群で、ぐるりと見渡すと地球は本当に丸いんだなあと実感できるほどだったよ。

庭の片隅に、私たちがチョオンゴウ（聴音壕）と呼んでいた直径二、三メートル、高さは大人の背丈ほどある円筒形のコンクリートの囲いがあった。戦争中は、その中に人が入って敵の飛行機が来ないかどうか聞き耳をたてていたんだって。子供にとってチョオンゴウは、一度入れられたら二度と外に出られない恐怖の場所だったから、私は一度も中に入ったことがなく、本当に音がよく聞こえるかどうか確かめたことはないけど、当時の人は、竹槍で敵兵と闘うなんて本気で信じてたように、そんなこともしていたのだろうね。

対空監視所だったというだけあって、家の造りもちょっと変わっていたね。部屋は一階に三つ、二階に一つの計四つ部屋があり、二階は四面全部が大きなガラス窓になっていて、恐ろしく急で狭い、はしごのような階段で一階と通じていた。その一軒家をしょこちゃ家《い》といい、うちとの二家族で借りてすんでいた。うちが一階の二部屋。しょこちゃ家《い》が二階と一階の一部屋を使っていて、玄関・風呂・台所・屋外トイレは共有。家の中は部屋以外の部分はすべてコンクリートの土間になっていて、ひとつひとつの部屋はコンクリートの廊下をはさんで独立していた。だから、同じ家の中なのに台所や風呂場に行くにはもちろんのこと、一つの部屋から他の部屋に行くのにもいちいち下駄や靴をはかなければならなかったんだよ。

水はガチャンガチャンとポンプで汲み出す井戸水で、木炭や砂を入れた桶の中を通して濾過《ろか》して使っていたのだけれど、保健所の人が水質検査に来るたびに、「生水は飲まないようにね」なんて、注意していくようなしろものだった。台所のすぐ裏の畑に人糞《じんぷん》の肥やしをどんどんかけるんだもの、きっと井戸水は大腸菌だらけだったんだろうね。でも、私たちはそんなことおかまいなしに生水をガブガブ飲んでは元気に飛びまわっていたね。

春になると田んぼは、一面桃色に変わる。レンゲの甘い香の中をヒバリが高く高くさえずりながら青い空に消えていった。

家のすぐ前はまぶしいくらいの菜の花畑で、菜の花は私の背丈ほどあったので、隠れんぼには最高だった。むせかえるような菜の花の香の中で息をひそめてじっとしていると、もうそれだけでうっとりしてしまう。菜の花畑から青い麦畑へ私たちはチョウチョのように飛びまわったものだよ。

まだ水の入っていない田んぼで、母や姉と一緒によくセリ摘みやタニシとりもしたよ。彰は知ってるかな。干し麦は生のままよく噛むと、甘くてガムのように粘りが出てとてもおいしいってこと。遊び疲れておなかがすいたら、干してある麦の束の中から麦の穂を一本ちょっと失敬し、殻をむいては、数粒ほど口の中に放り込む。それでチューインガムの一丁あがりなのだから、おやつには全く不自由しなかったね。

まわりにはお店など一軒もなく、私は小学校に上がるまで自分でお金を使ったことが一度もなかった。おやつはほとんど自給自足で、干し麦のほかにはベゴのオッパイ（サギゴケ）やサルビアの花の蜜、スカンポ、ヒマワリやカボチャの種、ウリ、イチゴ、トマト、トウモロコシ、ブドウなどが主なものだった。

母は「まりは花林糖《かりんとう》を欲しがって、いつもオーカシン、オーカシンとさえずっていた」って、おかしそうに笑うんだけど、自分ではさえずって手に入れた〝オーカシン〟よりは、自分で採取したものの方をよく覚えているのよね。

小川の土手で黒豆を見つけたこともあった。土手っぷちの砂利の上においしそうな黒豆がたくさん落ちていたので、

「わあ！　すごいごちそう！」

と目を輝かせて、一粒残さず拾ってポケットに詰め、のいみちゃ家《ぃ》のおばちゃんの所に走っていった。

のいみちゃ家《ぃ》というのは、わが家から南へ田んぼ二、三枚はさんだところにあるお隣りさんで、そこにのいみちゃんという男の子がいた。うちにまだお風呂がなかった頃、いつも父と一緒にのい

みちゃん家《い》のお風呂に入りにいっていた。おやつをごちそうになることもよくあって、以前、のいみちゃん家《い》のおばちゃんが食べさせてくれたじゃがいもの煮っころがしが、今まで食べたことがないほど素晴らしくおいしかったので、私はためらわずに思いがけない大収穫物の黒豆をおばちゃんに差し出したんだ。

「おばちゃん、豆、拾ってきたから煮でけらえー！」

おばちゃんは黒豆を見るなり目を丸くして大きな声で叫んだ。

「あらあ、まりちゃん、やんだごだあ！ 山羊《やぎ》のうんこでねえの。きったねえがら早ぐ捨てらいん！」

レンゲ畑が鋤《す》き返され、代掻《しろか》きも終り、水をはった田んぼが青い空を映すようになると、もう田んぼの中で遊ぶことはできなくなるけど、今度は田んぼのあいだを縦横に走る溝で雑魚《ざっこ》とりが始まった。

ドジョウ・フナ・カジカ・ザリガニ・メダカが面白いほどよくとれた。中でも、とればとったでちゃんとごはんのおかずになるドジョウとりが一番面白かったね。泥の中から急にピョコンと顔を出しては、あわてて首をひっこめたり、宙返りして頭から泥の中に潜り、尻尾だけをちょろちょろさせるドジョウのしぐさや、あの愛嬌《あいきよう》のあるヒゲ面を見ると、いつも笑い出してしまったものだ。

ドジョウというといつも思い出すのが「ドンジョとったぜ」のあんちゃんのこと。もう中学生くらいになる坊主頭のあんちゃんで、いつもほんの少し口をとがらせていた。あの辺で「ドンジョとったぜ」なんて言い方をする人はほかにいなかったし、（「ドンジョとったど」が正しい）、あんちゃんはそれ以外の言葉をほとんど発しなかったので、私にとってあんちゃんはいつまでたっても「ドンジョとったぜ」のあんちゃんなんだ。ふつう、中学生ぐらいになると、まだ小学校にも行ってない私たちのような童子《わらす》となんか遊んでくれなくなるものだけど、このあんちゃんだけは、いつも私たちと一緒に雑魚とりに夢中になっていた。そんな大きいあんちゃんと遊べることがすごくうれしかった。

そのあんちゃんの家は、私の家から田んぼ十数枚ほど北にあるわらぶき屋根の農家で、山羊を飼っていた。そういえば、あの土手の黒豆は、もしかしたら「ドンジョとったぜ」のあんちゃん家《い》の山羊の落としものだったのかもしれないね。

母はお乳の出が悪かったらしく、私はその山羊のお乳で育てられたらしいよ。近所の農家のおばちゃんが、産みたての鶏やアヒルの卵を売りにきて、母はよく、アヒルの卵と山羊の乳を入れた蒸しパンを作ってくれたりした。

庭の畑ではおやつになる果物やトウモロコシのほか、カボチャ・ナス・キュウリ・ササゲ・サヤエンドウ・トマト・ネギ・ニラ・シソなどの野菜を作っていた。小さいながらもスイカを作ったこともあるよ。

しょこちゃ家《い》のおんちゃん

家の南はのいみちゃ家《い》。北は「ドンジョとったぜ」のあんちゃ家《い》。あんちゃ家《い》に行く途中の道を右へ曲がると、小川のほとりに二軒長屋があって、そこには私と同じ年のしげるちゃんという男の子がいた。あんちゃ家《い》を通り越してさらに北へ行くと、いつも山鳩が鳴いているこんもりした林に囲まれてくんちゃんという姉の同級生がいる家があった。このいみちゃ家《い》とあんちゃ家《い》としげるちゃんたちの長屋とくんちゃ家《い》が、上古川の私の世界の住人のすべてだった。

西はどこまでも続く田んぼで、はるか向こうにポツンポツンと農家を囲む林やわらぶき屋根が見えるだけで、歩いていけるような隣りはなく、その先は奥羽山脈の山並みに連なっていた。東は細い道一本を隔ててすぐ菜の花と麦の畑になっていて、その先が黒豆を拾った小川、小川の先にはまた田んぼが続いていた。

この文字通りの田んぼの中の一軒家にしょこちゃ家《い》とうちとの二家族が借りて住んでいた。うちは両親と姉と私の四人家族、しょこちゃ家《い》は両親と子供四人の六人家族。しょこちゃんが一番年下で、私より四つぐらい年長だった。屋根裏にはネズミの大家族がいて夜ごとに運動会を始めるし、軒下はスズメの宿になっていて朝早くからにぎやかなことこの上なく、田んぼの中の一軒家といっても、淋しいということはなかった。

スズメたちは、「いつも軒下をお借りして、ありがとう」というように、羽毛をたくさん落としてくれたので、母はそれを拾い集めて大きな羽毛枕を作ったりした。

姉が小学校に上がるようになると、家には母と私としょこちゃ家《い》のおんちゃんの三人だけになり、私の遊び相手はもっぱらしょこちゃ家《い》のおんちゃんになった。

おんちゃんは目が見えないため、しょこちゃ家《い》ではおばちゃんが外に働きに出て家計を支え、おんちゃんは家にいることが多かったんだ。私はいつもおんちゃんのまわりで子猫のようにじゃれついていた。おんちゃんがトイレに行く時さえ一緒について行くほどで、おんちゃんの手をとってあっちこっちへ連れて歩くのがうれしくてしようがなかった。

おんちゃんは目が見えないのに、戸棚から茶碗を出してちゃんとごはんやみそ汁を自分でよそって食べることができた。食べたあとは茶碗を洗って片づけるし、掃除だってできるし、煙管《きせる》にタバコを詰め、上手に炭火をとってタバコに火をつけることもできるし、何でも一人でできたよ。

一番驚いたのは、タバコの煙でドーナツを作れること。私が、

「おんちゃん、ドーナツ作って」

と頼むたびに、おんちゃんはひょいと天井を向いて、ドーナツの輪をいくつもいくつも作ってくれた。

おんちゃんの目の色は緑色と灰色のまざったような不思議な色をしていた。

「おんちゃんの目の色、ビー玉みたいだね。おんちゃんは生まれだ時から目が見えねがったの？」

「いや、おんちゃんだって生まれだ時はちゃんとみんなど同じように見えでいだんだよ。大人になってがら、けがして見えねぐなってすまったんだよ」

「したら、目見えでいだ時は、おんちゃも黒い目してだの？」

「そうだよ、目が見えねぐなってがら、こういう色になったんだよ」

「ふーん、したらば、まいちゃんも（当時、自分のことをまいちゃんと呼んでいた）目見えねぐなったら、おんちゃんみでな緑色の目になんのだべが」

「そうだの」

「おんちゃん、青いっていえばどんな色だが覚えでる？」

「ああ、覚えでるよ」

「今、空がまっ青でとてもきれいだよ。ねえ、どんなだがわがる？」

ま.

「うん、よーくわがるよ」

「青い空の上に白い雲が浮かんでるの、わがる?」

「うん、うん、わがるども」

「ピンクは?」

「わがるの、桜の花の色を覚えでるよ」

「ワァーイ! ねえ、ねえ、おんちゃん、このコスモス、ピンクだよ」

「うん、うん」

「こっち来て、こっち来て! この菊の花は黄色だよ。おんちゃん、紫ってどんな色だか知ってる?」

「紫? 紫ねえ、どんな色だったがなァ」

「ピンクに青がまじった色だよ。ほら、夕焼けの時、赤い空と青い空の間に見える色があっぺ? あれが紫」

「夕焼けの時、赤い空と青い空の間に見える色……ねえ。うん、何となぐわがるよ」

「この野菊が紫。ほら、さわってみで。ちちゃこくてめんこいでしょう」

私は夢中になっておんちゃんに、今庭にどんな花が咲いているか、田んぼがどんなふうで遠くの山がどんな色をしているか、家の壁や屋根や窓ガラスがどうなっているか説明してまわった。おんちゃんは物の形は全く見えないが、暗い所と明るい所とはわかるのだという。

「へえ、なしてわがんの?」

「まりちゃん、目つぶってごらん。ほら、こうして暗くした時と明るくした時、目つぶっていても暗いか明るいかわがんだろ?」

おんちゃんは、私の目を大きな手で目かくししたり、はずしたりしながら教えてくれた。

「それと同じだよ。おんちゃんはいつも目をつぶっているようなもんなんだよ」

私も目をつぶって歩いてみたけど、五、六歩も歩くとあっちこっちにぶつかってしまい、とてもおんちゃんの真似はできなかった。

おんちゃんはいつもニコニコして、火鉢の前に座っておいしそうに煙管でタバコを吸っていた。おんちゃんが怒ったり大声を出したりしたのを、私は一度も見たことがない。私はそんなおんちゃんが大好きで、おんちゃんの前ではいつも良い子だったね。

おんちゃんと一緒にお昼ごはんを食べていた時、

「まりちゃんはごはんのおかずで何が一番好きかな？」

と聞かれたことがある。私はしばらく考えてから、

「大根のおみおつけ」

と答えた。これは、いつも母から「大根のおみおつけを食べないと大きくなれないよ」と言われていたためで、「大根のおみおつけ」と答えたら一番偉いとほめられるだろうと思って言ったことだった。

「大根のおみおつけか。ふーん、ふーん」

おんちゃんはうれしそうに何度もうなずいていた。

しょこちゃんのおばちゃんについてはほとんど記憶がなく、今ではどんな顔をした人だったのかも思い出せない。おばちゃんはとても若いうちに、ある日突然、亡くなってしまった。

おばちゃんが亡くなった日、母がおばちゃんの寝ている布団の上におおいかぶさるようにして泣

いていたのを覚えている。母が泣くのを見たのは初めてだったので、私にはしょこちゃ家《い》のおばちゃんが亡くなったことより、「おかあさんも泣くことがある」ということの方が驚きだった。

その日、庭の花壇の前に一人しゃがみこんで土をいじくっていたしょこちゃんに、

「しょこちゃん、おばさんごっこ（ままごとのこと）すっぺ」

と言ったら、いつもならすぐに遊んでくれるしょこちゃんが、首を横に振って、

「今日はダメ」

と、相手にしてくれない。大人たちはみんな難しい顔をして黙りこくっているし、いったい今日はみんなどうしてしまったのだろう、つまんないのと、私は一人で退屈していた。

おかあさんが亡くなった時、しょこちゃんはまだ小学校四年生ぐらいだったけど、その後しょこちゃんは石けんやマッチの入った竹のカゴを持ったおとうさんの手を引いて、行商に出かけるようになった。

しょこちゃんが小学校を卒業する時、学校の校内放送で、しょこちゃんは全校生のうちで最も親孝行で感心な児童として表彰された。それは、「佐藤しょう子さんは、おかあさんを四年生の時に亡くしたのに、くじけることなく目の見えないおとうさんを助け、おとうさんの手を引いて行商にいきながら生活を支え、学校の勉強もしっかりやってよい成績で卒業することができました」というような内容だった。こんなふうに校内放送でほめられた人は、私の知っている限りではしょこちゃん一人だけだった。

仏様のようなおとうさんに親思いのやさしく明るい子供たち。しょこちゃんの家族は、本当に一家そろってとても素晴らしい人たちだったよ。

ジリジリと燃えるような暑い夏、私たちはいつもパンツ一枚になって近くの小川で水浴びをした。姉に連れられて江合川《えあい》まで遠征に行ったこともある。

江合川というのは、上古川の家から北の方に二〇分ぐらい行った所にあって、いつも遊んでいる小川の二〇倍以上もある大きな川だった。堤防の上に立つと、山に登ったようにはるかかなたまで一望のもとに見渡せた。江合川は奥羽山脈の荒雄岳《あらお》から流れているので別名荒雄川ともいい、仙台の北に広がる大崎平野の田畑をうるおしながら石巻市の北のあたりで北上川と合流し、海にそそいでいる。昔は水上輸送ルートとして栄えたという。

でも、私たちが遊びにいっていた頃は舟が通れるほどの水量はなく、いつ行っても人っこ一人いなくて、アシの茂みでヨシキリがやかましく鳴きたてるばかりだった。

私たちは川原できれいな石を拾ったり、セキレイを追いかけたり、オイカワ（ハヤの別名）の子供をつかまえたり、時のたつのも忘れて遊んだものだよ。橋の上から音をたてて流れる川面を見下ろすと、オイカワやアユがキラキラ光って泳いでいくのが見えたりした。

橋は、今では赤い鉄筋の頑丈な橋になってるけど、その頃は古びた木造の橋で、バスが橋を渡る時は、橋の手前で乗客をみんな降ろして空のバスだけがそろそろと渡り、乗客はバスが向こう岸に着いたのを見はからってから歩いて渡らなければならなかったんだ。

最近この江合川の河川敷の馬場壇《ばばだん》A遺跡という所から、十数万年も前の人間の住んだ跡が見つかったなんて言われて急に脚光を浴びるようになった。幼い頃、山の中で土器や石器の破片を探し求め、古代人の生活を夢想する遊びにふけっていたという彰を江合川に連れていったら、きっと大喜びするだろうね。古川の周辺には、このほかにも座散乱木《ざさらぎ》遺跡とか中峰遺跡とか、前期旧石器時代の遺跡や、縄文時代の遺跡、五、六世紀頃の古墳群など、古代人の足跡をたどれるものがたくさんあるんだ。

江合川には父もよく釣りに行っていた。父が釣りの帰りに川原で軽石を拾ってきて、近所の子供たちを集めて人形芝居をやってみせてくれたことがある。

人形は軽石をくり抜いて絵具で彩色した指人形で、舞台はリンゴ箱やミカン箱を重ねたものだったけど、ちゃんと、ボール紙で作った太陽や木や草の小道具までそろっていた。当時、「文化的」なものといえばラジオが一台あっただけ、テレビはもちろん、こんな片田舎には紙芝居さえ来なかったのだから、それはそれは大変な感動を私たちに与えてくれたものだよ。

夏休みの宿題はどこの学校でも絵日記と決まってるでしょ。姉の絵日記は面白いよ。隣りののいみちゃんと姉は同い年でよく喧嘩もしたらしく、喧嘩の絵日記がある。

左側に大きな男の子（のいみちゃん）と小さな男の子（のいみちゃんの弟のしゅうちゃん）、右側に大きな女の子（姉）と小さな女の子（私）が描いてあり、大きな男の子と大きな女の子は、互いに向かいあって口を鳥のくちばしのようにとんがらせている。その絵の下に、

「のいみのくちはぶたのくち、うちのまりこはめんこいよ」

と書いてあった。こんな絵日記を母は後々までとっておいて、私たちに見せてくれた。これを見るたびに家族中が大笑いになったものだよ。

その頃姉は、女だてらに自分のことを「にいちゃん」と呼んでいて、喧嘩も強かった。

姉の喧嘩の必勝法をこっそりと教えてもらったところによると、手ごろな長さの竹とドクダミを一本用意し、竹の先にドクダミの葉をつけて相手の鼻先につきつけるというものだった。そうすれ

ばどんな悪ガキであろうともドクダミの臭いにまいって、ワアーッと一目散に逃げてしまうんだって！

童子《わらす》たちの天下

稲の波が黄金色に輝き、あちこちで稲刈りが始まると、一家総出、親族総出の稲刈りの人たちで田んぼはにわかに活気づく。わが家はお昼ごはんのためにお茶を飲みに来る人、水をもらいに来る人、ひと休みして立ち話をする人等々で急ににぎやかになった。

稲刈りが終ると子供たちの天下だ。どこまでもどこまでも続く稲架《はざ》の群れ。刈り跡が残っているとはいえ、田んぼは広大なグラウンドに変身する。こっちの田んぼからあっちの田んぼまでの徒競走。稲架の間をぬっての鬼ごっこや隠れんぼ、ハッタギ（イナゴ）とり。田んぼでの遊びはつきることがなかった。イナゴは小さな子供でも小一時間もすれば袋一杯ぐらいたちまちとれた。とったイナゴは、足と羽をとってむしろに並べて干し、乾燥させてからゆでて、しょうゆと砂糖で甘辛く煮つける。甘くてこうばしいイナゴの佃煮は、子供にとって貴重なおやつの一つだったね。

脱穀の終った田んぼには稲わらが積み上げられる。うずたかく積まれたわらの山の上によじ登れば、お山の大将になった気分だし、日に照らされて暖かくなったわらの上は、どんなベッドよりも素晴らしいいしとねだった。新鮮なわらの香と秋の太陽のぬくもりに包まれて寝ころんでいると、本当に一晩だけでもいいから、ここに泊まってみたいなと思ったよ。

わらの一部を抜き取ったり積み換えたりして、かまくらのような家を作ったりもした。積み上げ積み下ろし自由自在のわらの山は、子供たちだけの秘密のお城だった。

そんな秋のある日、のいみちゃ家《い》の柿の木が一晩で丸裸になってしまうという事件が起こった。

「山がら熊ァ下りできて、一晩でたいらげで行ったんだどや」

「熊の足跡があったんだどや」

「うわあ、おっかねえなァ」

「んでも、昼間でねくていがったなや」

「んだ、んだ。柿の木一本で助かったっちゃ」

「んだ、昼間だったら童子だづが襲われでいだがもしゃねがらな」

「この道通って山さ帰ったんだべな」

大人たちの話を聞いて、すぐにのいみちゃ家《い》に飛んでいったら、本当に柿の実は一つ残らずなくなっていた。

夜、月の光に照らされて熊が柿の木の上で柿を食べている姿や、満腹した熊がのっしのっしと家の前の細道を通って山に帰っていく姿を思い浮かべて、私は、

「うわあ、見だがったなや」

とつぶやいた。


あらゆるものをかき消さんばかりに夜中《よるぢゅう》吹き荒れた吹雪が、朝になってうそのように晴れると、見渡す限り白一色の銀世界で、もうどこからどこまでが道で、どこからどこまでが田んぼなのか見分けもつかなくなる。

そんな日は大人たちが朝早くから総出で雪かきをするのだけれど、父の出勤時間になっても、家の前からのいみちゃ家《え》まで大人一人がやっと通れるほどの細い道をつけることができただけで、もうそれから先へは進めそうになかったことがある。

その朝、父は道を作って歩いていくのをあきらめ、スキーをはいてリュックを背負うと、うれしそうにいつも通る道とは反対側の田んぼに降り立ち、まっ白な新雪の田んぼの中を一直線に飛んでいってしまった。

延々と続く田んぼの上を一気に吹き抜けてきた船形《ふながた》おろしは、わが家につき当たると風下に大きな雪の吹きだまりを残していく。その雪の山は、私たちの背丈の二、三倍ほどにもなり、下の田んぼまでのスロープは見事なゲレンデになった。父が作ってくれたミカン箱のソリを、かついでは登り、かついでは登り、何度も何度もすべり降りた。

どこまでも続く白い平原の向こうに雪の山並みが光っていて、そのまん中に一本の線が走ってい

る。その線の上を小さな汽車が白い煙の尾を引きながら音もなくすべっていった。汽車が姿を現わしてから見えなくなるまでの間、私たちは届くはずもない声をふりしぼって「オーイ、オーイ」と呼びかけ、手を振り続けたりした。

夕陽が船形山の向こうに燃えて落ちると、一面の銀世界はバラ色に光り輝いた。

暖房は、炭火を入れた四角い置きごたつが一つあるだけだった。霜焼けだらけの足がこたつの中で痒《かゆ》くてたまらなくなると、母はいつも、

〽タヌキのね、ターヌキのねー
おなかに霜焼けできたとさ
笑いカワセミに話すなよ
ケラケラケラケラケケラと
うるさいぞー

と歌って聞かせるのだった。

「おなかに霜焼けなんかできてないもの」

と口をとんがらせながらも、手も足もたる柿みたいに赤くふくらんで、頬っぺや耳たぶまで霜焼けだらけの私は、カワセミに見つからないといいがなあと、ひそかに念じたものだった。

ある日、一人でこたつにあたっていたら足の先が熱くなったので、「アッチッチッ」と足を出してみると、赤い足袋《たび》の先が焦《こ》げて穴があいてしまっていた。見つかったら怒られるなあと思って、焦がしてしまった足袋を父の本棚の下に隠した。あとは知らんふりして遊んでいたら、いつの間にか足袋を隠したこともすっかり忘れてしまった。

それからしばらくして、天井にもやもやと煙がはうように上ってきて、部屋中が焦げ臭くなってきた。母が煙の動きから火元をつきとめ、本棚の下から火のついた小さな赤い足袋を発見し、幸い本棚の一部を焦がしただけで消し止めたのだけれど、危なく火事になるところだったんだ。

足袋が見つかった時、初めて隠したことを思い出し、私はもうべそをかきそうになっていた。でも、母は、

「本棚の下に足袋を隠したのはまりなの？　おこたで足袋を焦がしてしまっても、何も隠さなくてもいいのよ。これからはすぐおかあさんに言いなさいね」

と、ひとこと、言っただけだった。

しげるちゃんとまさのりちゃん

上古川の家では、洗たくはしげるちゃ家《い》の長屋の先にある小川に行ってやることになっていた。

母が洗たくしている間、しげるちゃんと一緒に遊べるということもあって、私はこの洗たくが大好

きだった。気持ちよく晴れた朝、洗たく物のカゴをさげた母と手をつないで、スキップをしたり歌をうたったりしながら小川への道を急いだことをよく覚えている。

しげるちゃんは日焼けした、まん丸顔にクルクルした目の活発な男の子だった。

ある日、しげるちゃんとお兄さんのまさのりちゃんが草刈りをしていたところ、まさのりちゃんが誤ってしげるちゃんの手首を鎌で切ってしまうという事件があった。傷はとても深くて肉や白い骨まで見えたとか、もう少しで手首がとれて落ちてしまうところだったという。

「うわあ、おっかねえ」

とうわさしあっているところに、長屋の方から息せききって駆けつけてきた子がいた。

「た、たいへんだ！　まさのりちゃんが縛られて、線香の火をつけられてる!!」

驚いてみんなでドヤドヤとしげるちゃんの家まで走っていった。

恐るおそるのぞいてみると、うす暗い部屋の中にしげるちゃ家《い》のおんちゃんが入口に背中を向けて座っており、むき出しになった梁《はり》からまさのりちゃんが縄で宙吊りにぶらさげられていた。そしておんちゃんが何か大声で怒鳴りながら、火のついた線香を後手に縛られたまさのりちゃんの手や足につけているのだった。

泣声ひとつたてずに空中でぶらぶら揺れていたまさのりちゃんの姿が、今も私の脳裏に焼きついている。明るくまばゆいカラー映画の中に、急に色のない無声映画が飛び込んできたように、その場面だけが暗く重く時間が止まったまま沈んでいる。

その時、まさのりちゃんは確か小学校の二年生くらいだったと思う。

しげるちゃんの家にはおかあさんがいなかった。おとうさんはとても恐い人で、いつも一升びんから湯飲み茶碗に酒をついで飲んでいた。まさのりちゃんの上に大きなお姉さんとお兄さんがいたんだけれど、お姉さんは家出し、お兄さんも「不良になった」と言われており、めったに家には寄りつかなかった。しげるちゃんの下には一つか二つ下の妹もいたのだから、おとうさんは男手ひとつで五人もの子供を育てなければならず、どんなにか大変だったのだろうと思う。長屋は、四畳半一間に水道のない流しが一つついているだけだったので、たとえ「不良」にならなくたって家にいることの方が困難だったろう。

この時、私は恐くなってすぐに逃げてしまった。ただチラッとのぞき見ただけの私でさえ、このことを思い出すと暗く重い気持ちになってしまうのだから、当のまさのりちゃんにはどんなに深い心の傷を残しただろうか。

まさのりちゃんは小学校の高学年から中学生の頃、私たちの学校の番長だった。私にはまさのりちゃんの気持ちがとてもよくわかるような気がした。

男《おとこ》と女《おなご》のまーめっちょ

私もとうとう一年生になった。母に手を引かれての胸はずむ入学式。教室に入るとみんなの机の上に名前を書いた紙が貼ってあった。

前から二番目に自分の席を見つけて座り、後ろに立っている母の方を振り向くと、何と二つ三つ机をはさんで斜め後の席にしげるちゃんがいるではないか。しげるちゃんも私を見つけて白い歯を見せてニコニコしている。私は何度も後ろを振り返ってはしげるちゃんと顔を合わせて笑いあった。

まわりを見ても知らない子ばかりで心細いけれど、しげるちゃんと一緒ならもう何も恐いものはないと思った。何しろ、しげるちゃんは雪がたくさん積もって川と土手の見境がつかなくなり、おかあさんから「川のそばに行っちゃだめよ」と注意されていたのも聞かず、わざと川のそばに行ってズルンと川の中に落っこちてしまった時でさえ、涙ひとつ見せず笑いながらはいあがってきたほど勇気のある子だった。夏、小川で水浴びをすれば犬かきが一番上手だったんだ。

先生はとてもきれいでやさしそうな女の先生だった。

「さいたさいたの歌をうたえる人は？」

の声に、教室中から「ハーイ」と一斉に手が上がった。すると、

「はい、では一番先に元気よく手をあげたあなた、前に出てきてうたってちょうだい」

と、先生が私を指さして言った。私は大喜びで大きな声で「咲いた咲いた」をうたった。

学校までは三〇分ぐらいかかった。行く時は姉やしょこちゃんと一緒だったが、帰りはしげるちゃんといつも一緒だった。

そんなある日、しげるちゃんと手をつないで校門を出ようとしたところ、クラスの男の子が三、四人で私たちをとり囲み、一斉にはやしたてた。

〽やーい、やーい、
おどごどおなごのまーめっちょ
あんまりちょして（さわって）泣がすなよ
しげるとまり子のまーめっちょ

あんまりちょして泣がすなよ

私たちは驚いてつないでいた手を離した。

「ワハハハハ、しげるとまり子はいつも一緒だなや」

「ずいぶん仲がいいなや」

「なしていつも一緒に帰んのや」

「ワハハハハハ」

その日、二人はなぜかわからないまま黙って手もつながず、まるで知らない者同士のように少し離れて歩いた。

人家もなくなり、大きな道路も終って、いつも二人で遊んでいた小川沿いの細い道に入ると、先を歩いていたしげるちゃんが急に後ろを振り向いて両手をひろげるとニコッと笑った。その途端、ふさぎこんでいた私の心はパッと明るくなり、ランドセルをカタカタいわせてしげるちゃんの所に飛んでいった。それから先二人は、いつものように手をとりあい、笑いながら帰ったんだよ。でも、このことがあってから二人は学校ではほとんど口をきかなくなったし、校門を一緒に出ることもなくなった。

いつも遊んでいる小川が車の通れる大きな道路にぶつかった所に橋がかかっていた。橋の手前を左に折れ、細い土手沿いの道に入ると、そこから先はのいみちゃ家《い》とうちとしげるちゃんたちの長屋しかなく、完全に私たちの世界になる。それからしばらくの間、しげるちゃんと私は小川にかかる橋を境にして、あちらの世界では口もきかず、こちらの世界では大の仲良しという生活を続けていた。そのうちにしげるちゃんはしげるちゃんで男の子と一緒に帰るようになり、私は私で女の子と帰ることが多くなった。

こうして私は、自分にとって当たり前のことでもほかの子供たちにとっては当たり前ではないこと、こちら側の世界とあちら側の世界とがあることを知っていった。

牛車で引っ越し

私が小学校に入って二、三か月して、古川の町の南はずれにある県営アパートに引っ越すことになった。上古川の家は雨が降るたびに部屋中がバケツや洗面器や空缶だらけになったし、もうだいぶ前からあまり古くて人が住むには危険だから取り壊さなければならないと言われていたんだ。しょこちゃ家《ぃ》も近いうちに引っ越すことになっているとのことだし、家も取り壊されてなくなってしまうということもあってか、住み慣れた家や友だちと別れなければならない淋しさよりは、二階建ての水道のある鉄筋コンクリートのアパートに引っ越せるということのうれしさの方がずっと大きく、期待に胸はずませての引っ越しだった。私も「近代的でハイカラなものにあこがれる女の子」だったのよね。

母と私と姉の三人は、荷物が着く前に新しい家の掃除をすませてしまおうと、父を残して一足早く出発した。

田んぼを埋めたてた所に灰色の四角いコンクリートの二階建てが二棟あって、一棟には八軒の家が入れるようになっていた。可愛らしい垣根に囲まれた小さな庭があって、二階には青い柵のテラ

ま.

スまである。

　ヤッホー！　大喜びで二階に駆け上がり、テラスから外を見ると、目の前には青々とした田んぼが広がり、アパートのすぐ横を流れる小川がはるか向こうまで見渡せた。後でわかったことだけど、この小川は偶然にも上古川で私たちが水浴びしたり、洗たくしたりした小川の下流にあたる川だったんだ。町の中を流れた後だから、もう、洗たくも水浴びもできそうになかったけれどね。

　台所に駆け降りてピカピカの蛇口をひねると、水が勢いよくどんどん流れた。感激して、さっそくコップに汲んで飲もうとしたとたん、驚いて吐き出してしまった。薬臭くて飲めたものではなかったんだ。せっかく楽しみにしていた水道の水がこんなにまずいものとは、がっかりしてしまったよ。それでも台所に水道がついているだけでもすごいのに、このアパートにはトイレにはトイレの、お風呂場にはお風呂場の水道がついているのだから、これにはすっかり感心してしまった。

　まわりの家も次々に引っ越してくる人たちでにぎわっていた。何台ものトラックが出たり入ったりした。もうとっくに掃除が終っているのに、うちの荷物だけがいつまでも届かないのでしびれを切らしていると、黒い牛が荷車を引いてギシギシとやって来た。どうりで遅いはずだった。父は近所の農家から牛車を借りて、のんびりと引っ越し荷物を引いて歩いてきたのだった。こうしてこの後、一〇年間にわたるアパート生活が始まった。

妹は雷こっこ

小学一年生の夏休み、妹のりえ子が生まれた。初めて妹を見た時、赤くてお猿さんみたいだけれど、どんなミルク飲み人形よりも可愛いミルク飲み人形だと思ったよ。ちっちゃい手を固く握りしめている。その指を一本一本開いてみると、指のしわのところに白いふやけた垢《あか》がついていた。一番感激したのは、指という指に、ちゃんと一本ずつ桜貝の赤ちゃんのような爪までついていることだった。

この後はもう、この小さな王様の天下だ。姉と私は妹をリポ王様と名づけて、おもちゃにしてしまった。妹がリポ王様で、私たちは王子様やお姫様や家来の役。でも、リポ王様はなかなか遊びのルールを理解してくれず、ちょっとした拍子に「フギャーッ」と泣き出したりして、せっかくの遊びを台なしにしてしまうんだ。

よちよち歩きができるようになると、妹はラジオから流れる音楽に合わせて踊り出すようになった。まだおしめもとれていない、モコモコと着ぶくれした妹が、「音楽が鳴り出したら必ず踊らなければならないんだ」とでもいうように、決まって踊り出すんだよ。姉や私が面白がって体を押さえつけて無理矢理踊りをやめさせようとすると怒って暴れ出し、真似をして一緒に踊ると大喜びした。

こんな体を動かすことの好きな性分のためか、運動神経の鈍い姉や私と違って、妹は近所の同世代の子供とかけっこすれば一番速く、相撲をとれば年上の男の子にも負けないガキ大将になり、学校に上がってからは運動会の徒競走で一等賞をもらってきた。私たちが「英才教育だ」といって、妹の身長の一・五倍もある押し入れの上の段から飛び降りることや、倒立、マット（布団の上）運動などを教えると、面白いほどすぐに覚えた。

ピカーッ、ゴロゴロゴロ……さっきまでの灼《や》けるような暑さもうそのように、急に暗くなると、鋭い稲妻が空を切り、白い滝のような雨が青い田んぼを叩き始める。二階のテラスから雷を見ていたら、妹が上がってきたので、ちょっとからかってやることにした。

「おっ、雷おとうちゃんだ。リー、リー、早く来てごらん。雷おとうちゃんが呼んでるよ」

「おとうちゃん？」

妹は、トコトコ喜んで駆けてくる。

ピカーツ、ゴロゴロゴロ……

「ほら、また呼んでる。雷おとうちゃんがリーを呼んでるんだよ。リースケ、覚えてない？　リーは今日のような雷の日に空からゴロゴロドッスーンって落っこちてきたんだよ。ほら、リーのおでこに傷があるでしょ？」

と、妹が赤ちゃんの時、テラスから落っこちてできた額の傷を指すと、

「うん」

と、神妙な顔をして自分のおでこの傷を指でさわって確かめている。

「これはその時にできた傷なんだよ。リーは今のおとうちゃんを本当のおとうちゃんだと思ってたでしょう」

「うん」

「いや、ほんとは違うんだよ。リーの本当のおとうちゃんはお空の上にいるんだよ。リーは本当は雷こっこなんだよ」

バリバリバリ……空をつんざくような雷鳴が窓ガラスをビビビと震わせた。

「雷おとうちゃんがリーに会いたくてやって来たんだ」

声をひそめると、妹が思いつめた表情になって、じっと雷のいるあたりを見つめている。

「リーもおとうちゃんに会いたい？」

「うん」

「じゃ、おとうちゃんて呼んでごらん」

「お・と・う・ち・ゃ・あーん‼」

その時、ピカッと光ったと思ったとたん、グワァガガガーンと、ものすごい音が頭の真上から落ちてきた。

「あっ、おとうちゃんが返事した！」

「ほんとだ！　リーの声が届いたんだよ。よかったね。もう、本当にすぐそばに来てるね」

雷が遠くに去っていくまで、妹は何度も何度も「おとうちゃーん」と声限りに叫んでいた。

そして、この後もしばらくの間、雷が鳴るたびに「あっ、おとうちゃんだ！」と、目を輝かせ、声はすれども姿の見えぬ雷おとうちゃんに向かって、もう、これ以上はどんなに頑張ったって出せっこないほど、ありったけの声をふりしぼって、

「お・と・う・ち・ゃ・あ――――ん！」

と叫んでいたものだった。

なんてったって、おとうさんやおかあさんに聞いてみても、

「そうだよ。リースケは本当は雷こっこなんだよ」

「うん、おとうちゃんは実は本当のおとうちゃんじゃないんだ。本当のおとうちゃんは空の上で虎

ま.

のふんどしをはいてる雷おとうちゃんだよ」

「リーの誕生日の八月一六日というのは、リーが空から落っこちてきた日なんだよ」

「だから、おとうちゃんはリーの誕生日が近づくと、いつもリーに会いたくなってやって来るんだよ」

なんて口々に言うもんだから、妹は信じないわけにいかなかったんだ。


そうそう、こんなこともあったよ。その頃、妹はいつも庭のブドウ棚の下に大きなたらいを出してもらって行水をしていた。さっきまで水鉄砲で遊んでいたはずの妹が、スッポンポンのまま片足に父の黒いゴム長、もう片足には同じく父の大きなゲタをはいて、アイスキャンディをなめている。

「そのキャンディどうしたの？」

と聞いたら、

「まっちちゃ家《い》で買った」

と得意そうに答える。まっちちゃ家《い》というのは、アパートのすぐ近くにある子供用の駄菓子屋で、そこに真知子ちゃんという妹と同じ年の女の子がいたんだ。

「その格好で買いにいったの？」

と聞くと、またまた胸をはって、

「うん」

腹をかかえて笑いころげていると、妹はさも軽蔑したような目つきで私を眺めながら、ベロベロズルズルとわざと大きな音をたてて見せびらかしながらアイスキャンディをなめている。

ま.

おなかが痛くなるほど笑いころげた後で、やっと我に返り、

「ところで、ちゃんとお金払ってきたの？」

とたずねると、

「うん！　払ってきた」

待ってましたとばかりに大きくうなずく。

「お金、どっから見つけた？」

「引き出しの中」


生まれて初めて、自分でお金を払って欲しい物を手に入れたのだから、大いばりなんだ。しかも、まるでおとうちゃんのような格好をして買い物をしてきたんだ。これが得意にならずにいられようか。母や姉が出てきて、またまた大笑いになったのを、妹はきっと称賛の声と勘違いしたに違いない。

幼少時、おやつというものはとってきて食べるものと思っていて、お金を使うことを知らずに育った姉と私は、その後もずいぶん長い間、お金を使うことがあまり得意じゃなかった。とくに、小学三年生になるまで上古川の田んぼの中の一軒家で過ごした姉は、自分の使う消しゴムやノートさえなかなか一人では買えず、父や母は何とかして自分でお金を使える子にしようと苦心していたほどだった。そのためか、決まった小遣いというものを私たちはもらったことがなく、必要があればその都度、用件を言ってもらったり、引き出しの中に落ちてる小銭を拾って勝手に使ったりしていた。

ところが、すぐそばに子供の欲しいものばかり売っている駄菓子屋があって、お金さえあればいくらでも欲しいものが手に入る環境下で育った妹の場合は全く様子が違っていた。買い物に連れていけば毎度毎度「あれが欲しい。これが欲しい」と言って大きな声で泣きわめき、まっちちゃ家《い》に

おいてあるものは何でも欲しがった。父や母は妹に関しては小遣いを制限し、自分の小遣いを計画的に使える子にしなければと考えたんだろうね。一日一〇円だったか五円だったかの小遣いを、一週間ごとに与えることにした。貯金箱を作ってもらい、自分の自由にできるお金が手に入った妹の喜びようは大変なもので、暇さえあればジャラジャラ音をたてて、何度もお金を数え、一〇円玉一枚を一円玉一〇枚に換えてやると大喜びした。そんな妹を見て私と姉は、

「そんなお金の勘定ばっかりしてると、今に瓶《かめ》の中に小銭をためこんで隠しているケチケチばあさんみたいな守銭奴になっと！」

とからかった。

地しばりの花

父や母が姉につけたあだ名は「虫めづる姫君」「植物博士」だった。この名のとおり、姉は虫や草花に目がなかった。姉との思い出のほとんどが、この虫や草花、そして魚や犬などの生きものに関するものなんだ。

関東地方では梅だよりが聞かれるようになっても、東北地方の風はまだ冷たく、色彩を失った冬の野にはまだ根雪がところどころに残っていて、目をこらしてみても、野にも田畑にも緑らしきものは見当たらない。それでも三月になると、陽光は輝かしさを増し、雪で閉ざされていた田んぼの溝にも細い雪溶け水が流れ出す。こんな時、春の来訪をいち早く告げ知らせてくれるのが蕗《ふき》のとうだった。

土手の枯草の下や残雪の下をほじくってみると、淡い緑というよりは黄色に近い小さな頭をのぞかせて、たった今、生まれたばかりのトンボやチョウチョの羽を思わせる、しわしわの透きとおるように柔らかい蕗のとうの赤ちゃんが見つかった。南側斜面の陽だまりに行くと、もうとうがたって黄色い花を開いている元気のいいやつもいる。小一時間も捜せばザルにいっぱいの蕗のとうがとれた。

　みそ汁に細かく切って散らせば、春の香り、春の味が口いっぱいに広がる。蕗みそや佃煮にすれば、ほかに何のおかずもいらず、ごはんを何杯でもおかわりしてしまう。

緑が萌え始める三月下旬から四月にかけては、竹カゴと小さなナイフを持って摘み草に出かける。ツクシンボを見間違える者はいないが、まだ若芽を出したばかりのセリと毒ゼリは区別が難しいし、ヨメナはもっとわかりにくい。そんな時、間違えて摘んでしまった毒ゼリやヒメジョオンをつまみ出しては、その区別の仕方を教えてくれるのが姉だった。

　姉と散歩に行くと、いつもナコレオン・ボナパルト博士の野外教室になる。このナコレオン・ボナパルトというのは、ナコ博士ではあまりにも威厳がなさすぎるというので、ナコが自分でつけた博士名なんだ。ナコというのは姉なほ子の愛称。ナコレオン・ボナパルト博士につき従う弟子の名は、マイチン・ロドリゲス閣下。マイチンというのは、もとからあった私のニックネームで、それに似合うような名字をナコが考えてくれたんだ。ナコレオン・ボナパルト博士の弟子としていかにもふさわしい立派な名前でしよ？　もっとも、ずっと後になって高校の世界史の時間、ナポレオン・ボナパルトというのが、ボナパルチズムの名で有名なフランスの反動的な皇帝の名前だと知った時は、姉がどこからこんな名前を見つけてきたのだろう、とおかしくてしようがなかったけどね。おかげで私は今に至っても、ナポレオンのことをナコレオンという癖が直らず困っているよ。

そのナコレオン・ボナパルト博士の野外教室をちょっとのぞいてみよう。

マイチン「わあっ、イヌフグリがこんなに咲いてる！」

ナコレオン「これはイヌフグリではない。みんなイヌフグリ、イヌフグリと呼んでいるが、この花の本当の名前はオオイヌフグリであって、本当のイヌフグリという花はこの花よりずっと小さい花である。ふぐりとは金玉のことであり、イヌフグリとは犬の金玉のことである。この花は犬がうんこをするところによく生えるので、犬の金玉というのである」

これは実際はイヌフグリの種の形が犬のふぐりに似ているからというのが正解らしい。でも、ナコレオン博士としてはどうしてもこの説には賛成できなかったんだろうね。そのイヌフグリの咲いていたあたりは、本当に犬がよくうんこをするところだったので、私はこの後もずいぶん長いことナコレオン博士の説を信じていたほどだった。

マイチン「あっ、ゲンノウショウコだ。きれいだなや。摘んでいぐべ」

ナコレオン「うむ、よかろう。ゲンノションコは腹痛《はらいた》の薬になる。昔の人はこの花をせんじると腹痛がピタッと治ったので、現に証拠ありとして、ゲンのショウコと名づけたのだ。正しくはゲンノウショウコと伸ばすのではなくゲンノショウコというのである」

マイチン「ふーん、今でも腹痛に効くのだべが」

ナコレオン「今は、太田胃散や正露丸があるから、ゲンノショウコで腹痛を治そうとする者はめったにいないが、今も昔もゲンノショウコと言うぐらいだから効くであろう」

マイチン「タンポポが咲いてるよ」

ナコレオン「エッヘン、オッホン。これはタンポポではない。タンポポと同じくキク科の花であるが、これはジシバリというものだ。タンポポほど花びらがいっぱいついておらぬであろう。ところでマイチン・ロドリゲス、君はタンポポにしてもジシバリにしても、これで一つの花だと思っておるじゃろう。しかし、これは一つの花ではなくて、たくさんの花が集まって一つの花のように見えるだけなのだ。ほれ」

と花びらを一枚引っこ抜く。

「これをよく見てみよ。この花びら一枚にオシベとメシベがついている。これが一つの花なのだ」

マイチン「へえー。このジシバリとヒバリは何の関係にあんのや?」

ナコレオン「……。ジシバリとヒバリは何の関係もない」

マイチン「ふーん。これは何?」

ナコレオン「スズメノカタビラじゃ」

マイチン「カタビラって何」

ナコレオン「カタビラはカタビラじゃ」

マイチン「スズメノカタビラはスズメと何の関係にあんのや?」

ナコレオン「スズメノカタビラはスズメとカタビラの関係にあるのじゃ」

マイチン「ふーん。じゃ、これは何ていうのや?」

ナコレオン「エノコログサじゃ。ふつうネコジャラシとも呼ばれておるな」

マイチン閣下、エノコログサを一本引き抜いて、ナコレオン博士ののど元をくすぐる。

ナコレオン「こらっ、な、なにをする。やめろ！　ギャハハハハ」

マイチン「ブッフフフ。これは母子草だべ？　なして母子草って言うんだべ？」
ナコレオン「……母子草の花をよく見てみよ。炒り卵のようであろう。だから母子草というのじゃ」
マイチン「んだら、母子草でねくて炒り卵草の方がえがったんでねかや」
ナコレオン「それは食いしん坊のマイチンの考えることだ。炒り卵草ではかっこ悪いであろう。それに葉っぱや茎のまわりに白くてやわらかいおかあさんのような毛が生えているから母子草というのだ」
マイチン「んでも、この毛は赤ちゃんのうぶ毛みでだよ？　なして母子草はあって父子草はねえのや？」
ナコレオン「父子草というのはある。この辺には見当たらないだけで、父子草という花はちゃんとあるぞ」
マイチン「したら、父子草には黒いヒゲが生えでんだべが？　気持ぢわりいなァ」
このような植物博士の講釈に耳を傾けるほど物好きな子供はめったにいないから、ナコレオン博士の野外教室の聴講生は、いつもマイチン閣下一人だけだった。時々、仲間はずれにされてなるものかと、チビの妹もついてきたけど、彼女の場合は博士の講義など完全にそっちのけだったね。
こうして私は、そこいらのガキどもが毒イチゴと呼びならわしている蛇イチゴには本当は毒はないことや、なぜ五月の菖蒲《しょうぶ》湯に使う菖蒲には花が咲かないのかということや、草むらを歩くといつもズボンやスカートのすそにくっついてくる細長いひっつき虫はイノコズチという名で、コンペイトウのようなひっつき虫はオナモミという名であることや、みんなが月見草と呼んでいる花の本当の名はオオマツヨイグサというもので、月見草とは全く別ものであることなどを学んだ。

野外教室の帰りにはシロツメクサやアカツメクサの首飾り、カヤツリグサで編んだカゴ、ゲンノショウコのような役に立つ草花、時にはスミレやショウジョウバカマ、シャガなどのきれいな花、桑の実、秋ならドングリやススキ、ガマズミの実などをおみやげに持ち帰った。運がよければ、葉っぱの裏にくっついていた毛虫や蛹《さなぎ》、カマキリやテントウ虫がおみやげの中に入っていることもあった。

その頃、アパートの近くに工場を建てる予定になっている原っぱがあった。その原っぱは、山から土を持ってきて田んぼを埋めたてて作ったものだったので、珍しい山の草花をたくさん見つけることができた。私たちは、どうせ工場ができてしまえばみんなつぶされてしまうんだから、今のうちに山の草花を少しでも庭に植え替えようと、ビニール袋とスコップを持ってせっせと原っぱに通った。

ただ、スミレだけは庭に植え替えようとしても絶対に根づかなかった。何回か試みた後、スミレは自分が生まれた土地以外の所では生きられない繊細な花なのだと悟り、以後は、スミレを見つけてもとらないことにした。

庭の花壇は野の花でいっぱいになった。父は、このほかにも栽培植物の花をたくさん植えていた。春は水仙・クロッカス・ヒヤシンス・デイジー・パンジー・桜草・芝桜・松葉ぼたん・チューリップが咲き、その後にサルビア・マーガレット・ナデシコ・グラジオラス・カキツバタ・アマリリス・ガーベラ・矢車菊・ホウセン花・金魚草・シャクナゲが咲いた。夏になるとアサガオ・百日草・ダリア・テッポウユリ・ヤマユリ・タチアオイ・ヒマワリが咲き、秋にはリンドウ・コスモス・キキョウ・各種の菊などが咲きほこった。黄・白・ピンク・赤、色とりどりのバラは春から秋まで私たちの目を楽しませてくれた。冬の葉ボタンも入れたら、四季を通じて花のない季節はなかった。

姉はいつもそれらの花を植えたり、種を集めたり、球根を掘ったり、株分けしたり、植え替えたりしていた。近所の庭にきれいな花が咲いていると、すぐそれが欲しくなってその花の種や球根と家の花の種や球根とを取り換えっこしたりした。今思えば、あまり感心なことじゃないけど、時には垣根を越えて咲いているよその家の花を一、二本失敬して家の庭に植えたり、枝先をちょっと失敬してきてさし木をしたりもした。

一度、二人でアパートの横の土手をコスモスでいっぱいにしようと、土手にコスモスの種をたくさん播《ま》いたことがある。でも、雑草の繁殖力の強さに負けてコスモスは一本も育たなかった。野生の植物と栽培植物の繁殖力の違いを思い知らされたね。

家の中にいる時も、姉は一日中『植物図鑑』を見ていられる人だった。『植物図鑑』の中ではバラ科の木本《もくほん》が一番好きだという、よこしまな考えの私には到底真似のできないことだったね。バラ科の木本って彰は知ってるかな。例えばリンゴ、梨、桜桃、桃、杏、はたんきょう、すもも、木苺、なんかのことだよ。


私たちだけの「秘密の花園」を作ったこともある。

アパートのすぐ近くに古川高校という男子校があり、ここの体育館や校庭は近所の子供たちには絶好の遊び場だった。私たちは、体育館が空いている時は、マットの上でころげまわったり、吊り輪にぶらさがったり、跳び箱に乗ったり、固くて大きなボールをころがしたりして遊んだ。お兄ちゃんたちが面白い声を出して、底の抜けた網にボールを入れて遊んでいるのや、体操をしているのを見ているだけでも楽しかった。初めて自転車に乗れるようになったのも、この古川高校の校庭なんだよ。

校庭のまわりには生垣があって、箱根《はこね》ウツギやスイカズラや野イバラがからみあって咲いていた。私はこの中でも清楚で優雅なスイカズラが一番好きだった。ある日、生垣のすき間をくぐり抜けたりして遊んでいるうちに、校庭の北側の線路沿いに、生垣というよりはこんもりとした灌木林《かんぼく》があって、その中にちょうど私たちぐらいの子供が三、四人は入れるようなトンネルがあることを発見した。私たちは、そのトンネル内の邪魔な枝やツルを押しひろげて取り除き、出入口を子供一人がやっとはって出入りできるくらいに狭くし、下にムシロを敷いて小部屋を作った。小部屋の中に入ると、木もれ陽がチカチカして涼しく、スイカズラや野バラの甘い香がいっぱいだった。外から見ただけではただの灌木にしか見えず、誰もこの中に素敵な小部屋があるなんて気がつかないだろう。

この夢のような「秘密の花園」にも一つだけ弱点があった。それは雨に弱いということ。だから梅雨に入って毎日のように雨が降るようになると、スイカズラや箱根ウツギの花期が終ることもあって、いつの間にか「秘密の花園」も忘れてしまった。

虫めづる姉君

「虫が好きだ」と言うと、「エー!? 女の子のくせに!?」なんて、驚いたり笑ったりする人がいるよね。でも私にしてみれば、なぜ男の子なら誰もが多かれ少なかれ好きな虫を、女の子だからといって嫌いにならなければならないのか、なぜ女の子は自分の小指ほどの大きさもない青虫を、まるで猛毒を持ったマムシか何かのように恐がるのか、そっちの方が不思議でならなかったね。

私が虫を好きになったのは、「虫めづる姉君」の影響によるところが大きいと思う。姉は、植物学における先生だったばかりでなく、昆虫学においても私の先生だった。

虫類にとって夏休みは子供たちとの壮絶な闘いの季節だよね。私も姉も例外ではなく、いろんな虫をつかまえた。といっても、昆虫博士ナコレオン・ボナパルト博士には彼女なりの虫に対する節操があった。

いわく、セミはふつう七年間、長いものでは一〇年以上も土中にあって、地上に出たと思ったら数日間しか生きていられない哀れな奴であるからとってはならない。

いわく、カゲロウはセミよりもっと寿命が短く、成虫になって飛び立ったと思ったら数時間、どんなに長くてもその日のうちに死んでしまう泡のようにはかない奴であるから、絶対にとってはならない。

いわく、チョウチョの生命はあの鱗粉《りんぷん》にある。鱗粉がなくなってしまったら、たとえ傷ついていなくてもチョウは長生きすることができない。したがってチョウはできるだけつかまえないようにするべきだし、もしどうしてもつかまえたい時は鱗粉が落ちてしまわないよう注意し、虫カゴに入れてよく観察したら、放してやるべし。

いわく、蛍やトンボは蚊や病気をもたらす悪い虫を食べてくれる益虫であるから、つかまえても絶対に殺してはならない。必ず後で放してやるべし。

いわく、蜜蜂に刺されても腹を立てて蜜蜂を殺してはならない。蜜蜂は、一度刺せば針が抜け落ちて自分も死んでしまう運命にある。蜜蜂に刺されるということは蜜蜂を殺してしまうことになるのだから、蜜蜂を怒らせるようなことをしてはならない。

いわく、テントウムシは可愛い奴だが、アブラムシを食べてくれる益虫であるから、つかまえたなら後で必ず放してやるべし。ただし、テントウムシダマシはじゃがいもやナスの葉っぱを食い荒らす害虫であるから、放してやらなくてもよい等々……。

虫たちはみんなただ一生懸命生きているだけで、それを益虫だ害虫だと人間の都合に合わせて分類し、差別することは身勝手といえば身勝手だけれど、ナコレオン・ボナパルト博士のただ一人の愛弟子たるマイチン・ロドリゲス閣下にとっては、このような師の教えは絶対的な響きを持っていた。子供の頃に身につけた教えの威力は大きなもので、私は今日に至るまでこの師の教えを破ったことが一度もないんだよ。だから、父がいつの日だったか釣りの餌にするのだと言ってたくさんのトンボをつかまえていた時は、父が悪魔の化身のように見えたものだった。この父のトンボ大殺戮《さつりく》計画は、妹が父の目を盗んでトンボをすべて逃がしてしまったことによって挫折せざるをえなかったのだけれどね。

浮草が浮かび始める頃田んぼに出ると、ヤゴや蛙《かえる》の卵がたくさん見つかった。ミズスマシ・ザリガニ・メダカ・ゲンゴロウ・ドジョウなど、飼えばそれぞれに面白いけれど、一番感動的だったのは何といっても蛙の卵だった。

魚の目玉のかたまりのような卵に、二、三日もすると一斉に桃のような割れ目ができ、それはみるみる細かな割れ目となって、アーモンド様のいびつな形になり、目が付き、尻尾が生え、一〇日もしたら透明な寒天質の膜を破ってオタマジャクシの赤ん坊がうじゃうじゃと出てきた。バケツの中は身動きができないほどのオタマジャクシでまっ黒になった。

魚を飼うための水槽は、父がガラス板とパテを買ってきて作ってくれた。私たちはその水槽の底に砂利を敷きつめ、魚たちが休めるような大きな石を置き、水草を植えたり浮草を浮かべたりしてできるだけ自然の川と似せて、メダカ、フナ、ヤゴ、ミジンコなどを飼った。ミジンコは飼うというより、魚たちの餌になってしまうんだけどね。田んぼの水を牛乳ビンでひとすくいすれば、ミジンコは数えきれないほどいっぱい入ってきた。

夏休みも中頃になって、ヤゴが水の世界と別れを告げる日が近づくと、水槽に土を入れて陸地を作り、草を植えて、ヤゴの成人式の準備をした。ある日突然、ヤゴは陸地に上って草の葉に止まる。私たちは、ヤゴが静かに静かにうす茶色の古い衣を脱ぎ捨て、トンボになっていく姿を目をまん丸くして見つめたものだよ。何日も餌をやって育ててきたヤゴなのに、もうどこから見ても立派なトンボだと思えるようになったとたん、小さく羽を震わせて、ツイとあっけなく青空のかなたに消えていってしまうので、何か自分だけがとり残されたような淋しい気持ちになったものだ。

その後、庭の垣根やコスモスの花にそっと止まっているトンボを見ては、

「このトンボ、もしかしたら家で生まれたトンボかなァ」

と、姉と語りあった。

父がどこからか蚕《かいこ》をもらってきてくれたことがあった。サクサクサクと毎日ものすごい量の桑の葉を食べ続けていた幼虫が、これまたある日突然、まっ白い透きとおるような繭《まゆ》を作って眠ってしまうのを見た時は、蚕こそは神様の虫に違いないと思わずにはいられなかったよ。

茶ダンスのきな粉の缶の中に小さな白い幼虫がたくさんわいているのを見つけたこともある。大喜びできな粉虫の運動会をやった。一〇匹のきな粉虫の背中に赤インクで印をつけ、もう一〇匹の

印のないままのきな粉虫と競走させるんだ。ファーブルの真似をして植木鉢のへりにきな粉虫を乗せてやると、自分の出した糸をたどって何周でもグルグルと同じ所をまわっているので、見るに見かねて途中で降ろしてしまった。

花壇を掘っくり返していたらアリの一族が出てきたので、そっくりそのまま広口びんの中に閉じ込めて、透明なガラス越しに巣造りするのを見たこともあるよ。そのアリの天敵であるアリ地獄を飼って、アリを地獄穴の中に落としてやったりしたこともある。今思うと、アリにとってはとんだ災難で、ずいぶん残酷な遊びもしたものだ。

姉が小学六年生の夏休み、自由研究課題に毎晩明かりに集まってくる虫の種類と数を何日にもわたって調べたことがある。わざわざ窓を開け放し、蛍光灯のスタンドを闇夜に向かって照らし出して虫を呼び集めて調べるんだよ。まわりは田んぼばかりで、まだ農薬など普及しておらず、田んぼのあちこちで誘蛾灯《ゆうがとう》が青白い炎を光らせていた頃のことだから、集まる虫の数はそれはそれは厖大なものだった。

一番多いのは何といっても、通常ウンカと呼ばれているツマグロヨコバイ、そして蚊・ブユ、次に羽アリ。アメリカシロヒトリ・スズメガ・イラガ等の各種の蛾。カナブンが来た。テントウムシも来た。ガガンボが来た。クサカゲロウ・ウスバカゲロウが来た。フウセンムシが来た。その他たくさんの甲虫類、羽虫がワンサとやって来た。それらの虫をひとつひとつつかまえて、ツマグロヨコバイ何十匹、アメリカシロヒトリ何匹、ナナホシテントウ何匹……といった具合に記録するんだ。

私は姉の手伝いと言っては、フウセンムシ・テントウムシ・カナブンなど、わかりやすくて自分の好きな虫ばかりをもっぱら担当した。

私の一番の楽しみはフウセンムシだった。コップに水とフウセンムシを入れ、紙を小さく切って入れてやると、フウセンムシは紙片につかまって静かに水面に浮かび上がってくる。上まであがるとあわてて紙片を放し、また潜っていっては別の紙片につかまって上ってくる。こうしてコップの中でフウセンムシが上ったり沈んだりするのを見ては面白がった。

こんな物好きな研究発表は、思いつく者も実行する者もめったになく、珍しがられ、姉は研究発表の学校代表に選ばれ、夏休みが終ってからも長いこと大きな模造紙にグラフを書いたり、表を書いたり、虫の絵を描いたりと大忙しだった。

今でも、家の壁に表やグラフの紙を貼り付けて、ものさしで指し示しながら得意顔で研究発表の練習をしていた姉の姿をよく覚えているよ。

ポチ

同じアパートの隣りの隣りに鶏と犬がいた。犬はフサフサした栗毛のなかなかのハンサム君で、コロと言い、毎日、家に遊びにきた。コロは、戸が閉まっているとトントンとノックをし、「ワン」と挨拶して来訪を知らせ、ハーモニカを吹いてやると一緒にアウーアウーオーオーと歌をうたった。鶏の方はふだんはカゴの中にいたが、時々遊びにきて、庭の花壇の花の芽をついばんでは父を怒らせたり、リンゴ箱を積み重ねたゲタ箱の中に入って卵を産み落としては母を喜ばせたりした。

私や姉は自分たちの犬が欲しくて何度も父や母にねだった。でも「犬を飼ったりしたら、家族そろって泊まりがけで出かけることもできなくなるし、注射をしに連れていかなければならないし、大変だ」と言って、父は絶対に承知してくれなかった。

そんなある日、一匹のノラ犬と仲良しになった。毛の短い茶色の中型の犬で、私たちはポチと名づけて可愛がった。

ポチは帰る家がなかったため、すぐにわが家に入りびたりとなり、風呂場のわきの軒下で寝起きするようになった。ムシロを敷いてやると、ポチはすぐそこが自分の場所とわかったらしく、大喜びでムシロの上に寝そべった。ポチはコロと違って、お菓子には見向きもせず生魚を好んで食べたので、私たちは毎日、ポチのために魚屋さんに魚のアラをもらいに通った。

それまでどこかオドオドといじけた態度を見せていたポチが、日を追うごとにのびのびとして元気になるのを見て、私たちはうれしくてならなかった。どこに遊びにいくにもポチを連れていき、毎日が朝から晩までポチに明け、ポチに暮れた。そうしているうちにポチはいつの間にか近所の子供たちの間でも人気者になった。

ポチはアパートの子供たちがそろって学校に行く時間になると、毎朝、角のまっちちゃ家《い》のあたりまで見送りにきて、学校から帰ってくると、見つけ次第、どこからでも駆けてきては飛びついた。

ある朝、いつものように見送りにきたポチが、まっちちゃ家《い》の前にくると突然、私のスカートのすそをくわえて引っぱった。

「こらっ！　ポチ、だめ！　放しなさい！」

いくら叱っても、足を踏んばって、ガンとして放そうとしない。みんなで口々に叱ったり、叩いたり、ひっぱたいたりしたら、やっと放した。

次の日、ポチは同じ場所で、今度は姉のぞうり袋をくわえてがんばった。毎朝、見送りをしているうちに、みんながこの時間帯にランドセルをしょってぞろぞろと出かけていくと、その後自分だけがとり残されて一人ぼっちになってしまうことをポチは知ってしまったんだ。

毎朝、毎朝、このポチの登校妨害は繰り返された。そのたびにまっちちゃ家《い》のおばさんが出てきて、ポチを押さえる役をしてくれた。

どんなに叱ってもなだめすかしてもポチが服をくわえて放そうとしなかった日、私はしかたなくまっちちゃ家《い》の店の中にポチと一緒に入った。「よし、よし」と頭をなでてやると、もう学校には行かないと思ったんだろうね、ポチは安心してすぐに放した。まっちちゃ家《い》のおばさんが台所から煮干しを持ってきてポチに与えているすきに、私がパッと飛び出して店のガラス戸を閉めてしまうと、ポチはだまされたことを知って、クーン、クーンとガラス戸に鼻をこすりつけて泣いた。

「ポチ、いい子だからね、学校が終ったらすぐに帰ってくるからね、お利口にして待っててね」

ガラス越しにポチに話しかけ、まだクーン、クーンと泣いているポチを振り切って学校への道を急ぎながら、私までが泣き出したくなってしまった。

あくる日、ポチも観念したのか、服を引っぱって学校へ行くのを妨害することはなくなった。そのかわり、今度はどこまでもついて来るようになった。大きな道路に出る所で、

「もうここから先は駄目！　帰りなさい！」

と追い払うと、初めのうちはちゃんと言うことを聞いて途中で帰っていたんだけど、ある日、とうとう学校までついて来てしまったことがある。

教室の中までついて来られては大変と、大急ぎで隠れるようにして教室に入ると、窓辺にいた友だちが、

「あれえ？　犬が校庭を歩いているよ」

「どこの犬だべ」

などと話しているのが聞こえてきた。そっとのぞいてみると、やっぱりポチだった。一時間目の授業が終った後、

「キャア！　廊下に犬がいる！」

という悲鳴を聞いた時は、もう教室の隅で小さくなっているしかなかった。

学校までは約三〇分、途中に踏切もあるし、街中の車の通る道を歩かなければならない。ポチはちゃんと家に帰れただろうか。車にはねられたり、道に迷ったりしないだろうかと、学校にいる間中、気が気でなかった。

終業のベルが鳴ると同時に教室を飛び出し、駆けどおしに駆けて帰ってみると、いつものようにポチは尻尾をちぎれるほど振りながら飛びかかってきた。私はもうこれ以上きつくは抱きしめられないほどメチャクチャにポチを抱きしめ、一緒にころげまわった。この日以降、ポチは学校について来ることもなくなり、ちゃんとおとなしく帰りを待つようになった。

ポチとの楽しい生活も二か月になろうとしていたある日、突然、ポチの姿が見えなくなった。必死で捜していると、何とまっちちゃ家《い》に行く途中のマリの家の庭先につながれているのが見つかった。

マリというのは大きな黒い犬で、いつもひもでつながれていたので、犬好きの私たちも一度も一緒に遊んだことがなかった。その頃はまだどこの犬も自由に歩きまわっているのがふつうだったから、一日中犬をつないでおくなんて、何とひどいことをするのだろうと、私たちはかねがねいやな気持ちで見ていた家だった。

ポチとマリはその家の玄関のわきに一緒につながれていた。そばに行ってみると、ポチのひもときたらたった六〇センチくらいしかなく、首には太いロープが痛そうにくいこんでいる。マリの方にはちゃんと首輪がついていて、ひもの長さも二メートルぐらいはあったのだから、明らかに差別待遇だった。

「なぜこんなことをしてポチをいじめるのか！」

猛烈に腹が立った。ポチは、

「このひもをとってくれ」

と、泣きべそをかいている。私は姉と二人でこっそりと、ポチの首にくいこんでいるロープをはずしてやった。

しかし喜んだのもつかの間、ポチは二、三日もすると、私たちが学校に行ってる間にまたまた同じようにつながれてしまった。

私たちはまたすきを見てはこっそりロープをはずしてやった。ところが、次の日にはもっと頑丈な、中に針金の入っている固いロープでつながれてしまった。ロープの長さも前よりもっと短くなって、ポチはほとんど動くこともできない状態だった。

どんなに腹が立ったといっても、生まれてこのかたこれほど腹が立ったことはないほど、私と姉はカンカンになっていた。何とかしてこの憎たらしいロープをはずす方法はないものかとゴソゴソやっていると、玄関の戸が開き、おばさんが出てきて、

「ゴローはうちの犬なんだから、勝手に綱をはずさねでけさい！」

と怒鳴った。

ポチがゴローなんて名前で、マリの家の犬だなんて、どうしても納得がいかなかった。なぜかというと、私たちと仲良くなる前、ポチは首輪も何もつけず、いつも自由の身でいたし、野良犬ということで近所の悪ガキどもに石をぶつけられたりしていじめられていたからだ。それに、毎日マリの家の前を通って学校に行くのに、これまでマリの家にポチがつながれているのなんて一度も見たことはなかった。もし本当に「うちの犬」なら、どうしてこんなふうにポチをいじめることができるのかと思った。何よりも、ポチは自分のことをポチだと思っており、ゴローと呼んでも知らん顔していたけれど、ポチと呼べばうれしそうに尾を振って返事をしたし、私たちと一緒にアパートに帰りたがっていた。だから、たとえポチがマリの家の犬だったとしても、こんなふうにポチをいじめる家の犬にしておくわけにはいかないというのが私たちの結論だった。

私たちは何としてでもポチを助けなければと、家からペンチを持ち出してきて、ロープを切ろうとしてみたけれど、ロープは太すぎてペンチでは全く歯がたたなかった。しかたなく、毎日、つながれているポチのところに行って、ポチの好物の魚のアラを食べさせたり、頭をなでてあげたりしながら何かいい方法はないかなあと考えていた。そうしているうちにポチはマリの家からも姿を消してしまい、今度は、いくら捜しても見つからなかった。

「やっぱりマリの家の犬なんかじゃなかったんだ。ポチは保健所に売られて殺されたんだ」

涙がボロボロこぼれ落ちた。

どんなにマリの家のおばさんを呪ったことだろう。おばさん憎けりゃ犬まで憎いで、私はマリに対しても腹を立てていた。

「よりによってマリだなんて、何だってこんな名前をつけるんだ」

おばさんが「マリ、マリ」と、人の名前をいつも気安く呼ぶたびに、私はムカムカしていた。その後、茶色い犬を見かけると、ポチではないかと駆け寄ってみたけれど、とうとうポチは見つからなかった。でも、夢の中では何度涙ながらにポチと再会したかしれない。

七夕さま

小学校時代の一番の楽しみといえば、何といっても夏休みだ。アパートといっても田舎のアパートは今の都会の団地とは大違いで、「隣りは何をする人ぞ」どころか、隣りの家の今夜のおかずから夫婦喧嘩、子供のおねしょまでみんな筒抜けだった。

三、四歳ぐらいのチビッコから六年生ぐらいの大きな子まで含めると、アパートだけで一五、六人ぐらいの子供がいたから、夏休みに入ると朝早くアパート中の子供たちがワイワイガヤガヤとにぎやかだった。

夏休みは部落ごとの子供会というのがあり、朝の涼しいうちに〝小坊《ぼう》さま〟という近所のお寺に行って、一、二時間勉強することになっていた。小学一年生から六年生までの子供たちが十数人、お寺の座敷に集まり、大きい子が小さい子の面倒を見たりしながら、みんなそれぞれ夏休みの宿題や自分のやりたい勉強をするだけのもんで、とくに先生役の大人がいるわけじゃない。今はやりの塾なんかに比べりゃ子供同士で教えあい学びあいのいい慣習だよね。でも、私はこの子供会にはあまり熱心に参加しなかった。

古川の七夕祭りは、毎年八月三日から五日まで行なわれる。七夕が近づくとアパート中の子供たちが集まって七夕作りに精を出した。こっちの方には熱心に参加した。赤・青・黄・白と、色とりどりのチリ紙や紙テープ、折り紙などを使って、くす玉、吹き流し、星、鶴などを作り、できあがった七夕飾りは、アパートのまん中の家の垣根に立てる。短冊に願いごとをいっぱい書いて八月の太陽の光の中に出すと、七夕飾りはいっそうあざやかに輝いた。「夜になったら星が出っから、きっともっときれいに見えるべな」と楽しみにしていたら、いざ暗くなってみるとせっかくの七夕飾りの色が全く見えなくなってしまってがっかりしたことがある。その時初めて、街の七夕が夜でもきれいなのは、明かりがついているからなんだと気づいたわけだ。満天の星の美しさと七夕の美しさとを両方同時に見ることができないということが、とても残念でならなかった。

七夕の夜、織姫と彦星が本当に川を渡ってくっつくのだと思って、首が痛くなるほど星空を見上げていたことがある。いくら見ていても織姫も彦星も動く気配すら見せないので、姉に「織姫と彦星はいつ天の川渡んのや？　なんぼ見ててもさっぱり動かねえよ」と言ったら、「バーカ。本当に動くと思ってたのか」と笑われてしまった。

街に出ると、私たちの七夕など比べものにならないほどの豪華けんらんたる七夕飾りが軒を並べて連なっており、金魚・綿あめ・いか焼・ヨーヨー・お面・焼とうもろこし・風車などの屋台がにぎやかに客寄せをやっている。おそろいの浴衣を着たおばちゃんたちが道幅いっぱいに広がって盆踊りをおどっており、みこしの太鼓がお祭り気分をいっそう盛り上げていた。

私はこのお祭りの時に出てくる綿あめ屋さんや焼とうもろこし屋さんになりたくてしようがなかった。いつもは姿が見えないのに、お祭りというとどこからともなく出てきて屋台をひろげることが不思議で、父に聞いたことがある。その時、「全国あちこちお祭りのある所を渡り歩いて商売をしているんだよ」という答えが返ってきたので、「日本中を旅することができ、しかもお祭りの所ばかりだなんて、何てすてきな商売だろう」とすっかりあこがれてしまったんだ。その頃の夢を今、妹（注・現在埼玉県の山奥に住み、夫と共に群馬、栃木などで手造りアクセサリーの行商をしている）が実現してるってわけだ。子供時代の甘い夢と違って、場所とりなんかでポリ公やヤーコウが文句つけてきたりして、いろいろ厳しいし、生活も大変らしいけどね。

夏の夜の楽しみの一つに蛍とりがある。夕食が終って、もうすっかり暗くなった頃、昼間まっ黒けになって遊んでいた子供たちが浴衣を着て、三々五々集まってくる。アパートのすぐ横を流れる小川のほとりは、蛍とりには絶好の場所だった。

「ホーホーホータル来い」と歌いながら川べりの道を行くと、星の子供をばらまいたように、蛍がチカチカまたたいている。隣りの人の顔も見えないほど暗くなると、ビニール袋に入った蛍だけがゆらゆらして、提灯がわりに人の存在を知らせてくれた。

この辺はいつも牛が草を食べにくる所なので、牛の糞が道端の草むらにいっぱい落ちていた。

「べごのうんこ、踏まねよに気ィつけで歩げよ」

「危ねえがらあんまり水のそばさ行ぐなよ」

幼い弟妹たちに声をかけながら行くと、注意していた本人が、蛍をとろうとしてべチャッと牛の糞の中に手をつっこんでしまったりした。それからは、姉ちゃんたちの注意事項の中に、

「蛍がべごのうんこの上さ止まってっかもしゃねがら、うんこの中さ手つっこまねよに気ィつけろよ」

という項目が加わった。

東の空から昇った橙色の大きな丸い月が南の空にまわって小さくなった頃、かやの外に放した蛍は静かな光を放ち、開け放した窓から流れ込む涼風に風鈴が鳴るのを聞きながら眠りについた。朝までには、私たちの目を楽しませてくれた蛍も一匹残らず川や田んぼに帰っていった。

夏休みのある日、アパートの子供たち七、八人で、アパートから四〇分ぐらい北の方に行った所にある荒雄公園に遊びにいった。妹たちも連れていったのだから、三、四年生頃だったろうか。荒雄公園への道は三六〇度視界の開けた田んぼ道だ。思う存分遊んだ後の帰る途中で、ポツリポツリ

と雨が降り出した。空を見ると、私たちの真上の空だけが暗く、田んぼ四、五枚はさんですぐ南の空には青空が広がっている。一番年長のカズちゃんが、青空を指して、

「早ぐ、あの空の下さ行くべ！」

と言うやいなや駆け出した。みんなも「んだ、んだ」と、カズちゃんの後を追って走り出した。ところが、いくら走っても青空はやっぱり田んぼ四、五枚くらい南にあって、もうみんなの息が切れ、田んぼ一〇枚以上走ったというのにちっとも青空の下に行けなかった。

その時、誰かが走るのをやめて、

「あの空の下まで走っていげるわけねえちゃ。あの空は本当は三本木の山の向ごっかわさあんだど」

と言い出したので、みんなびっくりして足を止め、それから、「ワッハッハッ」と笑い出してしまった。なにしろ三本木の山にはバスに乗っていかなければならなかったんだからね。でも、カズちゃんだけはあきらめきれなかったらしく、それからも一人で田んぼ三枚ぐらい走っていき、それでもやっぱり青空の下に行けないとわかると、空を見上げてしょんぼりしてしまった。

私もみんなと一緒にワッハッハッと笑ったんだけど、内心では「空というのは虹と同じで、信用のなんねえもんだぞ。近そうにみえて走っていっても絶対につかまんねえで、走れば走っただけ逃げでいぐ」と思っていた。以前も杉のこずえにひっかかっている虹のところへ行こうとして失敗したことがあったからなんだ。

小学校時代、学校は私にとってあまり楽しい場所ではなかった。入学当初、しげるちゃんと仲良くしていたところをはやしたてられたことがあって以降、同じ古川市内とはいえ、町の子供の多い学校での生活は、私にとって一種のカルチャーショックの連続だった。そのため、いつの間にか学校ではおとなしい内気な女の子になっていた。

小学校では男の子と女の子が一緒に遊ぶということはほとんどなかった。女の子同士でも、勉強ができて、いつもきれいな服を着て活発で華やかな女の子たちのグループと、その正反対の、劣等生で貧しい身なりの子供たちばかりのグループとに分かれていた。私はいつも後者のグループに属していた。華やかなグループの女の子たちが、校庭でキャーキャー言いながらドッジボールや縄跳びをしている間、日陰者のグループの女の子たちは、教室に残って静かにおはじきや千代紙遊びをしていることが多く、私は小学二、三年の通信簿に「外でみんなと一緒に遊ぶより、部屋の中で本を読んだりするのが好きなようですね」とか、「わかっているはずなのに手をあげて答えようとしないし、答える時の声が小さい」なんて書かれたりした。

上古川時代の人なつこくて活発な私からは想像もつかないのだけれど、実際、小学校時代、学校での楽しい思い出というのはほとんどない。強《し》いて言えば、五、六年生になって、器楽クラブの鼓笛隊に入り、いつも笛を吹いていたことや、学芸会の器楽合奏で木琴をやり、毎日暗くなるまで練習に励んでいたことぐらいだろうか。

家に帰れば男の子も女の子も大きい子も小さい子も一緒にワイワイ遊んでいたし、家族での楽しい思い出は山ほどあるのだから、小学校時代の私は「内弁慶外みそ」だったようだ。

本が好きだったことは確かで、学校の図書館から毎週のように本を借りてきては読みふけった。

新学期になって姉の新しい国語の教科書などが手に入ると、それもすぐに読んでしまった。なぜ姉の教科書なのかというと、私の教科書はいつも姉のおさがりなので見あきていたからなんだ。当時は、すぐ上に兄や姉のいる子供はよくおさがりの教科書をもらって使っていた。私と姉は共同で使える物は何でもかんでも「私の物は姉の物、姉の物は私の物」にしていたので、本などもいつも姉と同じ物を読んでいた。

父や母は毎年クリスマスや誕生祝いに本をプレゼントしてくれた。テレビなどなかった頃なので、私たちは本がボロボロになってしまうまで、何度も同じ本を繰り返して読んだ。一番のお気に入りは『アルプスの少女』で、ハイジが山を恋しがって泣くたびに私も一緒になって泣き、大好きな山に帰れる日が来ると、一緒に胸をはずませた。木下順二の『日本民話集』もお気に入りの本の一つで、彦市どんの田んぼにキツネが馬糞を投げるところや、山の天狗が高いモミの木のてっぺんでホラ貝をブォーブフォーと鳴らすところに来るたびに大笑いした。

そのほかに『クマのプーさん』『にんじん』『若草物語』『銀河鉄道の夜』『木かげの家の小人たち』『ファーブル昆虫記』なども大好きな本だった。せっかく買ってもらったのにあまり読まなかったのは、偉い人の伝記や『古事記』『旧約聖書』『新約聖書』などの神話の類だった。伝記でも、偏屈で失恋ばかりしている『ベートーベン』だけは好きで何度も読み、神話でも、熱烈な恋をしたり、嫉妬したり、悪さばかりしているギリシャ神話の神々の話は面白かった。

うちにテレビが入ったのは、東京オリンピックのあった年だから一九六四年、私が中学二年の時で、クラスの中でもテレビのない人は二、三人しかいないという頃だった。今、テレビのかわりに読書の楽しみを教えてくれた父や母にとても感謝しているよ。

三年生になっておかよという親友ができた。私が華やかグループの女の子とは遊ばなくなったのは、彼女たちが私の大好きなおかよのことを、

「かよちゃんのそばに行くと臭くない？　変な臭いしない？」

「まりちゃん、なしていつもかよちゃんとばかり遊ぶの。かよちゃんとばっかり遊んでると頭悪くなるよ」

なんて言ったこととも関係していた。

おかよは学校のすぐ近くに住んでいて、ズロという犬を飼っていた。私は学校の帰りによくおかよの家に寄ってはズロと遊んだ。おかよとズロのやりとりを見ていると、一緒になってペロペロなめあったり、がうがうと吠えあったり、どっちが犬だかわからなくなり、顔まで似てくるので、いつも笑いころげてしまうのだった。おかよの話によると、ズロの本当の名前はジロというのだけれど、ズロはなまっていて、自分の名前をズロだと思い込んでおり、ジロと呼んでも知らん顔しているのだそうだ。

おかよは、ゴム跳び、縄跳び、お手玉、おはじきなどの私の先生だった。そのかわり、勉強は大の苦手だったので、宿題がある時はいつもどちらかの家で一緒にやった。

先生といえば、おかよは私の東北語の先生でもあった。私は両親が東北育ちの人間でなかったため、東北語と関東語のチャンポン生活だった。そのため、時々おかよから、「まりちゃんのアクセントおがすいど」と注意されたりしたんだ。私もおかよの真似をして自分のことを「おれ」とか「おら」とか言ってみたけど、これだけはさまにならなかったらしく「まりちゃんがおれっつうど、や

っぱり何だがおがすいど」と言われてしまい、とうとう「おれ」だけは私の中に根づかなかったね。あの時、おかよが「うん。まりちゃんの〝おれ〟もさまになってきたど」と言ってくれていたならと、残念でならないよ。おかよとは小学校を卒業するまでずっと同じクラスで、私は、学校にいる時はいつもおかよと一緒だった。

おかよとはもう二〇年近く会っていないのに、獄中に来てからよくおかよの夢を見る。この前は、田舎でおかよと一緒に屋台の軍手売りをしている夢を見た。「安いよ、安いよ、一〇組一束一〇〇円！　買わなきゃ損するよ！」おかよの呼び込みはアメ横のあんちゃん並みの堂に入ったものだった。場所は田舎のはずなのに、山谷《さんや》〔東京最大の寄せ場〕のおっちゃんがわいわい集まってきて「安い安い」と喜んで買っていった。それにしても一〇組一束一〇〇円というのは安すぎるね。屋台を引きながら見た雪山の美しさが、目覚めた後もくっきりとまぶたの奥に残っていた。

小学校時代の思い出で、一つどうしても心に焼きついていて忘れられないことがある。四年生の時だったと思う。返されたテストを見ると三〇点そここの点数だったのでびっくりしてしまった。これまで七〇点以下の点はほとんど取ったことがなかったからだ。

「おかしいなァ」と思ってよく見ると、どうも自分が書いたものとは違うもののようだった。それなのに氏名欄にはちゃんと私の名前が書いてある。何だか気味が悪くなって答案用紙を先生の所に持っていった。

「先生、これ、あたしの書いたのとは違うみたいなんだけど……」

と言うと、先生は別に驚いた様子もなく、

「ああ、そう。わかりました」

とうなずいただけだった。

家に帰って、母に答案用紙を見せ、

「おかしいなァ」

と首をかしげていると、母が、

「まりのクラスに渋なんとかさんていう子がいる?」

と聞いてきた。渋なんとかさんは私の隣りの席の女の子だった。答案用紙の名前の書いてあるところをよく見ると、私の名前の下に渋なんとかという名前を消しゴムで消した跡が残っていたのだった。

「もしかしたら、その隣りの子が名前を取り換えたのかもしれないね」

「うん。でも、何でそんなことしたんだろう」

「悪い点数を家に持って帰ったら、おとうさんやおかあさんに叱られるんじゃないの」

この母の言葉を聞いて私は、困ったなァ、私は先生にこの答案用紙が自分のものじゃないらしいと言ってしまった。先生はその時、初めからわかっていたみたいに、別に驚きもしなかったけれど、渋木さんがこのことで先生から叱られたらどうしよう。それが渋木さんのおとうさんやおかあさんにバレたらものすごく怒られるに違いないと、とても悪いことをしてしまったことに気づいたけれど、後の祭りだった。

次の日、心配になってそれとなく渋木さんの様子を見ていたけれど、その後もとくに変わった様子もなかったのでホッと胸をなでおろした。渋木さんはとてもおとなしい子で、隣りの席だというのにあまりおしゃべりもしなかったし、一緒に遊んだこともほとんどなかった。私だけでなく、ほかにもほとんど友だちらしき人がいなかったようだ。

一二月の私の誕生日に母が、手の甲の部分にきれいな雪の結晶の模様がついているピンクの手袋をプレゼントしてくれた。私は大喜びで次の日からさっそく学校にその手袋をはめていった。新しい手袋をして三日目、学校が終って帰ろうとしたら手袋がない。いくら捜しても手袋はどこにも見当たらなかった。学校に来るまでは確かにあったのだし、学校の中では一度も手袋は使わなかったのだから、いくら考えてもどこでなくしてしまったのか見当もつかなかった。

ところがその二、三日後、渋木さんが私のなくしたものとすっかり同じ色、柄の手袋をしているのに気づいた。

「あれえ、おそろいだ」

と言って見ていると、渋木さんがそれに気づき、目をそらして手袋をサッと隠してしまった。私は彼女の態度を見て、

「きっと、渋木さんはあの手袋があんまりきれいだったので、欲しくてたまらなかったんだろう。それならあげてもいいや」

と思った。そして、渋木さんのおとうさんやおかあさんはどんな恐い人なんだろうと思うと、辛い気持ちになった。

席が隣りだったのに、どうして私は渋木さんと友だちになれなかったのだろうかと、小さな胸のうずきをもって思い返している。

金さんの「祖国」

両親は左翼的な人で、家には日本共産党や朝鮮総連の人たちがよく出入りしていた。選挙などがあると家によく来るお客さんが日本共産党公認候補者として立候補したりもした。

私が逮捕された時、「娘を人殺しにした教師はいらない」と宣伝カーで家のまわりをグルグルまわった日共のことを考えると、信じられないかもしれないけど、その頃はまだ日共と総連も仲良かったし、日共の中にもいい人がたくさんいたんだよ。今はもう亡くなったけれど、元救援連絡センター〔一九六九年発足。国家権力による一切の弾圧を許さない立場を貫き救援活動を展開している〕の事務局員もやっていた春日庄次郎さんもその頃は日共から何かの選挙に立候補していて、母がこの人はとても立派な人だと言っていたのを覚えている。獄中に来てから春日さんの名前を『救援』で見た時、びっくりしてしまったと同時に、とてもなつかしい気持ちになったものだよ。

話を元に戻すと、上古川にいた頃から定期的に若い男女十数人が家に集まって読書会のようなものをやっていたし、父が高等学校教職員組合の活動をしていた関係から、その仲間がたくさん集まって酒盛りをすることも多かった。母は松川事件〔一九四九年に起きた列車転覆事件で、労働運動弾圧に利用された〕の救援活動に関わっていて、ビラや署名用紙の束を包んだ大きな風呂敷をかかえてよく出かけた。私はそんなことなかったけれど、姉は学校で、「おまえのかあちゃんアカだ」と言われたこともあったらしい。

そのような大人たちの話を聞きながら育ったので、私は、子供の頃から貧乏人と金持ちとがいるのは金持ちが貧乏人から金をまきあげてしまうからであって、貧乏人が悪いのではなく金持ちが悪いからだ。金持ちと警察と政府と自民党は悪い奴であり、共産党や社会党、朝鮮人や貧しい者は良い人であると思っていた。

私が小学二年生頃から、父は教員組合の仕事のため仙台に通うようになり、六〇年安保の時、父は国会包囲デモの隊列の中にいた。その頃の私の政治認識は、「岸信介という日本の首相はとても悪い人であり、樺《かんば》美智子さんという若い女学生が殺された。直接殺したのは警察だが、警察にそういうことをやらせているのは岸信介である。アメリカから黒い飛行機でやってきてまた戦争を始めようとしている。おとうさんはそういうことをやめさせようとしてデモに行った。隣りの国の韓国の李承晩《イスンマン》という大統領も岸信介の仲間で悪い人である」というものだった。新聞やグラビア雑誌に載っていた樺美智子さんの顔、岸信介のいやらしい顔、黒い飛行機の姿、ものすごい数のデモ隊と警察の写真を今でも鮮明に思い出すことができる。

私たちはアパートの子供たち六、七人と安保反対ごっこをやった。みんながそれぞれ家から一番大きな風呂敷を一枚ずつ持ち出してきて、スーパーマンのマントのように後から首に巻きつける。先頭の者は竹ざおに風呂敷を結《ゆ》わえて作った旗を高々と掲げ、次の者は先頭の者のマントの両端をつかんで自分の両肩にくっつける。三番目の者は二番目のマントを持ち、四番目の者は三番目の者のマントを持つというふうにして次々と風呂敷を媒介にした列を作り、アパートのまわりを「安保反対！　安保反対！」とかけ声をかけながらねり歩くんだ。まだジグザグデモなどが登場していなかった頃なのに、私たちは一〇年先取りして、「安保反対！　安保反対！　ワッショイ！　ワッショイ！」とかけ声をかけながらジグザグデモを繰り返したんだよ。

父や母には来客が多かった。お客さんが来てもいつも政治の話や子供が聞いてもわからない難しい話ばかりしているので、私たちは大人の話の中に入れてもらえずつまらないことが多かった。でも、金さんが来ると、「あっ、金さんだ」と、思わずニヤッとしてしまったものだ。というのは、金さんは時々、とてもおいしい朝鮮漬や朝鮮焼肉などのおみやげを持ってきてくれたし、いつもものすごい早口の大声でよくしゃべりよく笑うので、隣りの隣りのそのまた隣りの家の前で遊んでいる時でさえ、家に金さんが来てることがわかってしまう。私たちは、金さんの面白いしゃべり方や大きな笑い声を真似してはクスクス笑った。

金さんの話によると、金さんは朝鮮にいた頃、日本の軍隊につかまって無理矢理日本に連れてこられ、北海道の炭鉱で牛や馬より、もっとひどくこき使われたという。そこでは一日に大人の握りこぶしの大きさにも満たない小さな豆カスだらけの握り飯一個与えられるだけで、朝から夜遅くまで働かされた。一緒に連れてこられた朝鮮人の仲間が栄養失調や危険な作業による事故などでどんどん殺されていく中で、このままでは自分も殺されてしまうと思った金さんは、見つかったら殺されることを承知で炭鉱から逃げ出し、やっと生きのびたのだという。金さんの背中には今でもその頃のムチの跡が残っているそうだよ。日本人は戦前、このようにして何人もの朝鮮人を無理矢理さらってきて、牛や馬のようにこき使ったり、田畑を奪ったり、とてもひどいことばかりしてきたとのことだった。

そんな話をいつも聞かされていたので、私は子供ながらに金さんは偉い人なのだなァと、ある種の畏敬の念を持っていた。金さんが偉い人であるにはもう一つ理由があった。それは、金さんの連発する「祖国」に関することだった。

私たちはよく母に連れられて町の公民館に北朝鮮の映画を見にいった。映画なんて何年かに一度、学校で見せられるもの以外ほとんど見たことがなかったので、この北朝鮮の映画は私たちに強い印象を残した。朝鮮の山河の美しさ、豊かな実り、優雅で美しいチマチョゴリと朝鮮舞踊、色どり鮮やかな運動会（マスゲーム）、そのひとつひとつに私たちは驚き、感動してしまったんだ。北朝鮮の映画の中には、抗日パルチザンの戦争映画もあったけど、こっちの方は白黒のものが多かったこともあり、少しも面白くなかった。

家では『朝鮮画報』もとっていた。私はその中のカラーのグラビア写真を見るのが好きだった。すずなりのリンゴや桃、春には桜・梨・杏などの花が咲き乱れる朝鮮の農村の風景や、人々が陽気に笑って楽しそうに働いている写真を見て、一度でいいから「祖国」に行ってみたいなァ、あんなきれいなチマチョゴリを着たり、学校に行く時、おそろいの大きな赤いリボンをつけたり、首にまっ赤なスカーフを巻いたりしてみたいなァと思った。

金さんの話によると、「祖国」には貧乏人と金持ちの区別もなく、みんな平等で働く者が幸福に生きられる社会なのだという。それが社会主義と呼ばれるものであることを知り、私は「祖国」、「北朝鮮」や「社会主義」というものにあこがれの気持ちを抱いていた。その頃はもちろんスターリニズムなんてことは何も知らなかったし、金日成《キムイルソン》についても単純に偉い人なんだと思っていた。「金日成万々歳」についておかしいなと思い始めたのは、偉い人というのが何でもかんでもうさん臭く見えてきた中学生になってからのことだった。

朝鮮の映画を見てからは、さっそくそれを遊びの中にとり入れた。といっても別に社会主義ごっこや抗日パルチザンごっこをしたわけじゃないよ。押し入れや母のタンスから白いシーツ、襦袢《じゅばん》、腰巻き、帯、ショールなどを引っぱり出し、朝鮮舞踊の真似やチマチョゴリを着たお姫さまごっこをしたんだ。

母はその頃は着物ばかり着ていたので、タンスの中には私たちを喜ばせるようなものがたくさんあった。うすものの上半身だけの襦袢はチョゴリそっくりだったし、赤い腰巻きも私たちが着ればちょうど胸の高さまであるのでチマのように見える。白いシーツにギャザーをたくさんつけてチマをつくることもできた。柔らかい帯を胸の上で結べば、チマチョゴリの上に結ぶ長いリボンのようにやさしく揺れた。帯の端をつかんで大きく振りまわすと、帯は朝鮮の踊りとそっくりに、私たちのまわりで円や「8」の字や波を描いた。頭の上に白いレースのショールをかぶり、美しい朝鮮のお姫様が継母にいじめられて悲しみ嘆いているところに、優しい王子様が現われてお姫様を助け出すお芝居をした。

この遊びは母がいない時に限って行なわれた。遊んでいる最中に、買い物に行っていたはずの母が帰ってきたことがあり、

「わあ！　何、これ⁉　まるで泥棒が入ったみたい。足の踏場もない！」

「何？　その妙チキリンな格好は！」

「早く片づけなさい！」

わめき散らす母親の声で、せっかくのムードも台なしになってしまった。

中学・高校時代

姉の反抗

私が中学に入学した年、妹は小学一年生になり、母は地元の商業高校の国語教師として就職することになった。この時、姉は中学三年生だったんだけど、何かと親と対立するようになった。

当時の古川中学校は戦後ベビーブームの子供たちであふれていて、一クラス四六～四八名、一学年一二組～一四組という超マンモス学校だった。中学三年生ともなると、田舎の中学でも高校受験を目前に控えて、生徒たちは競争をあおられるようになる。姉たち三年生は放課後の二時間ほどが補習授業に当てられ、その補習授業のクラスは成績順に一組から一〇組まで再編成されていた。クラス別に何組から何組まではどこの高校に入れるというランクがあり、古川市内には公立高校が古川高校（男子）と古川女子高校の二つしかなかったので、この公立高校に入れるかどうかをめぐっての競争にかりたてられることになる。

初めは上位クラスにいた姉の成績がどんどん下がって七組あたりまで落ち込むようになると、このままでは古川女子高に入れそうにないというので親がやきもきし始めた。とくに父は自分が古川女子高の教師をしていることから、自分の娘が高校生になったら古川女子高に入るのは当然のように思っていたんだろうね。

「このままでは女子高に入れないぞ、いったいどうするつもりなんだ！」

などと姉に小言を言うようになった。

「ふん、おとうさんやおかあさんは、これまで成績で人を差別してはいけないようなことを言い、成績になんかこだわっていないような顔をしていたくせに、いざ自分の娘の成績が悪くなれば、あのうろたえようだ。結局、おとうさんにしてもおかあさんにしても、本心じゃ自分の娘が古川女子高に入れなかったら世間体が悪いもんで、あせってるんだ」

「そうだ、そうだ。きれいごとばっかり言ったって、本音はそこいらの親や教師と何も変わんないんだよね」

私と姉はさかんに親や教師の悪口を言いあってはうっぷん晴らしをしていた。姉はわざと親のカンにさわるような言動をとって反抗し、親は親でその姉の挑発にのってムキになっていた。

姉は到底古川女子高が受かるような成績ではなかったのに、受験の時は古川女子高一本にしぼった。両親は落ちたらどうする気なんだと心配していたのだけれど、姉が「さあね」なんて他人事のようにせせら笑っているばかりなので、親たちはますますピリピリしていた。

私はそんな親に向かって「女子高がダメなら中卒でもいいべや。中卒だと何か具合が悪いことでもあんのか」と憎まれ口をきいていた。

私は、姉が受験体制に反発してわざとでたらめな答案を書いたりしていることを知っていた。どんどん成績を落として、親や教師をやきもきさせて、古川女子高に受かって鼻をあかしてやろうというのが姉の作戦だった。父や母はまんまとその姉の計略にひっかかっていたんだ。

ある日、父が姉の反抗的態度に腹を立てて、姉を二、三回殴りつけたことがあった。驚いて止めに入ったら、今度は勢い余って私を殴ったので、私は思わず大声で怒鳴ってしまった。

「暴力をふるって気がすむのか！　暴力をふるって気がすむのならいくらでも殴ればいい、さあ、私を殴れ！　気がすむまで殴れ！」

父は振りあげた拳《こぶし》を降ろして、黙って二階へ上がってしまった。後で姉は泣いていた。

姉が不憫《ふびん》でならなかった。そんな彼女を見ながら私は、

「ナコの気持ちはわかるけど、喧嘩《けんか》をするなら勝てる喧嘩をしたらいい、せっかく喧嘩してもナコが泣いてしまったら駄目じゃない。つまんない小さなことでたてついて、おとうさんやおかあさんを怒らせて、衝突を繰り返したって何になる。自分が傷つくだけじゃない」

と、心の中でつぶやいていた。

私が父に殴られたのは後にも先にもこの時一度だけだよ。

父と姉はそんなふうにして喧嘩をしながらも、よく晴れた日曜日の朝など仲良く庭の花いじりをしていたし、時には一緒に散歩に行ったりもしていた。姉の反抗は父や母への彼女なりの精一杯の愛情表現だったのだと思う。

姉が受かるはずのない古川女子高に入学し、とにもかくにも高校受験をめぐっての姉と両親との葛藤に終止符が打たれた時は、私もホッと胸をなでおろした。親への反抗はそんなわけで姉が一手に引き受けてくれたので、私のほうはもう先が見えてしまい、親と喧嘩する意欲を完全に失ってしまっていた。私は反抗期のエネルギーを外へ外へと向けていった。父や母も姉のことでこりていた

のか、私に対しては干渉がましいことは何も言わなかった。

ちえちゃん

中学一年の時の思い出というと、何といってもちえちゃんのことが一番なつかしい。

授業が始まってしばらくすると、ちえちゃんが私の背をつっつつく。

「何?」

と振り向くと、

「消しゴム落どしてしまった。拾ってけろ」

また一〇分ぐらいたつと、つんつんつっつつく。

「なあに?」

「鉛筆削り貸してけろ」

また一五分もすると、つんつん。

「ん?」

「まりちゃんの鉛筆も削ってやっか」

「うん、サンキュー。でも今はいいや。全部削ってあっから。またこの次頼むね」

またまた五、六分もすると、

「この鉛筆削りどごで買ったのや」

「サモリ」

佐盛文具店（?）というのがあって、サモリ、サモリと言っていた。

「なんぼした?」

「さあ、なんぼだったかなァ。一〇円ぐらいでねの?」

しばらく静かにしていたと思ったら、またしてもつんつん。

「何?」

「おれ、今日のお昼、パン。まりちゃんは?」

「私、お弁当」

ちえちゃんが私の席の後になってからというもの、いつもこんな調子で本当に忙しい。でも、それも道理なんだ。中学一年生といっても、ちえちゃんはひらがなを読むのがやっとで、授業なんて退屈でしようがないんだから。

ちえちゃんと一緒のクラスになったのは小学一〜二年の時で、中一の時が二度目だった。小学校の頃からちえちゃんはクラスで一番背が低かったんだけど、それは中学生になっても変わらない。私はといえば、小学校の頃はよくて前から五番目ぐらい、中一当時はちえちゃんがいるおかげでかろうじて先頭に立たずにすんでいた。そんなこんなで、いつもちえちゃんのそばにいたからいつの間にか自然に仲良くなったんだ。

ある日、ちえちゃんが憤慨してやって来た。

「いさむ君がおれの髪の毛、スズメの巣だって言ったァ」

ちえちゃんの赤毛のおかっぱ頭は、一度もくしを入れたことがないように見えた。髪の毛が四方八方にはね返り、あちこちでからみあい、くっつきあってごわごわしている。私は少しおかしくな

って、

「スズメの巣だなんてひどいねえ。ちえちゃん、朝、学校に来っ時、髪とがして来ないの」

と聞いた。

「うん」

「なして、とがさないの」

「痛いがらやなんだもの」

「ああ、それは平べったいくしでやってからでしょ。ブラシでとがせば痛ぐないよ。ちょっと静かにしてで。ほら、この固ぐなってっとご、ごはん粒がくっついてんだよ。少しずつほどいでいげば痛ぐなぐなっから」

からみあった髪の毛に水をつけ、丁寧《ていねい》に指でほぐしていくと、少しずつくしが通るようになった。

「ほら、さらさらになったでしょ、もう痛ぐないでしょ。明日から学校さ来っ時、髪とがしてきたらいいよ」

「うん！　もうスズメの巣でねな！　明日からとがして来っからな！」

「さっき泣いたカラスがもう笑った」

こんな時のちえちゃんの笑顔を見たら、どんな悲しいことがあっても、つられて笑い出さずにはいられないに違いないよ。

「まりちゃん！　ひろちゃんがおれのストッキング、大人用のものだがら学校さはいできて駄目だって言ったあ」

ちえちゃんは迫害を受け、いじめられるたびに訴えてくる。

中学一年というとまだ誰もが子供用のぶ厚いタイツのようなストッキングをはいている頃だった。見ると、ちえちゃんは後に縫い目のある婦人用の薄いナイロン製のストッキングをはいている。小柄でやせっぽちのちえちゃんには大きすぎるらしく、縫い目の線が大きく波打っていた。

「そんなこと言う方がおかしいよ。学校にはいてきて駄目なんてことないよ。全く変なこと言うね。いいがら、そんなこと言われでも気にすんな」

すると、とたんに元気になって、

「んだよねっ、そんなこと言うほうがおかしいんだよね」

と言うと、ちえちゃんはやり返しに飛んでいった。

「まりちゃん、まりちゃんの好ぎなの、どれでもやる。こん中がら選べ。どれがいい？　吉永小百合だべ、浜田光夫だべ、舟木一夫だべ、橋幸夫だべ……」

「ええ⁉……　本当にいいの？　でもちえちゃん、これ大事なものなんでねの？」

さっきまでちえちゃんは映画スターや歌手のブロマイドをたくさん並べてみせ、クラスの女の子たちから「ちえちゃん、これ、私にけさいん」「これ、今、おれの持ってるやづど交換すっぺ」などとさかんにねだられていたのだ。そのたびにちえちゃんは激しく首を横に振って、「駄目！　駄目！」と断り続け、しまいにはみんなから「けち！　けち！」とののしられていた。

「うん、まりちゃんさは何でもやる。欲しいだげやる。ほかの人さは一枚もやんね」

「ええ!!　悪いなァ。したら吉永小百合と浜田光夫のブロマイドもらうがなァ」

「まだ欲しいのあったらやっからな。ほがの誰さも絶対やんねんだ！」

そう強調すると、ちえちゃんはブロマイドを大切そうにカバンにしまい込んだ。

ちえちゃんがクラスのいじめっ子たちに迫害され、泣いたり怒ったりするのは日常茶飯事だった。でも、どんなにいじめられてもちえちゃんは負けていなかったし、泣いてもすぐに機嫌をとり直し、明るく元気に過ごしていた。男の子たちはそんなちえちゃんの反撃が面白くてますますからかう。ところがこの日ちえちゃんはまるで違っていた。いつもは目だけか、せいぜい首から上だけで泣き、首から下は自分をいじめた者に対する闘志に満ちあふれていたのに、今は全身で泣いていた。

「みんなしておれのごどバガにする。おれ、頭悪いがら、なんぼ勉強しても駄目なんだ。おれ、ちっちゃいどぎ、頭の病気して頭悪ぐなったんだ……」

ちえちゃんが涙ながらにやっとこれだけを言うと、いつもはけっこうちえちゃんをからかったりしていた女の子までが、

「ちえちゃんだって勉強すればできるようになるよ」

「自分でそんなふうに決めつけてしまうのはおかしいよ」

「そうだよ。ちえちゃん、流行歌だったら三番までだって覚えてうたえるのに頭悪いはずないよ。もし本当に頭悪かったら、流行歌覚えられるはずないよ」

「んだ、んだ。ちえちゃんだってやればできるよ」

と、口々に励ました。

そのうち誰からともなく、

「ちえちゃん、放課後、あいうえおから勉強してみない？」

という声が出て、

「そうだ、そうだ。みんなで小学校一年の分から教えてやっから、一緒に勉強すっぺし」

たちまち話がまとまり、それから毎日放課後の一、二時間、ちえちゃんとクラスの女の子二、三人で「ちえちゃん学校」が始まった。

ちえちゃんは毎日一生懸命勉強した。五十音はたちまちマスターした。一けたの足し算引き算もなんとかやれるようになった。

「ちえちゃん、すごい！ やればできるんでないの！」

「ちえちゃん、頭悪くないいっちゃ」

毎日、感嘆の声があがり、ちえちゃんも私たちもうれしくてたまらなかった。

九九の勉強に入って数日、二の段と五の段を覚えることはできても、他の段になるとどうしても駄目だった。生徒が一人に先生が三人もいたのがかえってまずかったのだろうか。ちえちゃんは、

「やっぱりおれはなんぼ勉強しても駄目だ」

と泣き出した。

「なに言ってんの、今までやってこれたんでないの。そうやってすぐに投げ出してしまうからいつまでたっても覚えられないいんだよ」

九九をつきっきりで教えていたじゅんちゃんが叱咤《しった》する。

「九九はまだ難しすぎるのかもしれないね。したら、気分変えて今度は音楽の勉強すっぺし」

私が教室の片隅にあるオルガンの所に誘うと、ちえちゃんはたちまち笑顔になり、「猫ふんじゃった」を教えると、驚いたことにちえちゃんはすぐに覚えて弾きこなしてしまった。一緒に勉強していた他の二人の女の子でさえ、「猫ふんじゃった」を全曲弾くことなどできなかったんだから、

みんな目を丸くして驚いた。

「すごい!　ちえちゃん!」

「ちえちゃんは音楽の才能あんでない?」

みんながほめればほめるほど、ちえちゃんの「猫ふんじゃった」はテンポが速くなり、しまいには猫が目をまわして気絶してしまうのではないかと思えるほどだったよ。


いじめられっ子のちえちゃんが一年に一回だけ英雄になる日があった。それは運動会の日だった。

ちえちゃんの足の速さは抜群だった。余分な肉や脂肪の全くついていないゴボウのような足が、驚くほどの速さで回転した。クラスではちえちゃんに太刀打ちできる者は一人もいなかった。恐らく、学年を通じても一、二位を争うくらい足が速かったんじゃないかと思う。

運動会当日、ちえちゃんの顔つきはふだんの日と全く違っていた。きりりとひきしまり、自信に満ちあふれて、おかっぱ頭をきつく締めあげた赤い鉢巻きや両足のサポーターが、ますますちえちゃんに威厳を与えていた。クラスのみんなが口々に、

「ちえちゃん、頑張って!」

「今日は頼むよ」

と声をかけて、背中や肩を叩いて激励する。

「ウム」

ちえちゃんは威厳たっぷりにうなずきながらも、言葉数は少ない。ぴょんぴょんと軽い跳躍をしてみたり、足首を回してみたり、準備体操に余念がない。

クラス対抗リレーは運動会の花形競技だよね。スタート時点で私たちのクラスは三位くらいを確保していた。ところがまん中辺でバトンタッチに失敗し、バトンを落としてからは、一挙に七、八位に落ち込んでしまった。先頭の走者との間には五〇メートル近くも差がついてしまい、誰もがどんなにちえちゃんの足が速くても、もう入賞は無理だろうと思っていた。それでも、少しでも上位に入ってくれれば……と、最後の期待をアンカー走者であるちえちゃんに託していた。

ところがちえちゃんが走り出したとたん、みるみる一人抜き二人抜き三人抜き、あっという間に三位ぐらいにくいこんだ。三つ目のコーナーを曲がった時、ちえちゃんは一位の走者と肩を並べていた。ちえちゃんがテープを切ってゴールインした時、応援席は興奮と歓喜のるつぼと化していた。

中学二年になって私が一二組、ちえちゃんが一組だったか二組だったか、とにかく同じ校舎でも二階の東の端と一階の西の端とに別れてしまった。ちえちゃんと顔を合わせることもほとんどなくなった。

短い期間だったにせよ、ちえちゃんとこうして机を並べて勉強できた私は幸運だったと思う。私たちの一つか二つ年下の学年からは、小中学校に「特殊学級」なるものができて、ちえちゃんのような子供たちは隔離されてしまったのだからね。

中学時代、ちえちゃんへのいじめの中に、「おまえもあと少し遅く生まれていたら、特殊学級行きだったのにな」と、「特殊学級」という言葉が差別語として使われていたのを聞いたことがある。隔離というものがいかに犯罪的なことかということが、この一言だけでもよくわかるよね。

私がちえちゃんに最後に会ったのは、逮捕されるほんの数か月前だった。週末を自宅で過ごすために仙台から帰ってきた時、古川の駅前で偶然出会ったんだ。

「まりちゃんでない？」

先に気づいて声をかけたのは、ちえちゃんの方だった。自転車を引いて、すっかり落ち着いた娘さんになっていた。

「わあ、ちえちゃん！　しばらくだねえ、何年ぶりだべ。もう一〇年ぶりぐらいでない？　今、どうしてるの？　元気？」

「うん、お店さ勤めてる。まりちゃんは？」

「今、仙台の看護学校に行ってるんだよ」

二四歳にもなってまだ学校に行ってると言わなければならないことが、とても恥ずかしくてならなかった。なつかしく、ゆっくり話したかったのだけれど、ちえちゃんは急ぎの用事があるとのことで、「じゃあね」と言って自転車にまたがって行ってしまった。自転車で去っていくちえちゃんの後姿を見送りながら、この一〇年間の月日の流れを思わずにはいられなかった。

教師たちの素顔

小学校時代は教師の全面支配下にあった子供たちも、中学生ともなると反抗心が芽ばえるでしょ。何でもかんでも手当り次第に反抗してみたくてしようがない中学生と、それを押さえつけようとする教師との闘いが始まるよね。

私が初めて目撃した校内暴力は、中学一年の時、若い男のクラス担任によるものだった。クラスの男の子がちょっとした悪ふざけをしたのをとらえて、先生がみんなの見ている前でその子を思い切り数回殴りつけたんだ。それまでは若くてきさくで、いい先生だと思っていたのに、その瞬間から私はその先生が嫌いになってしまった。殴られた男の子はいつもみんなを笑わせてばかりいる明るいひょうきん者で、本当にちょっとふざけただけだったからね。

こうした暴力沙汰は、後になって振り返ってみると、なぜ殴られたのかという原因の方は忘れられてしまい、理不尽な暴力という事実のみが後々まで残ってしまうようだね。暴力の持つ衝撃性がそれ以前のことを吹きとばしてしまうのだろうか。

二年になると、柔道何段とかいう体格のいい、いかにも恐そうな補導係の教師が担任になった。ブルドッグのような恐い顔をしていたので、ブルドッグというあだ名だった。補導係だけあって、ブルドッグはまるで警察か何かのようにビシビシ取締りを強化した。そのやり方は、「わが輩は法である」という、監獄の看守のやり方と似ていて、私はこのブルドッグにずいぶん反抗したものだよ。

これまた監獄とそっくりなんだけど、中学入学の時点で男の子は全員丸坊主にしなければならないことになっていた。でも、ちょっとおしゃれな子は、少し長めに伸ばしていたし、男の子の間ではラッパズボンというすその広がったズボンや、ボール紙などを中に入れて警察官の制帽か何かのようにつっぱらせた学生帽がかっこいいということになっていた。ブルドッグはものさしを持ってきて男子生徒の間をまわり、一人ひとりのズボンの幅や髪の長さをはかり、規定をオーバーしている者に対しては、「明日までにズボンを直し、頭を刈ってこい。もし、明日までに直してこなかったら、ハサミでズボンのすそをちょん切り、バリカンで頭を丸坊主にしてやる」とおどかした。まだ「スケバン」なんていうものはいなかったし、そんな言葉もなかった時代なので、女生徒の服装についてはとくにうるさく言われたことがなかったけど、スカートは膝《ひざ》の半分が隠れていなければならず、それ以上短くしてはいけないとされていた。つまり、今の「スケバン」スタイルとは逆に、長いのはいくら長くてもかまわなかったけど、短かすぎてはいけなかったんだよね。教師というのは、どうしてこうも流行に対してあまのじゃくなんだろうね。

小学校では借りてきた猫みたいにおとなしかった私も、中学になると、だんだん本性を発揮して持ち前の明るさをとり戻し、よくクラス委員に選ばれるようになったよ。

私は副委員長ということで委員長の男の子と一緒にこの教師の命令で服装検査をやらされたことがある。爪は伸びていないか、ハンカチ・チリ紙は持っているか、名札・校章はつけているか、制服のボタンやリボンはきちんとついているか、学生帽の中にボール紙を入れていないかなどを調べて表に書き込むんだ。

私はこの仕事がいやでいやでたまらなかった。中にボール紙を入れている帽子を見つけても、ウインクして笑って丸をつけたし、チリ紙やハンカチを検査の時だけ貸し借りしているのを見ても、笑ってみんな丸をつけたりした。それでも名札や校章を忘れた人の場合はどうにもごまかせず、しかたなく×印をつけたりした。

服装や何かで教師から「不良っぽい」と目をつけられてる男の子がクラスに三、四人いた。いつだったかそのうちの一人が学校にヤッパを持ってきたんだよね。その頃、学校には鉛筆削り用の安全カミソリ以外の刃物を持ってきてはいけないことになっていたんだ。私とクラス委員をしていたこいで君の二人が放課後ブルドッグに呼び出され、友だちがヤッパを持ってきていることを知っていながらクラス委員のくせに先生に報告をしなかったと叱られてしまった。ヤッパを持っていたからといって、そのヤッパで何かを壊したわけでも誰かを傷つけたわけでもないんだよ。ただ持っていたというだけでなぜそんなふうに言わなければいけないのか、全く納得がいかず、私は、

「友だちが先生から叱られそうな時は、それをかばうのは当たり前ではないですか。生徒につげ口を奨励するというのはおかしいではないですか」

と反論した。こいで君も同じ意見だった。その後、この件で長い時間をかけて話しあったのだけど、結局、

「友だちが悪いことをしていたなら、それをやめさせるために教師に報告することこそが本当の友情であり、悪いことをしていても見て見ぬふりをするのは、真の友情ではない」

と言いくるめられてしまった。口では言いまかされてしまったけど、心の中では全然納得できなかった私は、その後も「真の友情」なるものを発揮することはできなかった。

ある日、何が原因だったたか、ブルドッグから「罰として道徳の教科書の文章を一〇回ノートに書き写せ。それが終らないうちは帰ってはならない」と宣告されたことがある。私のほかにも男女合わせて三、四人が同じ罰を受けた。

「いくら何でもひどすぎるよ。どうせ一〇回書き写せというのなら、字の書きとりとか英語の教科書や単語とか、書き写すことがためになるものにしてください。こんな道徳の教材を一〇回書き写したって時間が無駄なだけで何のためにもならないではないですか」

ブルドッグは、

「書き写すことがためになってしまったら罰にならないではないか。ためにならないからこそ罰として意味があるのだ。いいから文句を言ってないで書き写せ」

と言う。苦しめることだけを目的とする監獄の懲罰の論理に全くそっくりでしよ？

「石頭のトンチンカン！　腐れカボチャのゆでダコ坊主！　ブルドッグのケチャップソース！」

私たちはありったけの罵倒《ばとう》語を口々に言いあいながら、しぶしぶ書き写したよ。二、三人の友だちが同情して一緒に残ってくれて、鉛筆を削ってくれたり、アメ玉を買ってきてくれたりして励ましてくれた。一〇回もくそ真面目に書くのもアホらしいので、途中どんどんはしょって書いたんだけど、終った時は手首は痛いし、すっかり腹ぺこだった。

窓の外を見ると、山の向こうに落ちた夕陽の残影が朱色の絵の具を流したように黒い山々のシルエットをくっきりと映し出し、深い藍色の迫った西の空に宵の明星が輝いていた。

「見て、見て！　夕陽がすっごくきれい！」

みんなで窓辺に駆け寄ってしばし見とれてしまった。

みんなが書き終ったところで、もう帰っていいかどうか聞くために職員室に行った。職員室はまっ暗で空っぽだった。学校中を捜しまわった末、やっと宿直室で酒盛りをしている先生をつかまえることができたんだ。

何とブルドッグは赤い顔をして、酒の匂いをプンプンさせながら、

「なんだ、まだいたのか。そうか一〇回書き写したか。ああ、もう帰っていいよ」

せっかく持っていったノートには目もくれずに言うではないか。

「バッカバカしいったらありゃしない！　いったい何のために一〇回も書き写させたんだ。どうせノートを見ないんだったら、もっともっと手抜きするんだったよ」

教室に戻ってみんなに報告すると、みんなもあきれるやら怒り出すやらだった。

まっ暗な校庭に出ると、満天の星空の下で風の冷たさが冬の近いことを知らせていた。

あの時見た夕焼けや星空の美しさが、今もくっきりと脳裏に焼きついている。


学期末のある日、ブルドッグに呼ばれて職員室に行くと、クラスのみんなの通信簿をたたんで封筒に入れる作業を言いつけられた。ブルドッグは、生徒に直接手渡すと親に見せない者がいるというので、陰険にも通信簿を各家庭に直送していたんだね。

「ええ!!　これ、うちのクラスの通信簿でしょう？　何でこんな仕事を私にやらせるんですか。みんなの成績が見えてしまうじゃないですか」

驚いて抗議すると、

「見たくなければ見なければいいだろう」

とニヤニヤしている。

「見なければいいって問題じゃないでしょう！　いやでも見えてしまうじゃないですか。第一、この仕事は先生のやるべき仕事じゃないですか。なんで自分でやらないんですか。自分でやればいいでしょう。私にはこんな先生の仕事まで手伝わなければならない義務はありません！」

他の先生にも聞こえるようにわざと大きな声で抗議すると、隣りのクラスの先生が「そうだ、そうだ。そんな仕事は断ってしまえ」というように、ニヤニヤしながら私を見ている。

ま.

「まあ、そう固いことは言わずに手伝ってくれよ。先生は今、忙しいのだから」

形勢不利と思ったのか、ブルドッグはなだめすかすような口調で声を落としながら弁解を始めた。

私は、

「そういう仕事はやれません！　私、帰らせてもらいます」

ピシャリと言って、職員室を出た。全くどういうつもりなんだ。もし、私がそんな仕事をやらされたとクラスのみんなが知ったら、私はみんなの裏切者になってしまう。先生は私があんまり先生に反抗するので、こんな仕事をやらせて手なずけようとしているに違いない。そう思うと、ますます腹が立った。

何で私がそんなふうに思ったかというと、私たちのクラスは総じて何かと反抗的だったからなんだ。

社会科の教師はどこかの寺の坊さんで、「あの先生の授業はお経を聞いているみたいで子守歌だ」と皆に言われるように、私なども毎回、居眠りばかりしていた。

その先生が、「今の話がわかった者は手をあげるように」と言い、誰一人手をあげる者がいなかったことがある。中学も二、三年になると、もう子供みたいに「はい、はい」と手をあげて発言する者などいなくて当たり前でしょう？　それなのにそんなことも知らずにこの坊さん先生は腹を立てて、「何だ、わかった者が一人もいないのか！　よし、それなら、わからない者は立て！」と怒鳴った。私はすぐに立った。次々とまわりの友人も立った。わかっている者もわからない者も、みんな立った。「立て」と言うからみんな素直に立っただけなのに、「何というクラスだ！」と、坊さん先生は、カンカンに怒って教室を出ていってしまった。私たちは先生が怒れば怒るほど面白がった。でも、考えてみて。もし立たなかったら、「なんでさっき手をあげなかったのか」って怒られることが目に見えてるでしょう。これじゃみんな立たざるをえないよね。

数学の教師は顔に大きなホクロが四つあったので「四ツボクロ」と呼ばれていた。

始業のベルが鳴っても先生が来なかったことがある。トランプ遊びをしていると、一〇分ぐらい遅れて四ツボクロが入ってきた。あわててトランプをやめ、席に着いた。

「このクラスはずいぶん男子と女子の仲がいいようですな。ふつうは男子と女子はあまり一緒に遊ばないものだが、男女が仲良くトランプをしているとは……」

などといやみを言いながら、四ツボクロは授業を始めた。

このいやみが悪かったんだろうね。三、四人の人に何か質問して答えさせようとしたら、指された人がみんな答えを拒否してしまった。ほかに誰か答える人がいないのかと問われても、応じる者はいない。四ツボクロにとっては面白くなかったらしく、あとで職員室に用事があって行った時、私は四ツボクロに呼び止められて、再びいやみを言われるハメになった。

「あんたのクラスは、私の授業の時は先生に指されても答えないと決めているのかね。どうもクラス全体で私に反抗しようと決めているようだね。クラス委員のあんたがみんなにそうしようと言ったのか」

とんでもない言いがかりだった。誰もそんなことを決めたことはなく、たまたま自然にそうなってしまっただけのことだった。私は、こういう邪推をするいやみな男に何を言っていいのか言葉が見つからず、ただ黙って、肯定も否定もしなかった。この沈黙にますます腹を立てた四ツボクロは、険のある声で言った。

「クラス委員のあんたがそんなふうに反抗的態度だから、クラス全体が反抗的になるんじゃないのかね！」

教室に帰ってすぐ、四ツボクロに言われたことをみんなに話して聞かせると、

「全くいやらしい奴だね。そんなこと言うんなら、それこそみんなで四ツボクロの時間は、四ツボクロが何を言っても返事をしないことに決めっぺし」

「そうだ。そうだ」

「全く、いげすかねえ野郎だな。いかにも四ツボクロらしいわい」

ひとしきり、四ツボクロの悪口を言いあったものだよ。

三年生になっていよいよ補習授業が始まった。一組から一〇組まで成績順にクラスを再編成するというやり方は、姉の抵抗も少しは効果があったかどうか、私たちの学年では廃止され、今度は三クラスずつを一単位としてまとめ、成績順にＡＢＣの三クラスに分けるというやり方が行なわれた。

姉の時代よりは緩和されたとはいえ、成績順に差をつけるやり方の基本は変わらなかったし、こうしたやり方はとても不愉快なものだった。でも、姉の二番煎《せん》じで抵抗するのも気が進まなかったし、第一、すぐに見破られてしまうでしょ。本当を言えば、それだけの勇気がなかったのかもしれない。そのかわり、時々補習授業をさぼったりした。

ある日、私と友人二人とが教室に残っておしゃべりをしていると、見まわりにきた教師に見とがめられて注意された。二人はそれぞれ家の用事があって今日は早く帰らなければならないので補習には出られないと弁解したんだね。

「それならやむをえないが、用事があるのならこんな所でぐずぐずしていないで早く帰りなさい」

私は、手紙を書かなければならないと言ったんだけど、

「手紙など今でなければ書けないわけじゃないだろう。そんなことは正当な理由にならない。第一、おまえはクラス委員ではないのか。クラス委員のくせに補習授業をさぼるとは何ごとか。クラス委員は他の生徒がさぼろうとしたら、それをやめさせるのが当たり前ではないか」

とさんざん叱られた。

全く、クラス委員というのは、教師の雑用係としてさんざんこき使われたあげく、他の生徒より余計に文句を言われるためにあるようなもので、私は学期の初めのクラス委員の選挙のたびごとに、ひやひやしていた。

「クラス委員の選挙の時、どうか私を選ばないでけさい。私ばっかり人一倍いつも先生から叱られるんだもの、不公平だっちゃ」

友だちに頼むと、「まりちゃんには気の毒だども、まりちゃんがみんなの分、怒られでけっと、私らが助かるっちゃ」と言って笑っているばかりだった。

そんなわけで、私は修学旅行の時に集合時間に遅れたとか、旅館でとる夕食の食券をなくしてしまったとか、宿題を忘れたとか、ちょっと先生にたてついたとか、遅刻をしたとかすれば、「クラス委員のくせに！」ということで、いつも二倍は文句を言われるハメに陥った。

卒業式まであと一、二か月というある日、ブルドッグがまた無茶苦茶なことを言い出した。古文の「平家物語」の冒頭部分を教科書十数ページにわたって丸暗記してこいというんだ。

「ええーッ。冗談じゃないよ。そんなのできるわけないっちゃ」

「なんでこんなもの丸暗記する必要あるんだ？　いくら何でもひどすぎるよ」

と大騒ぎになった。私は友だちと二人で、ブルドッグのところに抗議に行った。

「何であんな無茶苦茶な宿題を出すんですか。あんなことできるわけないでしょう」

「まだやりもしないで何を言ってるか。やってみなけりゃわからないだろう」

「やってみなくたってわかります。第一、あんなのを丸暗記するなんて、何のためにそんなアホらしいことをしなければならないんですか」

「何のためになどということはおまえたちが考えなくてもいいことだ。後になってわかる」

「どうしてもやれというのなら、何のためにそんなことをしなければならないのか、何の役に立つのか教えてください」

あくまでくいさがると、

「まり子、おまえ、この頃ずいぶん非行化したな」

と言う。

何が非行化だ。どうしてもやってこいというのなら、何のためにそうしなければならないのかと理由を問い質《ただ》しただけではないか。シャクにさわったので意地になって全部暗記していったら、クラスの中で先生の言うとおりに暗記してきた者など私を含めて二人か三人ぐらいしかいなかった。

中学二年の春、校長が新しくなった。以前の校長はずーずー弁の田舎おやじというタイプで、スポーツを奨励し、運動クラブが他校と試合をして優勝したりするのを何よりの自慢にしているような人だった。ところが今度の校長は、アメリカに教育視察旅行に行って帰ってきたばかりの、気位の高いすました男だ。朝礼の壇上で、「一にも勉強、二にも勉強、三、四がなくて五にも勉強」などとガリ勉を奨励して、就任早々、全校生徒から総スカンをくってしまった。

校長は「アメリカでは」「アメリカでは」が口癖で、何でもアメリカの真似をすればいいと思っているようだったね。

「アメリカで一番驚いたのは、国民の愛国心の強さである。アメリカでは国民の祝日にはどの家でも星条旗を揚げる。人が死ぬと、国旗でお棺を包んだりする。誰もが自分の国を愛し、誇りに思っている。それなのに日本はどうだ。国民の祝日に日の丸を揚げる家があったら手をあげてみなさい。ほら、こんなに少ない。自分の生まれた国を愛することができなくてどうするのか。国旗は国家の象徴であり、誇りである。みんなの家でも祝日には必ず国旗を揚げるようにしなさい。家に日の丸のない人は、おとうさんおかあさんに言って買ってもらいなさい」

切々と全校生徒の前で日の丸の効用を訴えた。

「何だべ。あの校長先生、旗屋の息子だべが?」

「旗屋から何ぼがもらってんでねべが」

「日の丸って買ったら何ぼくらいするもんだべ?」

「全校生が日の丸買ったら、一〇〇〇本は軽く越えっべがら、相当な儲《もう》けになるんでねべが」

私たちがこんなこと言ってしのび笑いをしているのを耳にしたら、校長はどんなに嘆いたことだろうか。

日の丸大好き校長になってから、朝礼のたびに、「君が代」の音楽に合わせて国旗が掲揚され、その間不動の姿勢で国旗を遥拝《ようはい》することが強制されるようになった。そして、運動クラブがどんどん弱くなっていった。校長の教育方針の違いによってこんなにも違うものかと、これには驚いたもんだよ。

このアメリカかぶれの日の丸校長も、壇上でお説教をたれている間はそれほどの実害はなかったので、私たちにもまだ我慢できた。ところが、「受験を控えて一刻でも惜しい三年生の諸君が、運動会の準備などに多くの貴重な時間をさくのは全く愚かなことである。今年から毎年運動会の時にやっていた三年生の仮装行列は中止する」と言ってきた時は、勘忍袋の緒が切れてしまった。

仮装行列は運動会のクライマックスだった。受験を控えてクラスがばらばらになりがちな時であるからこそ、みんなが知恵と力を出しあい、一つのものを作っていくことがどんなに大切なことかを私たちは知っていた。三年生になったら仮装行列がやれるということを、私たちはずっと楽しみにしてきたんだ。教師の中にもこの校長の強硬方針には反対の声が強かった。生徒会長は朝礼の挨拶で、ゲリラ的に校長批判をやり、例年通り仮装行列をやらせてほしいと訴え、満場の拍手喝采を浴びた。それでも校長は首を縦に振らなかった。

私たちは何とかして校長をやり返さなければと、校長と会っても絶対に挨拶せず、逆に「ふん!」と言って、これみよがしにそっぽを向くこと、校長の目の前に別な先生が来たら、その先生に対してわざと丁寧に大きな声で「先生、おはようございまあす」などと挨拶することを申しあわせて実行した。このことは、たちまち他のクラスの人にも伝わって、校長は学校に来ても生徒みんなからそっぽを向かれることになった。

私たちはそれだけで足りなくて、校長室の前の廊下を通るたびに、校長室の窓ガラスをガタガタどついて歩いたりしたものだよ。

フォークダンス

中学に入ってからはおかよとはクラスが別れてしまったけれど、一緒に卓球部に入り、毎日トレーニングに汗を流した。新入りはいつまでたっても球拾いばかりで卓球台をなかなか使わせてもらえないので、休みの日に登校して、二人で思う存分卓球の練習をしたりした。

小学校の頃は男の子と女の子が一緒に遊ぶということはほとんどなかったけど、中学に入ってからは男の子と一緒に遊ぶことが多くなった。外でバレーボールをしたり、雪が降れば一緒に雪合戦をしたり、すべりんこを作って遊んだりした。二年、三年の時は、机も一つずつ離れているのにわざわざ二つずつくっつけて、男の子と女の子が一緒に並んで座れるようにした。しかも、前の席の男が右、左が女なら後の席は男が左、女が右、左隣の席の男が右、女が左ならその右隣は男が左、女が右になるようにして、前後左右全部が異性になるように組みあわせるという念の入れようだった。

二年のクリスマスイヴの夜は、卓球部の先輩の男の子の家でクリスマスパーティをやり、ビールを飲んだよ。といっても、ラーメンを食べて、ケーキを食べて、そのあとビールだから、もうおなかいっぱいで少しもおいしくなく、ちょこちょこと口をつけただけだけどね。

男の子と手をつなげるのがうれしくて、フォークダンスなんかもよくやった。

こういう話をすると、いま獄中に共に囚われている大道寺将司君や片岡利明君なんか、「ええーっ、俺の中学時代なんかとてもそんなこと考えられないよ。ろくに女の子と口もきかなかったな。ビール⁉　まりは中学の時『不良少女』だったのか」なんてびっくりしてたけど、彰はどうだった？やっぱりブルドッグの「まり子、おまえ、この頃非行化したな」は正しかったのかな。

フォークダンスのことではいろいろ楽しい思い出があるよ。運動会の時、三年生はフォークダンスを踊ることになっていたので、その練習をするという名目で、放課後、教室や学校の裏庭で踊ったんだ。初めのうちは女の子だけのことが多かったけど、女の子だけでフォークダンスやってもつまらない。女だけの時は、ビートルズのレコードなんかかけてロックばかり踊っていた。そのうちに、男の子も誘われると恥ずかしそうにして仲間に入ってくるようになってね。私たちは他のクラスの子たちにも踊りの輪に加わるよう誘ってみた。踊りにきてくれた男の子の中に、あのしげるちゃんが入っていたことがあったんだよ。

小学校に入学したばかりの頃、仲が良すぎて冷やかされて以来、もう八年間以上も口をきいたことすらなかったけど、しげるちゃんのことは、いつも心のどこかで意識していたんだね。踊りの輪がどんどん移動してきて、とうとうしげるちゃんと手をつなぐ番になった時は、胸はドキドキ顔はまっ赤っか。本当はうれしくてしようがないのに、まともに顔を見ることさえできなかった。それでも一度だけしげるちゃんの顔を見てニコッと笑ったら、しげるちゃんも照れくさそうな笑いを返してくれた。

八年ぶりで握ったしげるちゃんの手は、もうすっかりたくましい男の手になっており、よく陽に焼けた顔にクリクリした目は昔のままだったけど、上古川にいた頃はそんなに背丈だって違わなかったのに、もう、頭一つ分以上もしげるちゃんの方が大きくなっていた。なつかしさに浸りながら

声をかけようかどうしようかと迷っているうちに、一言も言葉を交わさないまま、次の踊り手と交替しなければならなくなった。その時のくやしさったらなかったよ。

当時、クラスに何かを盗んだとかいう理由で少年鑑別所に入れられた男の子がいた。やせて背が高く、面と向かって教師にたてついたこともない、とてもおとなしい子で、真一君と言った。

真一君が何か月ぶりかで鑑別所から帰ってきた時、私たちは真一君にもフォークダンスを一緒に踊ろうと誘った。初めは恥ずかしがって逃げまわってばかりいたけど、何度もしつこく誘うと、真一君は照れくさそうに頭をかきながら踊りの輪の中に入ってきた。真一君は女の子と手をつなぐのがよほど恥ずかしかったらしく、指先が相手の指先に触れないようにしながら踊るので、みんなおかしがって大笑いしてしまった。だって、真一君のダンスときたら、女の子の手をとってる時間よりも、頭をかいてる時間の方がずっと長かったんだからね。

こんな純情ナンバーワンの真一君だったのに、三か月ほどしたらまた姿を見せなくなってしまった。

クラスはみんな仲良く、最後の中学生活を楽しいものにしようという雰囲気にあふれていた。一年の時はちえちゃんをからかってばかりいた男の子たちも、休み時間になると「真一君、真一君」と声をかけていた。真一君もすぐにクラスに溶け込んで、はた目にはけっこう楽しくやっているように見えた。でもこれは表面的なことにすぎず、大部分の者が高校受験を控えている中で、高校に行きたくても行けない者には辛いことが多かったんだろうと思うよ。真一君にとってはなおいっそうそうだったんだろうと思う。

「真一は決して悪い子ではない。ただ、おとなしくて気が弱いために、友だちに誘われるとどうしても断りきれなくなってしまうようだ。真一がどんなに真面目になろうと思っても、上で真一たちの糸を引いているのがヤクザなんだから、このまま進んでいったらヤクザから抜けられなくなってしまう。真一がヤクザになってしまわないよう、みんなの力でひきとめてもらいたい」

担任の宇部先生の話を聞いて、私も何とかして真一君をヤクザから守らなければと思った。かといってどうしていいのかもわからない。それに何かをしなければならないとしても、女の子が行けば逃げるだけだろうから、男の子がやるしかないだろうとも思っていた。

ある日、宇部先生がいつになく険しい顔をして入ってきた。

「真一が家出をした。もう一週間以上も家に帰っておらず、あちこちの神社やお寺の境内を何人かで泊まり歩いているらしい。しかもその中には女の子もまじっており、不純異性交遊の恐れもある。今日は俺の授業は中止するから、男子全員で手分けして真一を捜してきてもらいたい。女子は教室に残って自習をしていなさい」

と言った。「不純異性交遊」という言葉を聞いたのはこの時が初めてだった。男の子と遊ぶのが大好きだったとはいえ、性知識なんてまるっきりゼロだった私は、「不純異性交遊」というものがどういうものなのかわからなかったけど、みんなで神社やお寺の境内を泊まり歩くなんて、何だかとても面白そうだと思ったものだよ。

先生の話を聞いて一番不思議に思ったのは、どこにいるかもわからない真一君をどうやって捜すのかということと、万一見つけたとしても、その後どうするのかということだった。でも、男子生徒の中にはそんなことを質問する者もおらず、授業がなくなったのでみんな大喜びで四方八方に散っていってしまった。当たり前のことだが、誰も真一君を見つけることはできなかった。

その後しばらくして、真一君がふたたび少年鑑別所に入れられたと聞いた。

三学期になって私は友だちと一緒に先生の所へ行き、「先生、真一君はいつ帰ってくるんですか。卒業式までに戻ってくるのでしょうか。何とかして真一君も一緒に卒業できるようにしてください。お願いします」と頼んだ。

私たちには真一君が一緒に卒業できるかどうかが何よりも重要なことに思えた。もし、自分が落第して一つ年下の生徒たちと、もう一年中学をやり直さなければならなくなったら、とても耐えきれないと思ったからなんだ。先生は、「大丈夫だ、みんなと一緒に卒業できるようにしてやるから心配しなくていい」と言ってくれた。

真一君は卒業式までとうとう戻ってこなかった。卒業生名簿にも彼の名前はなかった。私は当時、約束を破りうそをついたと、担任の先生を恨んだものだけれど、先生の力だけではどうすることもできなかったのだろうね。

荒井先生の娘

古川中学校では、毎年全女生徒の約二割の六〇~七〇人ぐらいが古川女子高校に入学する。私もあらかじめ決められたコースのように、古川女子高校へ入学した。でも私には、これから始まる高校生活は全く灰色の青春に思えた。右を向いても左を向いても女性ばかり、しかも優等生ばかりの不自然さにはゾーッとしたし、父がそこの教師をやっている関係から、教師には顔見知りが多く、担任の先生は子供の頃からよく知ってるおばちゃんだったし、何かの用事で職員室に行けば、父とばったり顔を合わせたりした。

この高校にいる間中、私はただの一女生徒ではなく、いつでも「荒井先生の娘」という看板を背負って歩かなければならないのだ。中学時代のように教師にたてついたり、何かしでかして職員室に呼び出されたりすれば、たちまち父親に筒抜けになってしまうだろう。そう考えると、私はこれからの三年間、ただひたすら目立たぬようにおとなしくしているしかないと観念するしかなかった。

灰色の高校生活の唯一の救いは、中学二年の時からずっと同じクラスで、私と一緒に「非行化」していた親友のアキとまた同じクラスになったことだった。中学時代友だちと一緒に教師に抗議に行ったりした話は、たいていアキと一緒だったんだ。

教師と生徒の関係は中学時代とは全く違い、上から権力的に押さえつけることはほとんどなかった。生徒自身、みな品行方正でその必要がなかったんだよね。何しろ、生徒の自主的運営にまかされている生徒会が、学校の廊下に「朝はみんなでおはようと挨拶をしましょう」とか「自分のことはおれではなくて私と言いましょう」なんていう「今月の生活目標」を貼り出し、これまた生徒たちだけで構成されている風紀委員会が「髪は肩についたら結《ゆ》わえる」とか「リボンの幅は二センチまで」とか「パーマはいけないけれど、内向きのカールなら良い」とか、自分たちでくだらない規則をいっぱい作ってるというありさまだったからね。

風紀委員会に限らず学校の運営なんかも各クラスの代表委員からなる委員会の決定に相当程度まかされていて、その委員も私たちのクラスの場合は、クラス委員以外は全部、立候補制で決める。私はいつも園芸委員に立候補して、校庭の花壇の世話をしていた。

とにかく、何でもかんでもパッパッパッ、スラスラスラと進んでいき、ゴタゴタもめるということが何もない学校だった。

生徒たちには一種のプライドや愛校心のようなものがあり、生徒間の親睦をはかる行事がさかんだった。新入生歓迎会・合唱コンクール・球技大会・クラス合宿・遠足・体育祭・文化祭・野外炊飯・スキー教室・卒業生送別会・三学年合同討論会などが毎年あり、高体連には運動部以外の者はみんな応援にかり出された。古川女子高の運動部は、県大会でも毎年優秀な成績をあげていた。

二年になると、クラスが進路別に分類される。その分類ときたら、中学時代の補習授業どころではなかった。一年のうちは、クラスが芸術の選択科目ごとに書道クラス・美術クラス・音楽クラスに分かれていて、私は音楽クラスにいた。それが二年、三年になると、卒業後の進路別に、就職コース（Aクラス）、私立文化系大学コース（B_1クラス）、国立または私立理科系大学コース（B_2クラス）の三コースに分類された。どのコースを選ぶかは自由だったけれど、実際は教師の指導もあり、B_2―B_1―Aと成績順に人が集まるようになっていた。

コースごとに勉強する科目も異なっている。Aクラスには簿記・筆記・経理などの商業関係や食物・保育などの家庭科関係の科目が多く、数学・理科・英語などは、他のクラスに比べてずっとやさしい教科書を使っており、芸術は三年になってからも学ぶことができる。B_2クラスは、二年から芸術の科目がなくなるかわりに、毎日数学があり、数学や理科の教科書は他のクラスより難しいものを使っていた。B_1クラスはAクラスとB_2クラスの中間で、芸術は二年まで、商業関係の科目はなく、数学や理科はB_2クラスよりはやさしいがAクラスよりは少し難しい教科書を使っていた。

誰もこの分類の枠からはみ出ることは許されず、どれか一つのコースを選択しなければならないことになっていた。

私はこういう学校のやり方に大いに不満だった。いろんな進路の人がまじりあい一緒に勉強してこそ学校生活は楽しくなるんだよね。これでは高校生活はまるで大学受験や就職のためにだけあるようで、予備校と変わりないじゃない？　高校生活は高校生活それ自体に意義があるはずであり、断じて、受験や就職のためにあるのではないと思う。

私は行けるものなら国立の大学に行きたいとは思うけど、数学は嫌いだから毎日数学のあるクラスなんてゴメンだ。それに音楽は好きだから、できれば三年まで音楽の授業を受けたかった。簿記や経理には興味なかったけど、食物や保育は勉強したい。でも、そういう選択の仕方は許されず、国公立の大学へ行きたいのなら学部のいかんにかかわらず、音楽・美術・書道や保育などはあきらめ、毎日数学を勉強しなければならないのだ。それにアキはB_1コースを選択するというので、私がB_2を希望する以上、アキと同じクラスになることは絶対に不可能だった。

中学時代の私なら、ここでこんな理不尽なやり方に対して教師に文句の一つや二つは言っていたと思う。しかし、文句を言おうにも、世話好きで子供の頃から可愛がってくれたおばちゃんの担任相手ではうんざりだし、何よりも学校の進路指導部長は父親だったんだよ。学校の進路指導の基本方針と闘うのであれば、私の敵は父親にならざるをえなかった。

私はいくじなくも闘う前から闘いを放棄してしまった。朝から晩までどこに行っても父親から自由になることができないというだけでも大変な重圧なのに、そのうえ父親を敵にまわしてガタガタぶつからなければならないなんて、とてもじゃないが耐えられそうになかったからだ。

おとなしくB2コースのクラスに入ったものの、受験のためにだけあるようなクラスがいやで、私は若いエネルギーのすべてをクラブ活動にぶつけた。

山と女

高校に入ってすぐ、私はアキと一緒に野外活動部に入った。山登りをするというので面白そうだと思ったんだ。ところがクラブの集まりに行ってみると、春夏秋と年に三回ぐらい山に登り、山に登る一、二週間前からちょこっとトレーニングをしたり、テントの張り方や登山の心得を学ぶ程度の活動しかしていないという。山岳部のようなものを期待していた私たちはがっかりしてしまった。おまけにクラブの顧問の先生は山登りについてさほどの経験もなく、何も教えてくれなかったし、第一、クラブ活動にほとんど顔も出さなかった。私たちは先生や先輩を頼ることなく、すべてをゼロから築きあげなければならなかった。

私とアキは、まず毎日トレーニングをすることに決めた。二人の家が割と近かったので、毎朝五時頃から一緒に早朝マラソンもやった。放課後は、同じ一年生のクラブの仲間を誘って毎日二、三時間トレーニングをした。でも初めのうちはアキと私、たった二人だけの日の方が多かった。それでも私たちは雨の日以外一日も欠かさずトレーニングに励んだ。

古川は仙台の北方に広がる大崎平野のど真ん中にあり、登山には地理的に恵まれているとはいえない。日帰りで行ける山といえば、子供の時よく父に連れていってもらった標高五五〇メートル足らずの薬莱山《やくらい》を別にすれば、鬼首《おにこうべ》の禿岳《かむろ》ぐらいのもので、毎日眺め、校歌にもうたわれている栗駒《くりこま》山や船形《ふながた》山でさえ、泊まりがけでなければ行けなかった。当時は車で行くなんてことは考えられなかったから、本当に近い所でも、バスや汽車の便のことを考えると、なかなか大変だったんだ。

そのうえに校長は山について理解がなく、生徒の自主性を尊重するという校風も山に関しては全く通用しなかった。校長のツルの一言で県外登山と冬山登山は禁止されていた。なんで校長が山に対してこんなに敵意をむき出しにしたかというと、この校長の息子というのが山キチガイで、親父の言うことなんか聞かず、山にばかり夢中になっているからだと言われた。「江戸のかたきを長崎で討つ」――やられた方はたまったもんじゃないけど、まあ、校長の気持ちもわからないわけじゃないサと、どうしても憎めないところがあった。だいたい学校で威張り散らしたり権威主義的にふるまう先公に限って、家に帰れば自分の娘や息子一人さえ操縦できないものなんだ。そんなわけで、私たちは宮城県内の山にばかり何回も繰り返して登ることになった。

それでも私は満足だったよ。宮城県内だけでも素晴らしい山はいっぱいあるし、もともと私は有名な山、高い山というより人の手の入っていない自然がそのまま残っている山が好きだったからね。どんなに有名で高い山でも、山頂付近までロープウェイが走っていたり、夏の登山シーズンにはラッシュになるような山など登る気もしなかった。同じ山でも何度も登れば登るほど親しみが湧き、新しい発見があった。

春の山、夏の山、秋の山にはそれぞれの違った顔があるんだよ。五月、まだ深い根雪に閉ざされていた禿岳の山頂は、七月に登れば足の踏み場のないほどのお花畑で、イワカガミがシャリンシャリンと揺れていた。新緑のブナの林のしめった苔の匂いは、秋には太陽に燃える枯れ葉の乾いた匂いになった。水芭蕉の群落や、シラネアオイのお花畑に出会えば、今年もまた咲いているだろうかと旧友に会いにいくような心持ちで、去年登った山にまた行きたくなるのだった。

二学期に入ると、少しずつ毎日のトレーニングに参加する仲間が増えてきた。二年生になったら下級生に私たちと同じような失望をさせたくない、頼りになる先輩として下級生を指導できるようにならなければと、私たちも一生懸命がんばった。走る距離もどんどん長くなって、最終的には毎日十数キロも走るようになったけど、辛いと思ったことは一度もなかったよ。

体力的トレーニングのほかに、私たちは登山技術・山の気象学・地形学・植物などに関する勉強もした。地図の読み方・磁石の使い方・天気図の読み方書き方・山の植物などの勉強は私を夢中にさせた。毎日毎日が山に明け、山に暮れ、山からの帰路の汽車の中で、次はどこに登ろうかと考えていた。

休み時間も山の地図をひろげては一生懸命色鉛筆で色を塗ったり、学校の裏にテントを張って寝泊まりしたりする私を見て、クラスメイトはあきれてたずねた。

「毎日毎日、山々々々……ばっかり。いったい山のどこがそんなにいいのっさ?」

「うーん、山の良さなんて、とても言葉なんかでは言えねえなァ。行ってみれば、何の説明もしねくたってわがってもらえんだけどなァ。ブナの林の明るさ、新緑のカラマツの美しさ、厚くしきつめられた枯れ葉の道をガサゴソと歩ぐ時のあの足の裏の感触! あの山の匂い、渓谷のせせらぎ、鳥たちの歌声、沢の水の冷たさ、高原をわたる風のさわやかさ。ミルク色の霧、咲き乱れる花々、どこまでも続く雲海、地上では決して見られない星々の輝き。山では本当にさおを伸ばせば届ぎそうなどごに星がきらめいでんだよ。どれひとつとってもあんまり素晴らしいので、とても言葉になんかできねえよ。

　みんなで行げば、飯ごうのめしのうまさもまた格別だしね。自然の中でみんなが心をひとつにし、力を合わせる。他のスポーツと違って山登りには競争もねえしね。あるとすればそれは自然や仲間に対するマナーをどれだけ心得でっかっちゅうこどだげ。山さみんなで登っ時は、一番弱い者を先頭に立だせで、その人の歩調にみんなが合わせる。誰が一人バデだら、みんなでその人の荷物を分げあって持づ。カエルの卵の沈んでる泥水をそっとすくって、やっと手に入れたコップ一杯の水を、何人もの仲間で分げあって飲んだりするんだよ。食べ物だって飲み水だって衣類だって、すべてが『これはおれのものだがら誰さもやんね』なんてことはありえね。みんなが必要とする者のために差し出すのは当だり前。

　そして山で会った人は、見知らぬ人でも誰もがこんにちはと挨拶を交わしあう。分かちあい助けあうという精神は、その見知らぬ人同士の間でも全く同じで、誰もが困っている人がいたら助けあう。自分のことばっかり考えで、助けあうごどを拒否したら、それこそ最大の恥になるんだよ。こんなごど、シャバの世界では考えられねえすぺ？　山は、人々を美しぐするし、謙虚にするんだよね。大自然の前で、人間なんてちっぽけなものにすぎねえってことを教えでけっからだべなあ。山を甘ぐ見だら命とりになる。それでもそのために死んでも、それはすべて自分の責任、誰を恨むこともできね。助けあい、分かちあうっつっても、それは甘えとは全く対極的なものだしナ。どんな甘えも許されねえがらこそ、助けあいが当たり前になるわげだ」

「へええーっ、ずいぶん哲学的なんだねや」

「うん、んだなァ。山登りって一つの哲学だっちゃ。とぐに一人で山さ登ってっ時なんか、そのごど強く感じるな」

「んでも、一人で山登りなんかしておっかねぐねえのすか?」

「ぜーんぜん。したって一人っつったって、鳥はいるし、虫はいるし、いろんな動物もいるし、とぐに動物に会うつもりなら一人で行った方がいいしね。いろんな花は咲いてるし、それはそれはにぎやかなもんだよ。一人で歩いでっ時だって、いっつも山どお話してっから淋しいなんてこどねよ。おっかねえごどは確かにあっけど、それが山の良さだものね。自分への挑戦っつうが、自分との闘いっつうが……とにかぐ、百聞は一見にしかず。一度行ってみればわがるよ。山はね、言葉でなんかねえんだがら。今度の日曜日、一緒に行がねすか? 連れでってやっから」

「いいよ、いいよ。重い荷物しょって苦労してまで山さ行ぎでえとは思わねがら」

「あああ、なあーんもわがってねんだなァ」

せっかくの高校生活を毎日単語帳とにらめっこばかりしている友人が、何とも気の毒でならなかったものだよ。


高校三年になってクラブの顧問が独身の若い男の先生になった。その先生の名前がマサノリだったことから、私たちは親しみをこめて「マチャノリ」と呼んだ。マチャノリは山男としての経験が豊富だったわけではなかったけど、これまでの顧問の先生たちと違って、私たちと一緒にトレーニングをしてくれたり、いろんな相談事にも積極的にのってくれた。いつもニコニコしてきさくなマチャノリは、先生というよりみんなの兄貴といった感じだった。

三年生ともなると、私たちは最上級生として先輩風をふかせて、下級生を指導したりしていた。

アキとたった二人でトレーニングを始めたばかりの頃がうそのように、毎日二〇人近くの者がトレーニングに参加していた。おそろいのユニホームも作ったし、体育館の中にロッカー室を確保することもできたし、一人前の運動部としての実績を着々と積みあげつつあった。

私とアキの夢は野外活動部などという正体不明のクラブではなく、れっきとした山岳部を作ることだった。クラブの新設には毎年年度末に開かれる全校生徒参加の生徒大会での承認が必要だった。クラブの予算の配分は、生徒会役員と各部の代表者からなる会議で決められるんだけど、県大会で優秀な成績をあげる運動部には大幅に認められるのに、ただ好きで山に登っているだけの私たちには雀の涙ほどしか認められない。私たちはいつもくやしい思いをしていた。

私たちが卒業する前に、山岳部を後輩たちに残してやりたい。後輩たちに私たちのような肩身の狭い思いをさせたくない。そのためには今春の高校生体育大会県大会の山岳部門に参加して、他校の山岳部と肩を並べることができることを実証しなければならない。他の高校の山岳部とも交流を持って、他の高校ではどんなクラブ活動をやっているのかも学んでいきたい——と私たちは考えた。

マチャノリに県大会参加のことを頼むと二つ返事でOKしてくれた。ところがしばらくして返ってきた答えは、

「校長が反対して駄目だった。俺も一生懸命頼んだんだけど、絶対反対と言ってガンとして受けつけない」

というものだった。

でも、私たちはどうしてもあきらめきれなかった。校長先生はきっと私たちが毎日どんなに一生懸命トレーニングしているかわからないのだ。反対というのならその理由を知りたかったし、マチ

ま.

ャノリが頼んで駄目なら直接自分たちで校長に頼んでみようということになった。数名で校長室のドアをノックし、何としても県大会への参加を認めてほしいと訴えた。ところが校長は、

「私は校長になって十数年になるが、生徒から直談判されたのは初めてだ。順序が間違っている。私に何か言いたいことがあればクラブの先生を通して言ってくるのが筋というものだ」

説教するばかりで私たちの訴えを聞く耳さえ持っていなかった。

「クラブの先生を通して頼んでも駄目だというから、こうして直接お願いしているんじゃないですか」

「私たちがどんな気持ちで県大会に参加させてほしいと思っているか、わかってほしいのです」

口々に訴えながらも、最後の方は涙声になってしまい、みんな泣き出してしまった。結局この時は、「順序が間違っている」という手続き問題で門前払いをくらい、私たちは追い返されてしまった。

「おまえたち、校長室に押しかけて直談判したんだって？　俺、校長に怒られちゃったよ」

後日、マチャノリがこう言ってきた時、私たちは校長に対する怒りとくやしさをマチャノリにぶつけた。

「気持ちはわかるけどなァ、我慢してもらうしかないなァ」

「だって私たちはもう三年なんだから、今年我慢してまた来年ってわけにいかないんですよ。今、県大会に出られなかったら、山岳部設立にこぎつけることだって難しくなるかもしれないし……」

ブーブー言いながらも、現実の厳しさを認識せざるをえなかった。でも、さすがわれらが兄貴、この後マチャノリはまた校長に頼んでくれたんだろうね。一週間ぐらいして、私たちの熱意を認めて県大会出場を認めると言われた。うれしかったね。「やったあ！」と躍りあがって喜んだよ。

この後も秋に古川高校の山岳部と合同で文化祭をやってクレームがついたり、私たちはクラブのことで何度か校長とぶつかった。この校長ときたら、女子高の校庭や校舎の中に、男子校の生徒が無断で入ってはならぬなんていうほどの時代錯誤的石頭だったから、合同文化祭なんてとんでもない話だったんだろうね。私たちはこんな素晴らしいアイデアが何で怒られなければならないのか全く納得いかなかったけど、この時は、以前のこともあるし、またマチャノリが校長からいじめられたら可哀そうだからということで、私たちの方が折れた。

山にとりつかれて以来、私は自分が女に生まれたことをどんなにくやしがったかしれないよ。古川高校の山岳部とは何度か同じ日に同じ山に登ったり、共に一つのキャンプファイヤーを囲んだり、文化祭やトレーニングを通じて交流を持っていた。古川高校の山岳部の先生はベテランの登山家で、優しくて頼もしくて素晴らしい先生だった。同じ高校というのに、彼らは冬山登山も県外登山も自由で、同じ山に登るにも岩登りなどの難しいルートをとった。同じルートで登る時も、彼らは私たちの後からきて、さっさと追い抜いていってしまう。私たちはどんなに重いといっても二〇キロ止まりで三〇キロ以上のリュックとなると全く歯がたたなかったけど、彼らは五〇キロ、六〇キロものリュックをかつぐことさえあるとのことだった。今度岩登りのコースに一緒に連れていってほしいと言うと、

「その足では長さが足りなくて届かない。どんなに体力があっても無理だ」

とコケにされるし、交流会で山の歌などをうたう時、彼らは、

〽女にゃできない岩登り

のフレーズに来ると、わぎと大きな声をはりあげるんだ。第一、山の歌はすべてが山男の歌で、山女の歌というのはそもそもなかった。

　それに女の場合、登山が生理日にあたるともう悲劇としか言いようがない。ナプキンの始末に困るし、どんなにトレーニングを積んでいても、いつも六〇パーセントぐらいの力に落ちてしまう。女が一人で山登りをするとなると、遭難の危険以前に、痴漢や強姦にあったらどうするのだと、猛反対される。全く女は損だった。

　私たちの学校では、山に登る時は個人的な登山であっても必ず学校に届け出をして行かなければならないことになっていた。クラブ活動での集団登山もそれなりに楽しいけれど、山の自然を深く味わいたかったら、やはり少人数か一人で登りたいものでしょ。届け出のことなんて誰もが無視していた。当然、私も無視した。

　ところが私が明日山に行くと言って準備をしていると、父が、

「ちゃんと学校に届け出をしたのか。出さなきゃ駄目だぞ」

と言ってくる。これだから父と同じ学校はいやなのだ。これまで口論さえしたことのなかった父娘が、ここに来て衝突した。父はあくまで無届けの登山には反対であると言いはり、私はあくまで個人的な山登りにいちいち学校の許可を得る必要はないと言いはる。

　この喧嘩は、私が父の寝ている間にこっそりと起き出して山に行ってしまうことで私の〝勝ち〟に終った。

「おとうさんがあくまで、学校に届け出を出さない限り山に行くことを許さないというのであれば、これからは親に内緒で山に行く」

私に宣言された以上、父としてはどうすることもできなかったからなんだ。その後、父はもう何も言わなかったね。

古川高校の山岳部の誰が格好いいとか、誰が素敵だとか言ってはキャーキャー騒いでいるクラブの仲間を見て、「どうしてそんなふうにチラッと顔を見ただけで、まだ相手がどんな人かわかりもしないのに、次から次へと男の子を好きになったりできるのかなァ」と感心していた奥手の私が、正君を見ると、ただそれだけで胸が高鳴り、頭に血が昇るようになったのはいつ頃からだろうか。

正君は古川高校の山岳部のキャプテンだった。といっても全然偉ぶったところがなく、他のガラッパチの山岳部員がふざけてばかりいるのを、いつも静かに笑って見ているというタイプの人だった。ただ黙っているだけでも、人々の信頼と尊敬を集めてしまう人っているでしょう？　正君もちょうどそんな人だったんだ。

ほかの山岳部員とは何のこだわりもなく話せるのに、正君が相手となると何も言えなくなってもじもじしてしまう。そんな私を見て、アキはすぐにピンと来たらしい。高校三年の私の誕生日に小さなロケットをプレゼントしてくれた。そのロケットの中にはヤッケを着て冬山をバックにニコニコ笑っている正君の小さな写真が入っていた。

「キャーッ、うれしいッ！　ありがとう！　でもどうして私が正君のこと好きだってわかったの？」

「態度見てればわかるよ」

「でも、アキだって正君のこと好きだったんでしょ？」

「まあね、でも正君はまりとの方が似合うよ。私とは背もそんなに違わなくてつりあわないし」

アキは変な理屈で正君を私に「譲って」くれたんだ。正君は男にしては背が低く、アキは女にしては背が高かった。持つべきものこそは親友だね。それからの私はそのロケットを肌身離さず身につけて、一人で天にでも昇ったような気持ちになっていた。

ところが、せっかくアキが「譲って」くれたのに、それ以来一度も正君とは会ったことも話したこともないんだよ。完全な片想いで終ってしまったんだ。

山の思い出話は、このほかにも語り出したらきりがないほどたくさんあるよ。念願の山岳部設立は、卒業間際の生徒大会で満場一致で承認された。入学当初は、「これからの三年間は灰色の三年間だ。死んだつもりでひたすら耐え忍ぼう」なんて今にして思えば滑稽《こっけい》なほど悲愴な決意をしていたのに、この時は「この三年間、燃えるだけ燃えた。悔いはないよ」と胸がいっぱいだった。

今、獄中一一年にして、東京拘置所の医者も驚くほど元気でいられるのも、高校時代みっちり体を鍛えたおかげだと思う。何しろ私の心臓は脈拍が一分間に五二〜五四しかないというスポーツ心臓になってしまったんだから。体力的なことだけでなく、どんなに辛く苦しい時でも山登りの時のあの苦しさを思い、あの山々の偉大さを思えば心が静かになって力が湧いてくる。

彰が中学生の頃、死んでしまいたいほどに孤独で悲しかった時、夜空の星たちと語りあうことで生きる勇気を与えられたと言っていたでしょう？　その気持ち、とてもよくわかるよ。私も高校時代だけじゃなくて、その後もどうしようもなく悲しくてやりきれない時、よく一人で山に登った。思い人っ子一人いない静かな山で、虫の声、鳥の声、草や木々の声を聞き、雲が流れるのを見て、思いきり泣いたことがある。もう生きるのがいやだとさえ思った時、温かく厳しく私を抱いて生きる力を与えてくれたのは山だったよ。

「泣きたいだけ泣くがいい。そして泣きやんだらお帰り。きっと今の苦しみを乗り越えることができるだろう」

山は、そう言って私を励ましてくれたんだ。山が何百何千年という長い間乗り越えてきた苦しみや悲しみのことを思ったら、今の自分の悩みなんて、本当にちっぽけなものにすぎないのだからね。

政治への目覚め

高校三年の夏休みだったろうか。

「地球は通り過ぎた！　平和がやって来る！」

自分で自分の声の大きさに驚き、ハッと目が覚めた。そばにいた姉が、

「何？　急に。びっくりさせるなァ。寝てたんじゃなかったの？」

あきれたような顔をして私の顔をのぞき込んだ。

「え？　私、今何て言った？」

「地球は通り過ぎた。平和がやって来るって言ったよ。何や、今の寝言だったのか？」

「うん、自分でもびっくりして目が覚めてしまった」

「いったいどういう夢見てたのや？　宇宙人になった夢でも見てたのか？　マンガの読みすぎでねか」

確かに私は宇宙を飛んでいたようだった。振り向くと丸くて青い地球が見えた。地球のすぐそば

を通った時、その球体の上で人々が戦争をしているのが見えたんだ。でも、これはマンガの読みすぎというより、ニュースの読みすぎによるものだった。

その頃、テレビ・ラジオ・新聞は毎日ベトナムで幼い子供や老人までが虫ケラのように殺されていることを報じていた。新聞で虐殺されたベトナムの子供たちの写真を見て泣き出してしまったこともあった。戦争なんてもう過去のものと思っていたのに、私が生きているこの今、ベトナムでは何の罪もない人々が殺されていることを知らされると、なぜこんなひどいことがいつまでも続くのだろう。悪いとわかっているのに、どうしてやめさせられないのだろうと真剣に考えるようになった。どんなにマンガチックであろうとも、さっきの夢は、こんな私の切実な平和への願いが、夢に見るまで昂じた結果だったんだ。

寝ても覚めても山のことばかり考えていた頃は、自分の将来についても漠然と、北海道とか北上山地の山すそで、牛や馬・羊などをいっぱい飼って、牧場経営ができたらなァ。搾《しぼ》りたてのミルクで自家製のチーズやバターを作り、毎日、馬に乗って草原を駆けめぐるんだ。牧場が無理なら農業もいいなァ。いろんな野菜をいっぱい作って、朝とれたばかりの野菜をリヤカーに積んで町に売りにいくんだ。時にはおいしい草もちや桜もち、柏もちなんかも作って一緒に売り歩いたら、みんな大喜びするぞ。それも無理なら山小屋の管理人になって、山の手入れや案内、登山客に山菜料理を食べさせる生活なんかできたらどんなに素敵だろうなんて、夢のようなことばかり考えていた。当時は「北海道」がアイヌモシリであるなんてことは、何も知らなかったからね。ただ人の手の入っていない広大な自然の残っている地として単純にあこがれていたんだ。北上山地へのあこがれというのもそれと同じだね。

でも、実際にこのプランを具体化しようとしたら、土地も資本もない女手ひとつでは実現可能とは思えなかった。同じ夢を抱く男をつかまえることが条件になるようでは、将来の生活設計として成り立たないしね。その頃は、女であるということで、初めから自分の可能性に枠をはめて考えてしまっていたね。

そして何よりも、ベトナム戦争や全共闘運動のことを考えると、人間が生きていく以上、自分だけが楽しい思いをして好きなことをしていればいいというわけにはいかないと思うようになった。将来のことを真剣になって考えれば考えるほど、人間が社会的動物である以上、誰もが自分の生きている社会の現実、政治や歴史について責任があり、この社会で苦しんでいる人たちの幸福につながるような仕事をしなければいけないという気持ちの方が次第に強くなっていった。

高校二年、三年の時担任だった名取先生は、スポーツ万能なうえに歌がうまく、あまりにも生真面目で欠点がないのが欠点ということからダメオちゃんというニックネームのついた、二〇代も終りに近づいた独身の数学教師だった。

三年生になるとすぐ、担任による進路指導の面接が始まった。いろいろ難しい問題があって担任教師だけではわからない時は、さらに進路指導部長である荒井先生に面接して相談するようにということになっていた。その「荒井先生の娘」に対して進路指導の面接をするというのは、やりにくくてしようがなかったんだろうね。「荒井はいいやな」ということでいつも後まわしにされた。私も放課後はクラブ活動で忙しかったし、自分の進路ぐらい自分で決めようと思っていたので、「うん、いいよ」ということですませていた。それでもみんなの面接がひととおり終ったところで、一度だ

け、形ばかりの面接をしたことがある。私はまだ自分の進路を決めかねていた。はっきりしているのは学校の教師にだけはならないということだった。先生が、

「荒井はどうするつもりなんだ。お父さんの後ついで学校の先生になるのか」

と言ってきた時、私はムキになって言ったものだよ。

「学校の先生にだけは絶対なりたくありません。親やあなたたち先生方を見ていると、教師というのは本当にいやだと思います。いつも一人の人間である前に教師であり、それがどこに行ってもついてまわり、自由にものを考えたり、言いたいことを言ったり、やりたいことをやったりできないでしょう。必ず教師としてどうなのかということで自分に枠をはめてしまい、ものすごく窮屈でしょ？」

私は名取先生がいつだったか公務員のストライキ権の問題について、自分なりの意見を持っているけれど、教師として教壇の上に立っている以上、自分の意見を教壇の上で述べるわけにいかないと言っていたのを思い出していた。その時、私は、「教壇の上で自分の意見を言えないのなら、教壇から降りて言ったらいいじゃない」と、内心で毒づいていたんだ。

名取先生はリベラルで、教育熱心で、少しも偉ぶったところのない、いい先生だったよ。私は名取先生が好きだったからこそ、先生に教師としてではなく、人間として私たちに体当たりしてほしいと思っていた。でも、先生はいつも教師の枠をはみ出すことのない模範教師であり続け、そんな先生に対し、私はじれったい思いを捨てきれなかったんだよ。それでつい憎まれ口をききたくなるんだよね。

「うーん、そういうことは確かにあるなァ」

先生は苦笑しながら言った。

「それに先生方っていうのは言ってることとやってることが違うしね。言うことばかりよくて、自分にすらやれないことを生徒にやらせようとするでしょう」

「ずいぶん厳しいなァ」

先生はますます苦りきっている。

「教育関係の仕事なら、児童相談所みたいなところでなら働いてみたいという気持ちはあります。いわゆる家出少年とか非行少年とか言われている、子供たちを相手にする仕事をやれないでしょうか」

私は児童相談所というものがどういうものか知っていたわけじゃなかった。ただ、傷つき苦しんでいる子供たち相手なら、成績で人を分類したりすることもなく、一人ひとりの子供たちと人間対人間として体当たりすることができ、やりがいがあるんじゃないかと思ったんだ。この私の答えは先生をちょっと驚かせたみたいだった。「ホウ」というような顔をして言った。

「大変だぞ、女の場合とくに難しいんじゃないかな。暴力をふるわれたりすることがあるかもしれないぞ」

「そんなの関係ないでしょう!　そんなこと恐がっていてそういう仕事務まりますか」

先生の心配が全くくだらないものに思えて、私は思わず語気を強めた。

「それだけの覚悟ができていればいいけど……。うーん、荒井にはそういう仕事、向いてるかもしれないな」

もしそういう方面に進むのなら、大学は心理学科を専攻することになるのじゃないかというような話になって面接を終えた。

牧場や農場や山小屋が無理ならそういう仕事をしてみたいと割と本気になって考えていたのだから、もしベトナム戦争がなく、全共闘運動があれほど盛りあがらなかったら、私は今頃そんな仕事をしていたかもしれないよ。

「賢人と馬鹿と奴隷」

「受験のためだけに勉強するというのであれば、そんな勉強はしなくていい。僕の授業は一方的にこちらが講義をし、君たちがそれを聞くだけというやり方はしない。それだけなら教科書を読んでいた方がよっぽどいい。そうではなくて、教科書を読んでわからなかったり疑問を持ったりしたことについて君たちが質問し、僕がそれに答えるという形で授業を進めていきたい。だから僕の授業の時は、あらかじめ教科書に目を通し、質問事項を準備してきてほしい。もし質問が一つもなかったら、それでその日の授業はおしまいだ」

三年生になって初めての世界史の時間、柳沢先生は開口一番にこれからの授業方針をこう語った。何と素晴らしい先生だろう。私が求めていた授業とはこういう授業だったのだ。私は全身が熱くなるのを覚えた。

世界史の授業は二年の時からあった。でも、「まりちゃんは世界史の時間になると必ず居眠りするね。世界史の時間のたびに今日もまりちゃん眠るかなァと思ってみてると、眠らない日はないんだもの。感心してるよ」と後の席の子に笑われるほど、世界史の授業は退屈な子守歌でしかなかった。それが三年生になって担当が柳沢先生になったとたん、状況が一変したんだ。

「教師というものは競馬の調教師のようなものだ。どれだけ速い馬を作れるかによって評価される。速い馬とはもちろんいい大学に生徒を合格させることだ。そんなバカなだって？　だけど、いい悪いは別にしてそれが現実なんだ」

一年の時の数学教師は悪びれもせずにこう言ったものだ。

「何のために勉強するのかですって？　あなたたちは今そんなこと考えてる暇ないはずでしょ。そんなこと考える暇があったら、その分勉強した方がいい」

二年の時の国語教師もこう言った。これほど露骨な表現でなくても、大部分の教師には、勉強とは試験のためにするものということが前提になっていた。講義中、「ここは試験に出ますから、重要ですからな」なんて言うのは日常茶飯事だった。試験のためと言われれば、生徒の方も必死になって覚えようとする。

このような受験のためだけの勉強に対する反発もあって、私は授業中は机の下で小説を読んだり、居眠りをしたりで、真面目に勉強する気になれずにいたんだ。

数学の時間にわざと先生の目に見えるようにして英語の教科書を開いていたことがある。先生が気づいて注意したら、「私は数学の試験は受けないのだから、勉強する必要ないでしょう？　英語の教科書を開いちゃいけないというのなら、試験のためだけではない授業をやってください」と言ってやるつもりだったんだ。ところが先生は気づいていたのに、一、二秒私の目を見ただけで何も言わなかった。

その頃、私が読んでいたのは、ヘミングウェイ・スタインベック・コールドウェル・ヘッセ・スタンダール・バルザック・ジイド・ドストエフスキイ・トルストイ・ツルゲーネフ・ゴーリキイなどの欧米やロシアの文学だった。そしてそれらの物語の中に出てくる戦争・平和・革命などのことを真剣に考えるようになり、それらの文学の時代背景を知りたくて、図書館から世界史のドキュメントものを次から次へと借りてきて読むようになっていた。

柳沢先生の世界史はフランス革命から始まった。私は毎時間質問をし、授業中だけでは足りなくて休み時間まで粘ったことも何度もあった。世界史の勉強にのめり込んでいくにつれて、歴史とは単なる過去のできごとではなくなっていった。夢の中で私は、バスチーユに向かう途中のパリ市民になったり、シベリアの平原を馬に乗って走るコサックの女になったりした。

柳沢先生はどんな質問に対しても確実に答えてくれた。同じ頃、並行してやっていた倫理社会の先生とは大違いだった。倫社の教師は、生徒が何か質問すると、「そんなこと言われたって、それはアリストテレスがそう言ってるのであって、俺がそう言ってるわけじゃない。聞きたかったらアリストテレスに聞け」といった調子であり、私がヘーゲルについてどうしても納得いかないので、しつこく質問を繰り返した時など、「もうそれだけわかっていれば試験は通るからいいではないか、そんなこと言われたって俺はヘーゲルではないからわからん。それ以上のことを知りたければとうちゃんに聞け」などと言う始末だった。この言葉に私はムカッときて、どんなにこの教師を軽蔑したかしれないよ。

「とうちゃんに聞け」というのは、父も日本史のほかに倫理社会も担当していたからなんだ。それでなくても父が同じ学校の教師をしていることがいやでたまらなかったのに、よりによって倫社の教師がこういう反倫理的なことを言って平然としていることに嫌悪感を覚えた。もっともこの教師の不真面目な態度についてはみんなが腹を立てていたので、この教師はこの後の生徒大会の時、「一〇年前の黄色くなったボロボロのノートを読みあげるだけで教師が務まるのか」と、全校生徒の前で糾弾《きゅうだん》されるハメに陥ったんだけどね。

その頃読んだ「世界ノンフィクション全集」の中で、私がとくに心を揺さぶられたのは『戦艦ポチョムキンの叛乱』と『パリコミューン』だった。マルタン・デュ・ガールの、『チボー家の人々』を読んだ時は、虐げられ苦しんでいる人々の苦しみを少しでも取り除き「歴史の進歩」に貢献できる人間になることが勉強の目的であり、生きる目的なのだという思いが胸の中で炎となって燃えあがるのを感じたものだよ。でも、そのために何をしたらいいのかとなると壁につき当たってしまった。まず、私が生きている社会の現実を知らなければならないのだ、とわかっても、田んぼばかりで農業以外の産業のほとんどない田舎町に住み、山にばかり夢中になっていた私はあまりにも現実を知らなすぎる。

私は自分が進むべき道を決める前に、まず私が生きているこの社会の現実を知ることから始めなければならないと思った。そしてその気持ちが歴史を勉強したい、大学へ行きたい、親元を離れて東京に出て広い世間を自分の目で見てみたい、私の悩みや問題意識を共有できる仲間を見つけたいという気持ちに連なっていった。

「イギリスは中国大陸への侵略のために中国の人民にアヘンを吸飲させ、アヘンを売った代金として多量の銀を本国に持ち帰ってボロ儲けしていた。清がそれを禁止したところイギリスが怒ってしかけたのがアヘン戦争（一八四〇〜四二年）である」

柳沢先生の話を聞いて驚いてしまった。

「一八四〇年といえばイギリスは議会制民主主義の国になっていたのでしょう？　どうしてイギリス国民はそんな戦争を許したのですか。議会でアヘン戦争に反対する者はいなかったのでしょうか？」

「イギリスの国会でアヘン戦争に反対した人はちゃんといる」

先生は当時のイギリス国会議員の議会での発言内容を読んで聞かせてくれた。

「しかし少数派意見だったためにそれは通らなかった。大部分の議員はアヘン戦争を支持したのだ」

それまで私は議会制民主主義というものを信じていた。歴史は人民の解放に向かって進んでおり、いち早く議会制民主主義を確立した欧米の「先進国」はそれだけ民主主義的で人道的になってよいはずだと思った。ところが歴史は、議会制民主主義を確立した「先進国」であればあるほど、外に向かってはこれまでどの国もやったことがないほど残虐なふるまいをすることを証明していた。

「議会制民主主義なんてインチキだ！　そうなのだ。ベトナム戦争だって最も自由で豊かで民主主義の発達した国と言われているアメリカがやっているのだ。それをアメリカ国民も議会もやめさせることができないのだ。そうか！　そうだったのか！　全共闘の学生たちがなぜバリケードを築き、ゲバ棒を持ち、ヘルメットをかぶるのかわかったぞ。それは議会制民主主義がインチキだからなのだ。不当な権力や暴力に対しては直接行動でもって立ち向かわなければならないのだ」

私はこれまでただ何となく共感を覚えていたものの、どうもよくわからなかった全共闘の学生たちが、なぜあれほどまでして闘わなければならないのか、その理由がこの時初めて理解できたように思った。

「先生、教科書にはまるで中国人がアヘンを吸うようになったから、イギリスがアヘンで儲けるようになったかのように書かれていますが、これはおかしいいんじゃないですか。中国人がアヘンを吸うようになったのは原因ではなくて、イギリスがそうさせたための結果なのではないでしょうか」

クラスメートのタンちゃんの声にハッと我に返った。

「いいところに気がついたね。全く君の言うとおりだ。この教科書の書き方は正しくない」

少しも臆することなく教科書を批判する柳沢先生に私は心から拍手を送っていた。

欧米の議会制民主主義に対する疑問や批判は、その後、二次にわたる世界大戦とアジア・アフリカへの帝国主義列強の侵略の歴史を学ぶにつれ、ますます強いものになっていった。そして、学べば学ぶほど、何が真実であるかを見抜く力を養うためには、歴史の勉強が不可欠であるという思いをますます強くしていった。


一九六九年一月、東京大学安田講堂での学生と機動隊の攻防戦は、田舎のノンポリ高校生にも衝撃を与えずにはおかなかった。東大では今年の入学試験の実施は困難だろうという報道がなされると、その分、他の大学の入学試験が例年より難しくなり、大学受験を控えた自分の身にも直接影響が及ぶということもあって、いやでも全共闘運動についての関心が高まらざるをえなかった。

その頃までには私はすっかり全共闘シンパになっていたから、休み時間にクラスメートに、

「共産党なんて革新政党でも何でもないと思うよ。今じゃ体制を左から補完している保守党じゃな

反戦

い。全共闘の学生たちに対する共産党の言い分なんて、自民党や警察と何一つ変わんないものね」なんて話すようになっていた。

卒業式を間近に控えた二月のある日、私たちは全共闘運動をどう考えるかというテーマでクラス討論を開いた。

机を三つのグループに分けて、全共闘支持派、反対派、中間派はそれぞれのグループの席に着くことになった。四十数名のクラスのうち、全共闘支持派は五、六人も来ればいい方だろうと思っていたのに、予想に反して一二、三人もの人が支持派の席に着いた。反対派も同じぐらいしかおらず、あとはみんな中間派だった。でも、いざ討論を始めてみると、支持派の席に着いたものの、全共闘の学生たちがなぜ闘っているのかほとんど理解していない人の方が多かった。圧倒的に強大な権力の暴力の前に身体をはって闘い抜いているというだけで何となく同情している者も少なくなかった。どうやらクラスの中では私が一番「過激派」だったらしい。討論会が終った後、反対派の友人に、「まりちゃん、まりちゃんは大学に入ったらゲバ棒持ってヘルメットかぶってあの人たちと同じことやるのか」

と聞かれた。

「さあ、それはそん時になってみないとわかんないよ」

「でもまりちゃんの論理でいったら、必然的にそうなんでない？」

口にこそ出さなかったものの、私にもそうなるかもしれないという予感はあった。その時はとにかく自分の目で全共闘運動というものがどんなものかを確かめてみたい気持ちでいっぱいだった。

今日が最後の世界史の授業という日、柳沢先生は「賢人と馬鹿と奴隷」という魯迅の短編を読んで聞かせてくれた。

奴隷はとかく人に向かって不平をこぼしたがるものである。ある日、彼は一人の賢人に行きあい涙ながらに自らの窮状を訴えた。食べるものといったら一日に一回あるかなし、その一回が高粱《コーリャン》のカスばかり、そして仕事は夜も昼も休みがない。賢人は今にも涙をこぼしそうに同情して、「きっと今によくなるよ」と慰めてくれた。

しかしいくら待っていても少しも良くならなかった。奴隷はまた不平を訴えずにはいられなかった。彼は馬鹿に会って言った。私の家は豚小屋よりもっとひどい、南京虫だらけで四方に窓がなく、一条の光もさし込まない。

「それじゃ、おまえの家へ俺を連れていってみろ」

馬鹿は奴隷の家に行くと、「窓を開けてやる」と言ってさっそく壁を壊しにかかった。奴隷はびっくり仰天して止めにかかったが、馬鹿は「かまうものか」と、どんどん壊し続けた。すると暗くじめじめした部屋にパーッと明るい太陽の光がさし込み、気持ちのよい風が入ってきた。奴隷は大喜びしたが、ハッと我に返ると主人に叱られる、と泣き出した。奴隷の泣き声を聞いてたくさんの奴隷たちが集まってきた。馬鹿をとっつかまえ、主人が出てきた時、奴隷は言った。

「馬鹿が来て私の家を壊そうとしました。私が止めるのも聞かず、ごらんのとおりの大きな穴をあけてしまったのです。私が大声をあげたので、みんなが集まってきて、何とか家は壊さずにすみました」

「よくやった」主人はそう言ってほめてくれた。奴隷は馬鹿をつかまえたほうびにと、明るい陽の入る部屋に住めるようになった。

その日大勢の人が見舞いにきた中に、賢人もまじっていた。

「先生、今回私に手柄があって主人にほめてもらいました。先生がきっと今にいいことがあると言ってくださったのは本当ですね」

奴隷は、うれしそうに賢人にそう言った。

私は聞いていているうちに目頭が熱くなってしまった。

「馬鹿になろう、馬鹿になろう。歴史を切りひらくのはいつの時代もこうした馬鹿たちなんだ」

私は繰り返し自分に言い聞かせていた。


柳沢先生は父の無二の親友だった。小柄で太っているので私たちからいつも豆ダヌキとからかわれている父と、やせて背が高く、今にもずり落ちそうなメガネを鼻の頭にちょこんとのっけて、首を前につき出してヒョコヒョコ歩く柳沢先生のコンビは、そのまま漫才をやらせたら大いに受けるのではないかと思えるほど滑稽に見えた。

柳沢先生のニックネームはドロガメだった。それはあまりにもピッタリのニックネームだった。ドロガメというあだ名の先生がいるということを知っている人は、誰でも柳沢先生を一目見ただけで、ああ、この先生がドロガメだな、とわかってしまうほどだった。

柳沢先生は父より一まわりほど若かったのだけれど、いつまでもヤンチャ坊主のガキ大将のようなところが抜けきらず、妹相手に相撲をとったりして喜んでいる父と比べると、柳沢先生の方がずっと落ち着いていて兄貴に思えた。へべれけに酔っ払っている父を介抱して連れて帰ってきてくれたり、釣り天狗の父の自慢話にあきもせずにつきあってくれるお人好しの柳沢先生が、私の尊敬する世界史の先生になって以来、私はこのような人を親友として持つ父を見直すようになっていた。

世界史を勉強したいという私に、柳沢先生は、

「親父を乗り越える人間になれよ」

と励ましてくれた。

「はい、なります」

笑顔で答えた時、私はこれまでの父に対する反発がスーッと溶けていくのを感じた。「荒井先生の娘」から自由になれる今、父とは共に歴史を学ぶ友として、心を開いて語りあってみたいと思った。

私の逮捕後、初めて両親との面会が許された日、父から「柳沢先生がとてもまりのことを心配してくれているよ」と聞いた。その時、私が言った言葉は「柳沢先生に会ったら『私もやっと馬鹿になれました』って、そう伝えてください」だったよ。

先生は、私が逮捕されたばかりの頃、毎日家に来て父や母を励ましてくださったそうです。裁判が始まってからも遠い所を何度か面会や裁判の傍聴に足を運んでくださったし、今でも地元の「反日を考える会」の集まりにはよく顔を出してくださっていることは彰も知ってるよね。柳沢先生が父や母のそばにいてくださることを私がどんなに感謝しているか、どうもうまく伝えられなくてもどかしい。

東京生活

出会い

一九六九年四月、私は期待に胸をふくらませて法政大学の門をくぐった。法大は中核派の拠点校で、全共闘運動のさかんな大学だった。図書館はすでにバリケード占拠されており、狭い構内には所狭しと立て看板がたち並び、色とりどりのヘルメット姿の学生たちが始終何やらマイクで騒いでいた。大学など一つもない田舎町で育った私は、これまで大学生というものをほとんど見たことさえなかったのだから、いざ目の前にゲバルトスタイルの学生が現われると、恐くてオロオロするばかりだった。

文学部史学科一年L組というのが私のクラスだった。自己紹介の時、ひときわみんなより大人びていて、長髪にヨレヨレのジャンパーといういかにも活動家然とした背の高い青年がいた。その青年はまだ一年生だというのに、もう青いヘルメットをかぶり、図書館のバリケードの中にいるという。まず彼の話を聞いてみようと思った。しゃべり方も静かであまり恐そうに見えなかったからね。それでも一人で行くのは恐いので、やはり全共闘支持だというクラスの女の子と二人で図書館に訪ねていった。その青年こそが大道寺将司君だったんだ。

　生まれて初めて入った喫茶店で、私は彼に、なぜバリケードの中にいるのか教えてほしいとたずねた。アジ演説みたいなことを言われるのかなと思っていたら、返ってきた答えは全く意外なものだった。彼の答えの八割ぐらいまでは、私にはまだよくわからないことばかりだったけれど、自分自身にごまかしのない生き方をしたいためだという言葉が、ズシンと心に響いた。何よりも強く印象に残ったのは、私のような何もわからない者に対しても軽蔑したり偉ぶったりすることなく話を聞いてくれ、少しも押しつけがましいところのない誠実で真摯《しんし》な姿勢だった。自分に厳しく、真剣に生きていて、信頼と尊敬に値する人だと思った。一緒に行った友だちもいっぺんに彼のファンになってしまった。

　後になってわかったことだけれど、同じクラスメートとはいっても、将司君は二歳年上で、高校二年の時に日韓問題に触発され、活動を開始し、卒業後、大阪・釜《かま》ヶ崎《さき》〔日本最大のドヤ街〕や東京で独自にさまざまな活動体験をつみ重ね、その時彼が法政大学に入ってきたわけは、当時法政が全共闘運動の拠点校の一つだったからなんだ。


「沖縄」や「ベトナム」のデモに参加し、「沖縄」「ベトナム」について学び始めた私は、これまで知らなかった真実の前に愕然《がくぜん》とせざるをえなかった。日本の戦後の「平和」なるものは、沖縄を基地の島として米軍に売り渡すことによって初めて保たれてきたものであり、沖縄人民には戦後の「平和」など全く無縁のものでしかない。毎日毎日ベトナム人民を虐殺している米軍の飛行機は沖縄から飛び立ち、沖縄に帰ってくる。三菱をはじめとした侵略大企業は、米軍に戦略物資や兵器を供給することによって大儲けをし、日本総体がベトナム特需によって高度経済成長なる繁栄を謳歌している。ベトナム人民の虐殺に手を貸しているのは私たちの国、日本であり、「ベトナム戦争を何とかしてやめさせられないのか」と他人事のように考えていた私自身が、そうした日本の中でベトナム人民の虐殺、沖縄人の苦しみに加担し、その血と屍の上に築かれた「平和と繁栄」の中で生活していたことに気づかされた。

中学を卒業してすぐ東京下町の美容院で働いていたおかよとは、高校時代もずっと文通しあい、彼女が帰省すると会って話したりするつきあいが続いていた。私は東京での新しい生活の始まりをおかよに知らせ、東京で会える日を楽しみにしていると書き送った。でもおかよは忙しいと言ってなかなか会おうとはしなかった。

中学を卒業してすぐ働きに出なければならなかったおかよと、何の苦労も知らずに高校、大学へと上がり、いまだに親のスネをかじって勉強できる特権を有している私との間には、もうすでに越えることのできない溝ができていたのだ。

東京は私にとって見るもの聞くもの驚きの連続で、田舎の感覚が抜けきれずにいたための失敗もしょっちゅうだった。

学校までの電車の切符を買うのに「イ、チ、ガ、タ、ニ、（市《いち》ヶ谷《や》）一枚ください」と言ったら、切符売場のあんちゃんに大声でどやしつけられた。駅の名前の読み方を間違えたぐらいのことでなぜ怒鳴られなければならないのか、私には全くわからなかったよ。ある時はデパートでめんこい三、四歳の坊やに声をかけて、その子のお母さんらしき人から白い目でにらまれた。帝国ホテルの裏のガレージのような所に私の背丈ほどもあるデコレーションケーキの模型があったのでそばに行って眺めていたら、守衛室のような所に連れていかれて長々とお説教されたあげく、始末書を書かされた。満員電車に乗れば痴漢はしょっちゅうだったし、夜中にノゾキがやって来たことも一回や二回じゃなかった。ごった返す駅の前で友だちと待ちあわせしていたら、どこかのおじさんが自分の大切なものをおったてて見せにきたこともあった。どれもこれも田舎の感覚では理解できないことばかりだった。

東京って貧富の差が極端でしょ。見たこともないお城のような邸宅があるかと思えば、こんな所に人が住めるのかと思うようなガード下のバラックに人が住んでいたり、橋の下や通路で新聞紙やボール紙を敷いて眠っている人がいる。何のためにあるのかと思うようなピカピカのぜいたくな商品が町にあぶれ、若い娘さんたちはファッション雑誌から抜け出てきたようだった。あり余るぜいたくがある一方で、そこから吐き出されるゴミをあさって歩く人がいる。毎日毎日、自分がいかに世間知らずであったかを思い知らされた。

ある日、学校に行く途中で片足をひきずったおじいさんが、背中と腹にストリップショーの看板をぶらさげて、通りを行ったり来たりしているのに出会った。その時私は、そのおじいさんから目を離すことができず、涙でいっぱいになってしまった。おじいさんにこのようなことをやらせて平然としている者たちへの怒りと、一日中看板のかわりをして歩きまわらなければならないおじいさんの生活に対するくやしさで、胸がキリキリと痛んだ。「許せない、許せない。こんなことはやめさせなければならない」その日はもう学校に行くことができなかったよ。

みどりや
ABC
BOOKマート
本
カネボウ
クスリ
化粧品
ストリップ
ハリウッド
大公開
1000円
パチンコ
モナコ

私が大学で勉強できるという特権は、こうして人間として扱われることなく虐げられている人々の犠牲の上に初めて成り立つ特権なんだということをはっきりと自覚した。これまでの二〇年近くの私の生活は、好きな山に夢中になれたことを含めて、すべてが下層の労働者たちの苦しみ、沖縄やベトナムの人民の苦しみの上に初めて可能となったことだったんだ。

そうであれば、大学での学問というものは、このような虐げられた人々の幸福に貢献し、差別や抑圧、戦争をなくすためになされてこそ価値があるはずだと思った。ところがそこにあるのは結局、ちゃんと単位をとって卒業し、よりよい就職口を見つけ、他人を蹴倒して自分だけいい思いをするための勉強でしかなく、私はすっかり大学に失望してしまった。

とくに期待していた歴史の授業が、階段教室のマンモス授業で、年老いた教授の海外旅行の自慢話に終始したのにはがっかりしてしまった。これなら高校時代の方がよほどましだったと思われるような授業がいくつもあったよ。

私は自分の求める学問を、バリケードの中に求めざるをえなかった。

全共闘系のサークルの巣窟である六角校舎の地下の穴倉のようなところに歴史学研究会という一室があり、どこのセクトにも属していない学生たちがマルクス主義の歴史学をやっているという。私はそこに入って勉強することにした。そこで『共産党宣言』『賃労働と資本』『空想より科学へ』などのマルクスの基本文献や、宇野弘蔵の日本資本主義発達史を勉強した。でも、学習会に参加する女の子は私一人だけだったし、先輩たちは学習会が終ると麻雀やらパチンコやらに行ってしまう。研究会の中には本当に心の通じる友人はできなかった。

それでも勉強したい一心で研究会には積極的に参加した。でも、一生懸命やればやるほど、ここで学んでいることと実生活とが遊離しているとしか見えない先輩たちに対する不満はつのる一方だった。

ある日、勇気をふりしぼって先輩に自分の気持ちをぶつけてみた。

「いったい何のためにここで学んでいるのだろうか。単に知識を増やすためだけの勉強で、学んだことが実際の生き方や闘いに結びつかなければ受験勉強と同じで、何の意味もないと思う」

でも、逆に難しい理屈を並べて反批判されてしまった。私は言い返せるほどの言葉を持っていなかった。そのまま黙ってしまったけれど、くやしさに唇を噛みしめていた。そんなこんなで、一年ぐらいして歴史学研究会にも愛想がつきてしまったんだ。

恐かった図書館のバリケードの中にも自由に出入りするようになって、いろんなセクトの活動家とも知りあい、気軽に話したりできるようになっていたが、どこのセクトにも自分の闘いの場を見つけることはできず、デモや集会があるたびにクラスの友人と一緒に、時には白いヘルメットを借り、時には赤いヘルメットを借りたりしてついて行った。機動隊に追いかけられて断崖の上から人家の屋根の上に飛び降りて逃げたり、急に後向きになって逃げ始めたデモ隊に押し倒されてケガをしたこともあった。

六九年も後半になると、新左翼運動は圧倒的な機動隊の暴力を前にどんどん過激化し、火炎ビンや爆弾が登場するようになってきた。六九年一〇月の国際反戦デーは新左翼系のデモや集会がすべて禁止されたため、各地でゲリラ闘争が展開され、大量の逮捕者を出した。

一一月に入ると、大菩薩峠のアジトで武闘訓練を行なっていた赤軍派五十数名が一斉逮捕され、いやがおうにも緊張が高まっている中、佐藤首相の訪米阻止闘争が闘われた。デモ隊を羽田空港に近づけまいとする機動隊との衝突現場になることが予想される蒲田周辺は、駅の窓口がすべて金網におおわれ、商店街は昼間からシャッターを閉ざし、さながら戒厳令といった状況におかれた。機動隊とデモ隊とがにらみあう路上で火炎ビンの炎が赤々と燃えていた。私はあるセクトの人と一緒だったが女の子だからと足手まといにされ、「危ないから帰れ」と言われた。もうセクトの男でなければ闘いに参加できないのかと、くやしい思いをして帰路につかなければならなかった。この蒲田でのデモを最後に、私はセクトの人たちについて行くのをやめた。

学ぶこと・生きること・闘うこと

歴史学研究会にも新左翼諸党派にも自分の生きる場を見出せず悶々としていた六九年の秋、将司君を中心にクラスの全共闘シンパの仲間数人が集まって、学習会をやることになった。七〇年に入ると、入学当初は民青系の人たちと一緒にバリケードストライキ反対を主張していた片岡利明君も私たちの有力な仲間になった。

この学習会のメンバーが中心になって、L組クラス闘争委員会を結成した。私たちは精力的にクラスの仲間に七〇年安保反対闘争の呼びかけをしていった。この頃は全学がバリケード封鎖されていてほとんど授業もなかったこともあり、クラスの半数近い二十数名もの人たちが私たちと行動を共にすることになった。私たちは大学院の建物の中に部屋を一つ確保し、寝泊まりして連日会議を開いた。

一九七〇年六月一五日、L組クラス闘争委員会の二十数名の隊列は、明治公園を埋めつくした一〇万の群衆の中にいた。人、人、人、人、どこまでも続く人の波、赤・白・青・緑・黒、色とりどりのヘルメット、赤旗の群立。車の通行が遮断《しやだん》されたビル街の道路はデモ隊にあふれ、道幅いっぱいに両手をひろげたフランスデモをしながら、私たちはインターナショナルを歌った。霞ヶ関に近づくにつれ、機動隊の数は多くなり、デモ隊は固いスクラムを組んで進んだ。そのうちに先頭の旗ざお部隊が機動隊と衝突。催涙弾が飛び始め、ドーッと機動隊が押し寄せてきた。デモ隊がクモの子を散らすように逃げ始めた、と思ったら、逃げる私の後から紺色の腕が二本伸びてきて、私ははがいじめにされてしまった。「キャーッ！　助けてぇ！」大声で叫ぶと、近くにいた人が二人がかりでひっぱってくれ、持っていかれずにすんだ。さっきまでデモ隊に埋めつくされていた道路は、一瞬にして機動隊と装甲車に囲まれた無人のコンクリートに一変してしまった。

安保条約は自動延長され、私たちや一〇万の群衆も「壮大なるゼロに終った」と、くやしさを噛みしめなければならなかった。そして、これまでの闘いを乗り越える次の闘いの準備の必要性を感じていた。

夏休みが明けると、私たちは再び研究会活動を始めた。新しくクラス闘争委員会の中心的メンバーに女性が二人参加するようになったことが何よりうれしかった。それまで女の子は私一人だけでいつも淋しい思いをしていたからね。みんなでお金を出しあってアパートを借り、資料や生活用具などを共有財産として持ち寄って、一緒に食事をしたり、討論をしたり、学習会をしたりの準共同体的生活を始めた。そこでは学ぶことと生きることと闘いとが一つのものとなり、私は初めて自分の全生活を打ち込んでいける活動の場を見出せたことがうれしくてならなかった。

その頃私は明大前のアパートに姉と二人で住んでいた。姉は七〇年の春から東京に出てきて英文タイプを習っていた。高校を卒業してからも自分の生きる道を見出せず、古川で一人思い悩んでいた姉を東京に呼んだのは私だった。姉には将司君たちを紹介し、研究会で学習したことについて二人で話し合うようにもなっていた。

私はもう学校には全く行かず、家からの仕送りも拒否して、朝と夜はバイト、昼は研究会というような生活をしていた。姉も夜のバイトをしていたが、食べていくのもやっとで、バイト先のレストランから残り物をもらってきてやっと食いつないでいた。年がら年中おなかすかせてガツガツしていたね。レストランでのバイトをやる前は家庭教師なんかもやっていたんだけど、そこの家で勉強が終った後、夕食をごちそうになることになっていたので、いつも昼食抜きで行ったら、勉強の最中にグーッとおなかが鳴ったりして子供からよく笑われたよ。

そんな赤貧生活をしていたので、私の所にだけ電話がなく、連絡とれなくて不便だと研究会の仲間たちがお金を出しあって電話をつけてくれた。これがあとで、爆発物取締罰則違反幇助《ほうじょ》に問われることにつながるとは、神ならぬ身故、知るはずもなかったけれどね。

寝食を共にするようになると、学校や運動だけのつきあいでは見えないいろんな面が見えてくるもので、将司君や利明君は意外に料理が上手だった。何よりも恐ろしいことに、彼らは人をコケにして楽しむという変態的趣味があり、研究会内部にコケ階級と被コケ階級の階級闘争が発生してしまった。私はもちろん折り紙つきの被コケ階級だったよ。何しろ、切り抜き用に赤線を引いて大事にとっておいた新聞の束をトイレットペーパーと交換してしまったり、しょっちゅう何かをひっくり返したり蹴とばしたりして、おっちょこちょいのそこつ者であることがすっかりバレてしまい、ドジコのニックネームを頂戴したくらいだからね。

私たちは、朝鮮人民の革命運動史、日本帝国主義の朝鮮侵略史、チェ・ゲバラの闘いとその思想、アルジェリア革命とフランツ・ファノンの思想等を学んだ。ほんの少しだけど朝鮮語の学習もやった。そして次第に被植民地人民の飢えと血の犠牲の上に成立している帝国主義本国の「平和と繁栄」「日常性」をこのままにしておくことは許されない、被植民地人民の反帝国主義の闘いに呼応して、「第二、第三のベトナム」を日本国内にも作らなければならないと考えるようになっていった。

私たちはこれまでの運動を振り返って、大衆的デモンストレーションを中心とした「××粉砕」という政策阻止闘争の限界をいやというほど思い知らされていた。そうした闘いは、圧倒的な機動隊の暴力の前に敗北を重ねるばかりであり、これまで以上の大規模な集会やデモを組織することができたとしても、権力はそれを上回る暴力をもって弾圧するだけで先は見えていると思った。日本帝国主義の政策のすべてが、全世界の被抑圧人民に対する搾取・収奪・抑圧に連なるものである以上、現在の支配体制そのものをくつがえすことなく、後手後手にその政策を阻止しようとしてもきりがないし、何ら根本的な解決につながらず、万年敗北者で終るしかないと考えたんだ。

「二つ、三つ、そして数多くのベトナムが地球上に現われ、それぞれのベトナムが死と数限りない悲劇をはらみながらも日々英雄的に戦い、帝国主義に繰返し痛撃を与え、全世界人民の激しい憎悪を浴びせかけ、帝国主義の軍事力を世界の各地に分散させるならば、未来は明るく、近い！」（『国境を超える革命』インパクト出版会）

ボリビア山中で闘い半ばにして倒れたゲバラのメッセージは、私たちの心を激しく揺さぶった。こうして私たちは、日本帝国主義と闘うために武器を手にとる決意をしていったんだ。でも、合法的なデモにちょっと参加しただけのクラス闘争委員会の延長上に武装闘争がやれるはずもなく、本当に武装闘争がやれるのかどうか、爆弾の実験をして技術的、思想的な検証をしてみようということになった。この段階で二人ほどが研究会を抜けることになり、入れ替わりに将司君のフィアンセというあやちゃんが入ってきた。

七一年の正月明け、私たちは将司君とあやちゃんの郷里である釧路の海岸で味の素やコショーのビンに火薬を詰めて布で栓をしただけのごく簡単な手投式爆弾の実験をやった。マッチで布栓に火をつけて砂浜に投げると、ポカンと爆発するだけの子供のおもちゃみたいなものだったけど、私たちは実験が成功したと喜びあった。

釧路から帰ってきて、私は姉を研究会に誘って一緒に行くようになった。しかし、これからどうするかという段階になって、このまま武装闘争の実践につき進むこともできず、ひとまず解散して各自がこれまでに身につけてきた思想を煮つめることにしようということになり、姉が入ってきて一か月もしないうちに研究会は解散してしまったんだ。

研究会がなくなると、すべての生活を研究会に注ぎ込んでいた私は、行くあてもなく途方にくれてしまった。とりあえず、生活費を稼がなければならなかったし、下層労働者の現実に学ばなければと、町工場に働きに出ることにした。

町工場

七一年春、私は新聞広告で見つけた板橋区内のアルミ工場で働くことになった。労働組合もない、社員十数名の小企業だった。

面接の時、高卒という履歴書を持っていったら、現場で働いている人はみんな中卒であり、高校を出ているなら事務の仕事をしてもらおうと言われ、私はあわてて事務の仕事よりも現場で体を動かす仕事の方が好きだからと言って、現場の仕事にまわしてもらわなければならなかった。このあたりから私の甘さは露呈していて、この会社ではうまくいかない運命にあったらしい。

入社してから三、四か月がたち、仕事にもやっと慣れた頃、社長から日曜日に社員全員でボーリング大会をやると言われた。しかもそのためのユニホームまで用意して、これからは定期的にボーリングをやるという。私たちにしてみれば、はた迷惑な話だった。誰もが口々に日曜日ぐらいは会社から自由になって自分の好きなことをやりたいと陰で文句を言っていた。私たちが喜んでいると誤解されてこの後もたびたび貴重な日曜日を会社に奪われてはたまらんと思い、私は中学時代や高校時代の教師や校長への直談判と同じ調子でそれをそのまま社長にぶつけてしまった。だけどここは学校じゃなかった。社長はカンカンに怒って、「もう明日から会社に来なくていい！」と、クビを宣告されてしまったんだ。

工場長は、「まりちゃんの気持ちはわかるけど、ここは押さえなくちゃ。社長に一言あやまれば、私からも社長によく言って、また働けるようにしてあげるから、ここは我慢してあやまりなさい」

と親切に言ってくれたけど、私は「本当のことを言ったまでだ。仕事上のミスでクビになるのならしかたないかもしれないけど、本来私たちの自由時間であるはずの日曜日にボーリング大会に出たくないと言って何が悪い」と、謝罪することを拒否して帰ってきてしまった。

冷静になってからよく考えてみると、もう少し別のやり方があったろうにと、たった三、四か月でクビになってしまった自分の単細胞的青臭さに我ながらあきれてしまった。

研究会では「武装闘争をやるには、日常生活において完全にノンポリの一般市民になりきらねばならず、左翼的な素振りをしてはならない。かつて左翼であったことを知っている身内や友人に対しても転向したように見せかけなければならない」と言われていた。私のこの軽挙妄動は仲間たちからも「武装闘争のことを何もわかっちゃいない」と批判された。この時はさすがの私も一言も返す言葉がなく、反抗期のガキと大差ない己れの甘さを恥じるばかりだった。

朝は暗いうちから起きて便所掃除をやり、夜は終電近くまでキャバレーのホステスをやったこともある私には、工場での仕事はそれ自体きついということはなかった。でも、何の技術もいらない単純労働の繰り返しは、働く喜び、生きる喜びと全く無縁の世界であり、中学を出てすぐ働きに出た友だちの顔を思い浮かべながら、改めて学生という身分がいかに特権的なものかということをつくづく感じざるをえなかった。とくに女性の場合は、少しでも技術を要する仕事はやらせてもらえず、数年前から働いているおばちゃんたちでさえ、新しく入ってきた若い男性労働者の下働きや、製品の検査、梱包《こんぽう》など、ただ数をこなすだけの仕事を割り当てられていた。女性を男性の下にくみしくことで男性労働者に優越感を与え、残業や時間外労働などをやらなければ一人前の男性従業員ではないとしてバクバク働かせる、そんな構図がたちまち見えてきた。

本当のことをちょっと言っただけで、たちまちオマンマの食い上げになってしまう未組織の下層労働者の現実を知っただけでも、プチブル出身の私にとってはいい勉強になったと思う。

この経験を通して私が思ったことは、帝国主義本国の労働者は生活水準が向上し、帝国主義支配階級と一定の同盟関係に陥ってしまっているとはいえ、下層労働者がただ食べることができるというだけでなく、人間として解放され、自分が自分の人生の主人公としていきいきと生きることができるようになるためには、やはり革命以外にはありえないということだった。

新しい仕事を捜そうにも、明大前では近くにいい職場も見つからないので、七一年秋、姉と私は町工場の多い足立区千住に安アパートを見つけて引っ越した。

仕事はすぐ見つかり、荒川区の従業員数名の小さなビニール工場に勤めることになった。今度は、前回の失敗を教訓として初めから中卒ということにし、何があってもおとなしくしていることにした。

工場では下層の労働者たちが、ひどい労働条件の中でギリギリの生活をしながら少しでも給料のよいところに転職することのみ夢見て働いていた。日曜日も何の手当もなしに仕事にかり出されることがあったし、パートのおばさんは病気で一週間休んだだけでクビを切られた。会社の近くに住んでいるおばさんが仕事を休むと、社長の奥さんが家まで押しかけていって連れ出してくるというありさまだ。一番ひどいのは住み込みの運転手のお兄さんで、彼は朝は五時、六時から夜は九時、一〇時頃まで働かされ、日曜日さえ休みがとれないことがしょっちゅうだった。しかも時間外手当・休日手当をいっさいもらっていない。彼の部屋は昼間は労働者たちの休憩室になっており、プライバシーはないに等しかった。なぜそんなひどいことを我慢しているのかと聞くと、前に会社の車を借りて帰省して事故を起こしてしまい、損害賠償金を会社に出してもらったので、会社に借りがあり、その借金を返済するためなのだという。「借金を返し終ったらこんな会社には一日だっているもんか。会社をやめたらバーテンになるんだ」と言うのが彼の口癖だった。そのような搾取と抑圧は、労働者の中に、同じ職場で働く「障害者」や在日朝鮮人に対する差別や優越意識を根深く生みだした。

千住のアパートはまわりに子供がいっぱいいて、よく遊びにきた。私がまた子供が大好きで、喜んで一緒に遊ぶもんだから、多い時は一五人もの子供が集まったことさえあったよ。

ノラ猫が二匹、いつの間にか住みつくようになり、日曜日には猫と子供を連れてすぐ近くの荒川土手によく遊びにいった。

私たちは明大前のアパートにいた頃から鉢植の花をたくさん作っていたんだけど、千住に来てからはそれだけでは物足りなくなり、アパートの軒下の石ころだらけの土を掘っくり返して畑を作り、野菜や花を育てたりもした。固い死んだ土を空気や微生物いっぱいの生きた土に変えてやるために、荒川の土手に行って土をとって来たり、肥やしを作ってまいたんだよ。

肥やしは落ち葉を拾ってきてバケツに入れ、腐らせて作る。仕事から帰ってくると肥やしのバケツをかきまぜるのが姉の日課だった。私が横で夕食の仕度をしている時にも姉はこの日課を始める。部屋中が臭くてたまらないので外でやってくれと言うと、外でやったら臭いに驚いて近所の人たちが大騒ぎするからまずいと言い、わざわざ窓を閉め切ってやるんだから大変だった。肥やしの臭いはそれほど強烈だったんだ。

何か月かして黒々として芳香を放つ肥やしができあがり、いざ畑に入れるという時の姉の目の輝きは、マタタビを見つけた時の猫でさえとてもかなわなかったと思うよ。

田舎からもみ殻に包んだ柿が送られてきたことがあってね。なつかしいもみ殻の匂いに郷愁をかき立てられ、「いい匂いだなァ」「何年ぶりだろう」「田舎の田んぼを思い出すね」「このもみ殻で焚《たき》火《び》をして焼いた芋はうまいんだよね」なんて話しているうちに、「このもみ殻で焚火をし、灰を畑の肥料にしよう」ということになった。

ところが、いざ焚火をするとなると適当な場所がなかなか見つからない。荒川土手が一番よさそうだけど、目立ちすぎて何やらヤバイような気がして、結局、荒川と隅田川をつなぐ用水路のコンクリートの壁のわきですることに決め、マッチ一箱ポケットにつっこみ、もみ殻を入れたビニール袋と水を入れたバケツ一つを持って出かけた。

「あったかいね」

「この煙の匂い、いい匂いだね」

「ねえ、家にじゃがいももあったんじゃない？　持ってくればよかったね」

なんて言いながら、ニンマリして焚火にあたっていると、向こうの方から警官が一人自転車に乗ってやって来た。単に通りがかっただけと思って無視していたら、

「こら！　何を燃やしている！」

恐ろしい形相で詰問《きつもん》してきた。あっけにとられて、

「何って見ればわかるでしょう。東京のおまわりさんって、もみ殻も知らないの？」

と言うと、放火の現行犯にしてはどうも様子が違うことに気づいたらしく、少し声の調子を落と

しながらも、

「こんな所で焚火をしちゃいかん。すぐ消しなさい」

と言う。こういう時、すぐ反抗的になる癖のある私は、

「ええっ、なんで？　ほかに燃えうつる心配は全くないし、ちゃんとバケツも用意して来ている。焚火が終ったら灰も全部持ち帰るんだから、最後まで燃やさせてよ」

となおも抗弁したんだけど、

「だめだ、すぐ消しなさい」

と、絶対に譲ろうとしない。

「東京では焚火をしちゃいけないって法律でもあんのかね」

ブツブツ言いながらも、こんなことで警察にたてついて逮捕されたのではかなわないので、しぶしぶせっかくの焚火も中止せざるをえなかった。


私たちのアパートの隣りは、白髪の美しいおばあさんと四〇歳ぐらいになるおばあさんの娘さんの二人暮らしだった。おばあさんも花が好きで、いろんな鉢植の花を育てていた。私たちが仕事に出かけた後、私たちの畑や鉢に水をあげてくれたり、雨が降り出してきたら洗たく物をとり込んでくれたり、とても親切な優しいおばあさんだった。

ある日、おばあさんと立ち話をしていたら、

「おくにはどこ？」

と聞かれた。

ま

「東北の宮城県よ。おばあちゃんのおくには？」

と聞き返すと、おばあさんは急にふっと淋しそうなため息をつき、遠くを見つめるような目をして答えた。

「遠い、遠い所だよ。あんたの知らないような遠い所」

私はおばあさんと会った瞬間からおばあさんが朝鮮人であることに気づいていた。あのなつかしい金さんのしゃべり方とそっくりだったからなんだ。でも、おばあさんにとって私は、おばあさんが朝鮮人だということを知ればとたんに冷たくなってしまう日本人の一人にすぎなかったんだよね。殺伐とした東京でのアパート生活の中で、おばあさんの「おはよう」「お帰り」の一言やほほえみがどんなにうれしかったかしれない。それなのに私はおばあさんと友だちになることすらできないんだ。私は自分が朝鮮人差別と闘うことなしには、朝鮮人と友人になることも心を通いあわせることもできないということをいやというほど思い知らされた。闘っていない私がおばあさんから拒否されるのは当たり前だった。

　自分が自分として生きることのできない日本で、どれだけの苦しみや悲しみがおばあさんのしわに刻み込まれていたことだろう。あるがままの自分を隠して生きていかなければならないことの苦しさが、今の自分の状況と重なって胸が苦しくなった。何の屈託もなさそうにじゃれまわっている猫を見ると、「日本の猫と朝鮮の猫との間には何の垣根もないのに、どうして人間はこんなことで苦しまなければならないのだろう」と、猫たちがうらやましくてならなかったよ。

　こんな生活をいつまで続けていてもしようがない。何とかして闘う道を見つけなければと思った。そして闘わなければならない以上、おばあさんとあまり仲良くしすぎると、弾圧があった時、迷惑をかけてしまうかもしれないと考え、日常的挨拶以上の深入りはしないように気をつけることにした。でも、いざ「闘う」と言ってみたところで、何をどうすればいいのか出口が見えないまま、悶々とした日が過ぎていくばかりだった。

挫折

一九七一年一二月、新聞を見ていたら、熱海にある興亜観音像とA級戦犯を慰霊する殉国七士の碑が爆破されたというニュースが目に入った。それはうっかりしていると見落としてしまいそうな小さな記事だったが、日本の中に日本帝国主義の犯罪史を根本から問い直し、闘おうという武闘グループがいるということは、強い印象に残った。

その後しばらくして久しぶりに将司君から電話があった。

何回か会って話すうちに七士ノ碑等の爆破をやったのは彼らであり、彼らは今、次の闘いを準備中であるということを知らされた。次の闘いとは横浜にある総持寺納骨堂を爆破するというものだった。そこには朝鮮で死んだ無名日本人侵略者の遺骨が納められており、それらの遺骨は総持寺に来る前まで韓国にある合祀《ごうし》台《だい》に納められていた。しかし、その合祀台自体が朝鮮人民の強い反対を押し切って建てられたものであり、合祀台建設後も執拗な抗議、破壊、焼き打ち等にあったため、やむなく日本に持ち帰ってきたものなのだという。

総持寺ではこの遺骨の慰霊観音像を建設し、日本人の朝鮮侵略を美化正当化しようとしている。たとえ無名の庶民であろうとも、朝鮮人民にとっては侵略者・敵でしかなかった日本人の慰霊碑建設は阻止しなければならない。納骨堂を爆破してその意思を示すことは、日本帝国主義本国人民として朝鮮人民の闘いに具体的に呼応連帯する闘いとなるだろう、というのが彼らの話だった。

当時、日共革命左派の銃奪取闘争、三里塚での機動隊員の三名の死亡、警視総監であった土田邸や日石地下郵便局での小包爆弾爆発、新宿追分交番でのクリスマスツリー爆弾をはじめとした都内交番の連続爆破等が相次いでおり、武装闘争の気運は高まっていた。しかし、単なる反権力闘争がエスカレートしただけの爆弾闘争に対して私は批判的な気持ちを持っていた。強大な国家暴力に対してちゃちな爆弾で対抗しても権力はビクともしないし、かりに、どのような大義名分があろうと、まきこまれた犠牲者のことを思うとそのような形での闘争に批判的にならざるをえなかった。今、最も大切なことは、日本人民に、日本人民の生活が被植民地人民の犠牲の上に築かれているということを知らせ、そのような私たちの生活のありようを問い直し、被植民地人民の闘いに呼応して日本帝国主義の侵略をやめさせることだと思っていたからね。総持寺納骨堂爆破はこのような私の問題意識にピッタリの闘いであり、闘いたくても闘いの道を見出せずにいた私はすぐに賛成し、共に闘うことにした。

私が参加した頃は、研究会当時の仲間四人に新しい同志二名を加えて話もだいぶ煮つまっており、彼らは何度も下見などをしていた様子だった。私と姉は爆弾に使う木炭をすりつぶして粉にする作業を割り当てられたほかはとくにすることもなかったけど、一度納骨堂がどんなものか見てきた方がいいだろうと言われ、見にいった。ところが夕方薄暗くなってから行ったので、痴漢らしい人に後をつけられたりして、納骨堂を見るのもそこそこにして逃げてきてしまった。

そうしているうちに新しい同志二名がみんなに無断で入管事務所の下見に行ったりしたことから、

それがチームワークを乱す行為として問題となり、私たちが納骨堂を見ているところを他人に見られていることも合わせて、三月一日に決行することになっていた爆破予定日を延期しようという話が出た。二人の同志が定職についておらず、つこうともしていないということも批判の対象になった。私はこれらのことが延期しなければならないほど重大な問題だと思えなかったのと、入管事務所を見てくるぐらいのことを自発的に自由にやったってかまわないじゃないか、という反発もあって、延期に反対した二人の新しい同志の側についた。

ところがこの後、感情的にこじれてゆき、「そんなに言うのならあんたたちだけでやればいい」「あありましょう」ということになってしまい、延期派と予定どおりに決行派とに分裂してしまった。延期するか否《いな》か程度のことで何も分裂する必要はなかったのだけれど、爆弾闘争は八人もぞろぞろそろってやる必要もなく、二グループに分かれて有機的な連合のもとにやった方がより効果的だという意見もあって、私もそれならそれでいいだろうし、何となく行きがかり上こうなってしまったからにはやむをえないと軽く考えていた。

ところが延期に反対した二名の同志はいつまでたっても総持寺爆破を決行する気もなく、うやむやのうちに日が過ぎてしまい、結局、延期派の将司君たちが約一か月遅れで決行した。

私はその時点でやっと自分の選択が間違っていたことに気づき、二人の同志とも別れて落ち込んでしまった。怠慢やちょっとした失敗などであれば、これからは一生懸命にやろうとか、今回のことを教訓にしてこれから気をつけようということで過ちを克服することができるかもしれないけれど、自分が正しいと信じてやったことが結局は間違っていたという価値判断の能力の欠如を克服することは容易なことではない。武装闘争は小さな過ちが決定的な生命とりになるかもしれないのだから、こんな私には武装闘争をやっていく資格などないのだと私はすっかり自己嫌悪に陥ってしまった。口先だけで実行の伴わない者は、私の一番嫌いなタイプなのに、自分がそういう人間になってしまったのであり、私が総持寺爆破闘争に参加して、やったことは闘いの足を引っぱることだけだった。これ以上私が彼らと共に闘おうとすれば、彼らに迷惑をかけることにしかならないだろうと思った。

武装闘争ができなくても大衆闘争ならやれるのではないかとも考えたが、研究会で武装闘争を志向するようになってからは、合法的左翼運動をしている人たちとの交流関係をいっさい絶ってきたので、どこにも行き場がなかった。それに、非合法闘争をやろうとする者が権力から目をつけられやすい合法闘争をやる者と接触を持っていたのでは、合法闘争、非合法闘争の双方に致命的なダメージを与えかねない。私が大衆闘争にこのまま進めば、将司君たちにどんな迷惑をかけるかわからないと思った。私のようなおろかで未熟な人間が自分の弱さを克服するには、本当に虐げられ、抑圧され、存在の底から革命を求めている人々とじかに接して彼らから学んでいくしかない。表面的にノンポリ市民面《づら》して今のような生活を続けていったら、いつまでたっても私は地に足をつけた闘いなんてできないだろうと考え、市民社会に埋没してゲリラ闘争のみで自分たちの思想を表現していく闘いのあり方に対しても、確信を持てなくなってしまった。そうして自分に対する自信をなくしていく一方で、将司君たちは私なんかと違って、たとえああいう形態でも正しい闘いをやっていくことのできる人たちであり、武装闘争というのはそのようなすぐれた資質の人にしかやれない闘いなのだと、彼らを一種神聖化するようになっていった。

武装闘争もやれない。大衆闘争もやれない。引き返すことも先へ進むこともできず、私は途方にくれてしまった。今思えば、何でこんなに落ち込んだのかと思うけれど、初めての眼もくらむような都会生活、そこでのギリギリの生活状態の中で、絶えず緊張を強いられたような活動……あの当時の何かをやらなければいけないという急《せ》かされるような思いに隠され意識されなかったにせよ、気持ちの底にはそこから逃れたいような重圧感があったのかもしれない。一時は、私はいるだけで邪魔な人間、死んでしまった方がいいのかもしれないとさえ思ったんだよ。でも、誰にも迷惑をかけずに死ぬことなんてできないし、やっぱり私にだって生きていれば何かの役に立つこともあるだろうと思い直し、とにかく東京を離れようと決心した。

姉はこの後も将司君たちと共にやっていくつもりのようだったし、そうであればなおいっそうのこと、一緒に活動できない私が姉と同居していることは、お互いにとっていいことではないだろうということで、六九年四月の上京から三年半ぶりに古川に帰ることにした。

帰省

久しぶりの田んぼや山々はなつかしかった。家族は私が帰ってきたことをとても喜んでくれたが、私の気持ちは晴れなかった。でも、いつまでも落ち込んでばかりいるわけにもいかないので、私にも人々のためになる仕事が何かできるはずだと気をとり直して、これから先どうやって生きていこうかと考えた。

そんな時、東北の無医村で医師や保健婦がいないためにとても困っているという新聞記事を見て、保健婦なら私でもなれるかもしれない、僻地《へきち》医療の仕事ができないものだろうかと思った。僻地医療に従事できれば、大嫌いな都会の雑踏とは無縁の生活ができる。毎日が大好きな山の中での生活だ。水道や電気のないような所でもいい、半年間は雪に閉ざされてしまうような山奥でもいいなと思った。闘いを放棄している以上、現実の政治とのしがらみの少ない山奥へ山奥へと入っていきたかったのかもしれない。

東京での生活は、夏休みなんかで帰省していた時期を除くと、実質的には三年間ぐらいのものでしかなかったけど、その間、私はいつも異邦人のような淋しさの中にあった。土や緑が恋しくて、用もないのに仕事からの帰りに降りるべき駅で降りず、そのまま電車に乗って千葉や埼玉の方まで行き、ほんの少しばかり土や緑のある道を一人であてどもなく歩いたこともあった。繁華街の雑踏を歩くと、必ずひどい頭痛がするので、できるだけ人の多い所には行かないようにしていた。そんな調子だから、いつまでたっても東京の地理に慣れず、山手線沿線の駅に降りるにも地図を片手にしなければならなかった。

研究会当時、生活の無理がたたって無月経になってしまってからは、二年間もずーっと生理がストップしたままだった。今思えば単なる栄養不良や肉体的な無理というだけでなく、多分に精神的なものだったんだろうね。千住に来てからは、朝起きて頭痛のしない日はなく、鎮痛剤を手放せなかったほどだよ。

闘いがなかったらとても東京では生きていけないということをいつも感じていた。闘いに挫折し、一人になってしまうと、山へ山へとひかれる自分の性癖に流されるままになってしまったんだよね。

保健婦になるにはまず、看護学校に行って看護婦の資格をとらなければならない。問題はお金と入学試験だった。勉強の方はやると決めた以上は石にかじりついてもやるしかないが、お金は自分の力ではどうすることもできない。父に相談したところ、喜んで援助すると言ってくれ、母も「まりはおっちょこちょいだから、人の生命をあずかる仕事をしてドジをしたら大変だよ」なんて冷やかしながらも賛成してくれた。この辺は、本当にプチブルとしての特権なんだけど。

いったん学生としての特権を否定するために、家からの仕送りも拒否して自活しながら大学に通ったり、その大学も二年で中退して労働者になった私が、二一歳にもなってまた親のスネをかじって学校へ行くということは、学校に行きたくても行けない人に本当に申し訳ないと思った。でも、「あと三、四年だけぜいたくさせてください。学校で学んだことは必ず社会に返していきます……」そんな気持ちで看護学校に行くことを決めたんだ。

それからは高校時代の愛験勉強への反発もどこへやら一心不乱に受験勉強に精出した。何せ残された時間は三か月足らず、数学などは中学・高校時代の不勉強の報《むく》いで、高校一年の時の教科書さえチンプンカンプン、中学生の妹の教科書を借りて中学時代からやり直さなければならなかった。

それでもどうにかこうにか、七三年四月には仙台の東北大学医療技術短期大学部看護科に入学することができた。学校はまだ正式に認可されていない新設の短大だったため、国会の承認を得るまでのその後約三か月半ほど入学式もないまま自宅待機させられた。

八月中旬になってやっと授業が始まると、私は学校の近くにアパートを借りて自炊生活を始めた。遅れて発足したということから授業はかなりの詰め込みで、朝八時半から午後四時半頃までびっしりだった。授業に出るほかは午後五時から八時までケーキ屋でアルバイトをしていたので、他のことを考えるゆとりもない忙しい毎日だった。とにかく早く卒業して早く働きたいという気持ちだけだった。

学校ではみんなより三、四歳年長だったので「長老」なんて呼ばれたりしていた。政治的には全くノンポリを装い、心を打ち明けることのできる友人は一人もいなかった。心の底には淋しさが鉛の固まりのように詰まっていたけど、実家が近かったでしょ、ちょくちょく帰り、時には父や妹と一緒に山登りをしたりして、表面は明るく過ごしていた。でも、どうにもこうにも悲しくてやりきれなくなった時は、一人で山に登った。


七三年の暮、姉が一人で東京での正月を過ごすというので、それでは淋しいだろうからと、私はおせち料理を持って一年三か月ぶりに上京した。

姉のアパートを訪れた翌日、将司君から電話があり、「珍しい人が来ているなァ。なつかしいな。会って話さないか」と言われ、次の日、喫茶店で会った。その時は私の近況報告をするくらいで、あまり話は進まなかった。それでも会って話せたというだけで私にはうれしかった。

将司君が私に対して拒絶的な態度をとらず、それなりに私を受けとめてくれたことで、私の気持ちは急速に彼らに接近していった。というのは、当時、私は学校の勉強に身を入れてはいたものの、医療問題について学べば学ぶほど社会の矛盾とぶつからざるをえず、現在の医療体制のもとでは、個人的にどんなに努力しても人々のための本当の医療の実現は難しく、むしろその体制の中に組み込まれることによって加害者の立場に立ってしまうのではないか、というジレンマに陥っていたからなんだ。とくに保健婦というのはお役所仕事であり、医療の名を借りた管理支配の一端を担っていることが多いのが現実だった。

私のまわりにはこうした悩みを打ち明け、相談できる人は誰もいなかった。私にとって将司君たちは、いかに生きるのかということについて思想的に一致しえる唯一の人たちであり、たとえ共に闘えなくても求めているものは同じだという思いがあった。だから、私の進む道について、彼らにも意義を認めてもらいたかったし、悩みごとの相談にのってほしいとも思った。


七四年二月、私はまた上京して将司君と利明君に会い、「今、私は看護婦になるための勉強をしてるけれど、これは武装闘争を否定しているからではない。武装闘争の必要性についての認識や私の思想性は研究会当時と少しも変わっていない。ただ私は武装闘争に向いていないから、合法的な分野で自分にもできることをしていきたいと思っているんだ」と話し、ぶつかっている医療問題についての悩みを打ち明けた。

すると、「やらなければいけないと思っているのだったら、自分には向いていないというのではなく、やれるように自分を変えていくことが必要なんじゃないか」という答えが返ってきた。

この答えは私にとって全く意外なものだった。それは「君だってやる気さえあれば、武装闘争をやっていけるのじゃないか。俺たちと一緒に闘えるんじゃないか」という意味だと受けとめたからだ。自己不信に陥っている人間というのは自分自身で何が正しいのか判断できず、常に自分の考えに確信が持てないから他人の評価に対して極度に過敏になる。その頃の私はちょうどそういう状態だった。

私は彼らの言葉を当時の私のありように対する批判として受けとめた。

飢えや栄養失調、必要な薬さえ手に入らないためにどんどん死んでいく被植民地人民がおり、他方には飽食や栄養過剰、薬漬け医療のために新しい病気をどんどん作って苦しんでいる帝国主義本国人の存在。病気を治すためというよりも製薬資本や医者の儲《もう》けのために投与される大量の薬。企業の利潤追求のために犠牲にされた公害病や職業病に苦しむ人々の存在。日本の医療のために貧しい国々の人々から血液や眼球、骸骨まで奪ってくるおぞましさ。日本人の医者はなかなか行きたがらない僻地の医療が、かつての日本による植民地支配下で日本語によって養成された台湾人や韓国人の医者に担われている現実。「満州」で、中国人等に対して生体実験をやった石井部隊をはじめとして、数々の生体実験の中で「進歩」してきた日本の医療の姿。警察権力と一体となって治安弾圧のために「精神障害者」を管理支配し、人権侵害をやって平然としている精神医療。製薬資本の海外侵略……日本医療の現実は、それ自体がアジア人民をはじめとした被植民地人民の犠牲の上に成立しており、今の体制の中で日本人民の医療のためということを自己目的化すれば、帝国主義のわなにはまり込んでしまう危険性が大きいということを物語っているように思えた。考えれば考えるほど帝国主義——植民地の支配構造そのものを撃つことなしに、真の医療を実現することはできないと痛感せざるをえなかった。

「やらなければいけないと思っているのだったら、自分には向いていないというのではなく、やれるように自分を変えていくことが必要なんじゃないか」

彼らの言葉を反芻《はんすう》しながら、武装闘争が必要だと思ったら、武装闘争ができるように自分を変えていくことが必要なのだと、私は自分に言い聞かせていた。

今でこそ帝国主義——植民地の支配構造を撃つ闘いとは武装闘争に限らないし、たとえどんなに困難であろうとも医療の現場にとどまりながら、粘り強く内部からこうした構造を変革していく闘いも必要であり、また可能であるということがわかるけれど、あの当時の私は武器を手にするか否かが、革命か否か、まるで生か死かの別れ道であるかのように切羽つまった思いでいたんだよね。

いま泣いたカラス

もともと、私が将司君たちと共に闘っていく資格のない人間だと思ったのも、勝手にそう思い込んだにすぎないわけで、今度は、私が決意しさえすれば、彼らは私をまた共に闘う仲間として受け入れてくれるのではないかと思い、七四年四月、彼らと共にやっていくつもりだという決意を伝えるため、ふたたび上京した。

ところが彼らは少しもうれしそうな様子も見せず、むしろ軽蔑したような口調で、

「武装闘争をやると言ってもいろいろあるだろう。何をやるつもりなのか」

と言う。当時、田中角栄首相が東南アジアを歴訪したのを契機として、タイやインドネシアで激しい反日闘争が展開されていたこともあり、私はアジア人民の反日闘争に呼応して、日本帝国主義の具体的な手先となっている企業の海外侵略を阻止する闘いが今は一番大切なのではないかと話した。しかし、これは単なる〝思い〟にすぎず、具体的な見通しや計画があるわけではなかったし、当然ながら、彼らがこの後、海外侵略企業を爆破することになるだろうとは夢にも思っていなかった。

こんな漠然とした〝思い〟だけで武装闘争がやれるはずもないことは明白だった。だから、彼らは私の意見に対して何のコメントもしてくれなかったし、彼らが何を考え、どのような闘いをしよ

うとしているのかも話してくれなかった。私は、しびれを切らして、

「あなたたちはどのような闘いをしていくつもりなの」

と聞いたが、

「それは言えない」

と、回答を拒絶されてしまった。私はまた、すっかりいじけてしまい、彼らはやはり私を共に闘う仲間としては見てくれないのだと思った。

その当時、彼らが天皇の列車を爆破しようとした虹作戦〔ナチスのヒットラーに相当する最高戦犯でありながら、戦後日帝の新植民地主義侵略の精神的支柱として復権した天皇の暗殺を〝狼〟は企てたが、果たせなかった〕の準備のまっ最中だったことを知ったのは、ずっと後になって逮捕されてからのことだった。

彼らが自分たちのやろうとしていることを部外者である私に言えないのは当たり前だったのだ。私はそんなこととは露ほども知らないものだから、がっかりして「帰る」と言って席を立とうとした。すると将司君が、

「これを読んでみてくれ。ただし、必ず家に帰ってから開けてくれよ。途中で開封しないように」

と言いながら、封をした茶封筒を渡してくれた。また、何かあれば手紙をくれるようにとアパートの住所を教えてくれた。私はそれで少し気をとり直して、彼らと別れた。私って、「今、泣いたカラス……」で、機嫌を直すのも早いんだ。

「何が入っているのかな」と楽しみにしながら仙台に帰り、封を開けてみると、『腹腹《はらはら》時計――都市ゲリラ兵士の読本』というパンフレットが出てきた。そのパンフレットは、

「今日、日帝本国に於いて、日帝を打倒せんと既に戦闘を開始しつつある武闘派の同志諸君と、戦

闘の開始を決意しつつある潜在的同志諸君に対して、東アジア反日武装戦線〝狼〟は『兵士読本VOL・1』を送る」

という書き出しで始まっていた。

「日帝は、三六年間に及ぶ朝鮮の侵略、植民地支配を始めとして、台湾、中国大陸、東南アジア等も侵略、支配し、『国内』植民地として、アイヌ・モシリ、沖縄を同化、吸収してきた。われわれはその日本帝国主義者の子孫であり、敗戦後開始された日帝の新植民地主義侵略、支配を、許容、黙認し、旧日本帝国主義者の官僚群、資本家共を再び生き返らせた帝国主義本国人である。これは厳然たる事実であり、すべての問題はこの認識より始めなくてはならない」

「日帝は、その『繁栄と成長』の主要な源泉を、植民地人民の血と累々たる屍の上に求め、更なる収奪と犠牲を強制している。そうであるが故に、帝国主義本国人であるわれわれは『平和で安全で豊かな小市民生活』を保障されているのだ」

「われわれは、アイヌ・モシリ、沖縄、朝鮮、台湾等を侵略、植民地化し、植民地人民の英雄的反日帝闘争を圧殺し続けてきた日帝の反革命侵略、植民史を『過去』のものとして清算する傾向に断固反対し、それを粉砕しなければならない。日帝の反革命は今なお永々と続く現代史そのものである。そして、われわれは植民地人民の反日帝革命史を復権しなくてはならない。

われわれはアイヌ人民、沖縄人民、朝鮮人民、台湾人民の反日帝闘争に呼応し、彼らの闘いと合流するべく、反日帝の武装闘争を執ように闘う〝狼〟である」

読んでいくうちに胸が高鳴るのを感じずにいられなかった。その頃はまだマルクス・レーニン、そしてプロレタリアートというのは一種の神聖不可侵な「神様」だったからね。日帝本国人の加害者性の自己否定を高々と掲げた『腹腹時計』は、私にとってものすごい衝撃だった。私が求めている闘いがここにあると思ったんだ。そして、東アジア反日武装戦線〝狼〟とは、どんな組織なのだろう、将司君たちはこの〝狼〟の人たちのことを知っているのだろうかと、さまざまな思いが胸の中を駆けめぐった。私のこの気持ちを彼らに伝えれば〝狼〟について何か教えてもらえるかもしれないし、彼らが今やろうとしていることについても教えてもらえるかもしれないと思い、さっそく手紙を書いた。内容は、いただいたパンフを読んで共感した。〝狼〟の闘いのために私にもできることがあればぜひ力になりたいと思う、というようなものだった。

将司君からの返事は、「君の気持ちはよくわかった。なぜ武装闘争をしなければならないのかということについて理論的にも主体化できるよう、しっかり勉強してほしい」というような一般的激励だけで、私の知りたいことは何も書かれていなかった。でも、手紙でそういう具体的なことを話せないのは当然なのだから別にがっかりもしなかったし、「よし、これから一生懸命勉強しよう」と、日本帝国主義の海外侵略の実態などを図書館に行って調べたりした。

彼らに直接会ってもっと具体的な話をしたいという思いはつのるばかりだった。私は五月にまた上京した。ところが彼らは相変わらず自分たちのことについても、〝狼〟のことについても何も話してくれなかった。私が「自分に何かできることはないだろうか」と手紙で語ったことを繰り返すと、

「それじゃ、クサトール〔当時一般に売られていた除草剤〕でも買ってきてもらおうか」

と言う。誰がいつ何のためにどのくらい必要なのかということはいっさい知らせてもらえず、

「君の都合のいい時に適当に買っておいてくれればいいよ」

とのことだった。何だかよくわからないけれど、そのことで彼らの力になれるのならと私は喜んでOKし、

「じゃあ、夏休みになったらまた来るからね」

と言って別れた。

これも後で獄中で知ったことなのだけれど、彼らが私にクサトールの購入を依頼したのは、彼らにとってそれがどうしても必要だったからというわけではなく、偽名を使って怪しまれずに劇薬であるクサトールを購入することで、私の非合法活動の訓練になるだろうと考えてのことだった。だから、すべてが私の都合にまかされたわけである。彼らはすでに四〇キログラム近くもの塩素酸ナトリウム（クサトールの成分）の在庫を持っていたんだ。

この時点で私は、クサトールが塩素酸ナトリウムを主成分とする除草剤で、爆弾の原料になることは知っていた。でも、彼らが具体的にどんな闘いをやろうとしているのかということや、彼らと〝狼〟との関係については何もわからなかった。

ところが、この四月、五月の上京時のことが、後日「罪となるべき事実行為」にあたるとされたのだ。どういうことかというと、

「〝狼〟が三菱重工、帝人、間組本社の各企業爆破闘争を行なうに際して、
（一）昭和四九年四月ころ、大道寺らと会合して〝狼〟に加盟し、その一員として前記一連の企業爆破闘争を支援することを約し、
（二）同年五月ころ右支援の方法として、爆弾製造の原料として使用すべき塩素酸ナトリウム等を今後継続的に入手して右〝狼〟に補給することを約し」（起訴状）

こういうことにされてしまったんだ。

事実関係そのものがでっちあげだし、仮に、このとおりだとしても、単に支援を約束したり、補給を約束したことが、「精神的無形的幇助」にあたるとして、有罪になるようなことなんだろうか。

おみやげ

上京するたびに私は姉のアパートに泊まっていたが、姉は相変わらず私に対して闘争の話をしようとはしなかった。私の方からは彼女に『腹腹時計』をもらったこと、その内容にとても共感し、私も武装闘争をやっていきたいと思うようになったことなどを話していたが、彼女は何も言ってくれなかった。自分のことも何も話してくれなかった。だから、彼女が将司君たちと共に活動しているのか否かさえ私にはわからなかった。

しかし、姉の無愛想には慣れているし、闘争以外のことならいつもと変わらず話していたし、将司君たちが私に具体的なことは何も話してくれないように、彼女も慎重を期して部外者の私には話さないようにしてるのだろうと思って、私はとくに深く考えもしなかった。

それと、一緒に活動するようになってからというもの、私たちの間では姉妹ということでけじめを失って相互に甘えがあってはいけない、たとえ姉妹であろうとも活動の場では一人ひとりが独立した人間として考え、行動しなくてはならないという思いがあった。ともすればそれが行きすぎて、闘争に関しては相互に「不干渉主義」になっていた。何よりも当時の私は自分がどうやって闘い、生きていったらいいのかということで精一杯で、とても姉のことまで考えている心のゆとりがなかった。今考えてみると、この頃彼女は、自分が〝狼〟と一緒にやっていくことについて悩んでいたのだと思う。

そうこうしているうちに七月下旬、何の予告もなしに姉がひょっこり古川に帰ってきた。なぜ帰ってきたのか、いつまでいるのかと聞いてもはっきりせず、東京で何かあったのかなと心配になっていろいろ聞いてみたのだけど何も話そうとしない。まあ、しばらくゆっくりしていったらいいだろう。そのうち気をとり直すだろうと思い、元気づけるつもりで一緒に山に行ったりした。

八月上旬、姉に手伝ってもらって約束のクサトールを四〇キログラム買った。その直後、将司君に電話し、「そちらに行きたいけど、いつ行ったらいい？　行く時、おみやげ買ったから持っていきたいんだけど」と伝えて、首尾よく約束のものを購入したことを知ってもらおうとしたんだけど、将司君は、「今、忙しいからまた後で電話をかけてくれ」と、ひとこと言っただけでそっけなく電話を切ってしまった。数日後、再度電話して会う日どりを決めた。

この時の電話連絡が、裁判では私がクサトール四〇キログラムを購入したことを将司君に伝えたとされ、「大道寺らが三菱重工爆破に用いる爆弾の大きさや個数を決定するのに役立ち、右爆弾使用の犯意を強固ならしめたと推認される」から、「精神的無形的幇助」行為にあたるとされた。常に盗聴の危険性のある電話でクサトール云々なんてことはいくらドジコの私でも言えるはずはなく、その後のことは裁判官の勝手な「推測」にすぎないのだけれど、事実にはことごとく反しているんだ。

いったいどこの世界に「君の都合のいい時に適当に買っておいてくれたらいいよ」として依頼したクサトールによって爆弾の大きさや個数を決定する人がいるだろうか。「犯意を強固ならしめた」に至っては、もう何をかいわんやだよ。何が何でも私を三菱重工爆破の共犯に仕立てあげるための

「風吹けば桶屋が儲かる」式のこじつけとしか言いようがないよね。

八月一九日、私はクサトール数キログラムと海産物や山菜、笹かまぼこなどのおみやげを持って上京し、翌二〇日、南千住の喫茶店で将司君、利明君、あやちゃんと会った。話題はもっぱら姉のことだった。

私は何よりも、姉に何があったのか、なぜ古川に帰ってきたのかを知りたかった。でも返ってきた答えは、「いや、俺たちにもわからないんだよ。何か言ってなかったかい？　田舎に帰って毎日どうしてる？　東京に戻ってくる気はあるんだろうか」というもので、全く話にならなかった。彼らも姉のことでは頭を痛めている様子だった。

その時は「今、とても忙しい。近い将来ある仕事をするから」ということで、四〇分ぐらい話しただけですぐ席を立たなければならなかった。彼らのその言葉から、何か闘争の準備をしているのかなと思ったけど、それが何なのかはもちろんわかるはずもなかった。

八月二〇日といえば、彼らは八月一四日に決行するはずだった天皇列車爆破計画（虹作戦）が爆弾設置の段階で中止せざるを得なくなり、三菱重工爆破に向けて、一刻でも惜しいほどの忙しさの渦中にあったのだが、当然ながら知る由もなかった。

この時、彼らに数キログラムのクサトールを手渡したこともまた「精神的無形的幇助行為」とされた。

なぜ、クサトールという物質を手渡したことが「精神的無形的幇助」にあたるかというと、三菱爆破や帝人爆破に用いられた爆弾は、虹作戦用に作られたものを流用したので、私がクサトールを送付する以前に完成していた。つまり、三菱や帝人爆破には私の持っていったクサトールは全く使われていないということが証拠上明らかだったからなんだ。そのため物質的有形的幇助にあたるとはいえないので、クサトールをもらったら、たとえ直接役に立たなかったとしても精神的には大いに励まされ、三菱や帝人の爆弾使用を「容易ならしめたに違いない」と言うんだ。

三菱重工爆破

八月三〇日の午後、私は仙台のアパートで洗たくをしていた。ラジオの音楽が途中で切れて、三菱重工爆破の、臨時ニュースが飛び込んできた。体中が熱くなり、心臓が、早鐘を打つのを感じた。しかし時間の経過とともに、通行人多数に死傷者が出たことが判明するにつれ、私の気持ちは次第に重苦しいものに変わっていった。

私はつい一〇日ほど前の八月二〇日のお昼頃、ちょうど今回の爆破のあった丸の内三菱村界隈をほっつき歩いてきたばかりだった。

というのはその頃、韓国への日帝企業の経済侵略の実態について勉強しており、悪どい侵略企業の筆頭として三菱商事のことが頭にこびりついていたので、せっかく東京に来たのだから、三菱商事というのがどんなところなのか見てやろうと、見物にいったからなんだ。

日本帝国主義の経済活動の中心たる丸の内の高層ビル街は、さすがに仙台あたりのビルとはまるきり雰囲気が違っていて、走っている車も歩いている人々も、ピッカピッカですきがなく、テレビのブラウン管の中の世界のように異次元のものに見えた。どこのビルにもガードマンがつっ立っている。「悪いことをしている奴の所には、どこにでも番兵がいるのだな。そういや仙台あたりじゃガードマンのつっ立っているビルなんて見たことないなァ」なんて考えながら、歩いていたんだ。

もしあの日、三菱重工が爆破されていたなら私は巻き込まれていた可能性があるわけだ。私は、もし私が爆破に巻き込まれていたなら、やった人間を恨むことなく、闘いを支持しようと思った。しかし、八名の死者と一六五名もの重傷者〔起訴されたときの負傷者数。軽傷を含め三八五人が傷を負った〕という見るも無残な惨状に対して、もし私自身がやる立場の人間だったなら、このような結果を容認できるか、これから私がやろうとしている闘いにおいて、このような結果をも覚悟して受け入れなければならないのかと考えたら、どうしてもイエスとは言えなかった。

衝撃を受けたと共に「三菱重工を爆破した人たちはどんな人たちなのだろう。やった人たちは巻き添えの死傷者を出すことを容認してやったのだろうか。武装闘争をやるという以上、このような結果をも引き受ける覚悟がなければやれないのだろうか」さまざまな思いがグルグルと頭の中を駆けめぐった。

約一週間後、利明君が仙台に来て、三菱をやったのは俺たちだと知らせてくれた。その時は彼の要請で、姉にも私のアパートに来てもらっていた。彼の来仙の目的は、私というよりは姉に会うことだったらしい。

「ああいう事件があったけど、どう思う?」

利明君は、初め自分たちがやったということを知らせずに一般的な聞き方をした。私は、

「三菱重工を爆破したことそれ自体は正しいと思うけど、通行人を殺傷したのにはショックを受け

た。無関係な人への被害は絶対に避けるべきではないだろうか」

と答えた。それに対し、利明君が言ったことは次のようなことだった。

「実は、あれをやったのは俺たちだ。通行人の死傷については全く意図していなかった。予告電話をかけて周囲の人は全員避難させてから爆発させるつもりだったんだ。死の商人・軍事産業の三菱重工は、かつてベトナム反戦運動のターゲットにされていたこともあって、即、反応すると思っていた。ところが電話をかけてもいたずら電話と間違えられたりしてつながらず、何度もかけ直してやっとつながった時は、間に合わなかった。電話が計画どおりに通じなかった場合のことを何も計算に入れていなかったのだから、全く甘く、うかつだったとしか言いようがない。

あの日、仕事が終ってからみんなで茶店に集まったのだけれど、みんな顔面蒼白になっており、ショックで言葉も出ないありさまだった。食事をしても、食べ物の味が全くわからなくなってしまった。殺すつもりはなかったとはいえ、人を殺してしまったんだ。死んだ人は二度と生きて返ってはこないんだ。

とうとう来るところまで来てしまった……。

こんな気持ちは、やった本人でなければとてもわからないだろう」

聞いているうちに私は息が苦しくなってきた。利明君が身を切り刻むほどに苦しんでいることが、とぎれとぎれに語られた彼の言葉の端々から痛いほどに伝わってきた。長い沈黙が続いた。少し呼吸が楽になったところで、

「誰がどんな理由でやったのか、責任を明らかにした方がいいんじゃない？」

と言うと、

「うん、近いうちに声明文を出すつもりでいる」

私から言われるまでもなく、すでに彼らもそのことについては充分考えているようだった。

「俺たちはもう人を殺してしまっているのだから、もう後に戻ることはできない。しかし、君たちはまだ何もやっていないのだから、今からでも引き返せる。闘争をやっていくのか、やめるのか、はっきりしてほしい」

姉さんのアパートは、長いこと留守にしてあるが、いつまでもこのままにしておくわけにいかない。今、東京ではアパートローラーがものすごく激しくなっている。アパートの大家は元警察官だし、留守中に鍵をあけて入ってこられて左翼関係の本など見られたらヤバイことになるのではないか」

利明君が決断を迫ると、姉はしばらく考え込んでいたが、最終的に「アパートは引き払う」と答えた。〝あの時代〟、熱い青春を彼らと共に生き、共に闘い、同じ志を抱いていた私にとって、彼らの苦しみは私の苦しみだった。彼らの苦悩の探さは到底はかり知れないにしても、私には彼らの苦しみを少しでも共に背負って闘っていこうということ以外何も考えられなかった。

「今、俺たちがこのことに打ちのめされて闘いを放棄してしまったら、死傷者は全くの犬死になってしまう。どんなに辛く苦しくとも、もう後戻りはきかないし、闘いから逃げることは許されないと思う。今回の失敗を教訓にして、二度と同じような過ちを繰り返さないで、よりよく闘っていく以外に道はない」

私は、彼らのこの結論を支持した。

それから毎日、新聞とにらめっこして声明文を捜していたが、やっと出たのは半月近くもたってからのことだった。ところがその内容を見て私は驚いてしまった。利明君の話とは全く違っていたからなんだ。

私は自分が三菱爆破のニュースを聞いて、巻き添えの死傷者が出たことについて悩んでいたことから、声明文の中では、「誰（組織名）がやったことか。何のためにやったのか。通行人等の殺傷は意図したものだったのか否か」を明らかにしてほしいと思っていた。だから当然、声明文の中で通行人等の殺傷は全く意図したものではなく、予告電話が通じなかったためであるということが明らかにされると思っていた。私自身、利明君からそのことを聞いて少しは気持ちが落ち着いたといういきさつがあり、同じように悩んでいる人も少なくないだろうし、マスコミの無差別テロ・キャンペーンを真《ま》に受けている人々に、彼らのやろうとしたことを正しく理解してもらいたいと思ったからなんだ。

ところが声明文は「（死傷者は）日帝中枢に寄生し、植民地主義に参画し、植民地人民の血で肥え太る植民者である」と断じたうえで、三菱が侵略をやめないならば、これからも同じような犠牲者は出るだろうと、全く居直ったものだった。これでは誰が見ても、闘争をやった人たちは、あのような結果を意図し、容認してやったとしか思えない内容だった。私は、いったいこの声明文をどのように解釈したらいいものか頭をかかえてしまった。

私がこんなことで悩むのは、自分が日帝本国人の小市民でしかないからなのだろうか。政治的配慮としては、本音と建前とはこのように使い分けるのが当たり前なのか。いくら考えても結論は出なかった。しかし、部外者である私が、彼らに対して批判をすることもできないと思い、一人で悩んでいた。

後日、獄中にきてから彼らが手紙で話してくれたところによると、初めは事実をありのまま伝える声明文を準備したらしい。ところがそうすると、くどくど弁解じみたものになってしまい、日帝国内での初めての本格的武装闘争の戦闘宣言としてはふさわしくない、闘う人々の意気を阻喪《そそう》させてしまいかねないと考え、何度か書き直しているうちに、あのような完全に開き直ったものになってしまったとのことだった。死傷者を出すつもりがなかったことは、これからの闘いの事実行為の中で示していけばいいということになったらしい。そのために、声明文の発表があんなに遅れてしまったのだ。今は、将司君も利明君も、あのような居直りの声明文を出してしまったことについて、三菱爆破で死傷者を出してしまったことと合わせて、二重の過ちだったと自己批判しており、率直な自己批判声明を出すべきだったと言っているけれどね。

声明文を見てのもう一つの印象は、「ああ、彼らが〝狼〟そのものだったのか」というものだった。それまで彼らは、自分たちと〝狼〟との関係性について何も語ってくれなかった。この声明文が〝狼〟の名前で出たことで、私は初めて〝狼〟の実体を知ったんだ。

一斉逮捕

二年の二学期も後半になると病院実習が始まり、学校はとても忙しくなった。実習期間中は上京することも難しくなるので、一一月上旬の土曜、日曜に、無理をして将司君たちに会う時間を作ってもらった。

この時はとくに何か用事があって上京したわけではなく、ただ仙台にいても気心の知れた仲間が一人もおらず、三菱のことなど重いものを背負って生活していると、とにかく彼らに会いたいという気持ちが湧きおこってきて、冬休みまでとても待ちきれなかったからなんだ。

南千住の将司君とあやちゃんのアパートに着いてすぐに夕食をごちそうになった後、おみやげの笹かまぼことクサトール数キログラム、現金六万円を渡した。この六万円は、姉が東京のアパートを引き払った時、研究会の仲間たちがつけてくれた電話を売却した代金だったことから、将司君たちに返してくれるようにということで預かってきたものだった。そのことを話すと将司君は「ああ、そうか」とすぐに受けとってくれたのだけれど、しばらくして、

「あんたも何かと持ちあわせがないと困るだろうから、これを持っていた方がいい」

と言って茶封筒をくれた。中を見ると一万円札が五枚入っていた。私が困惑していると、「いや、みんなもお金は持ってるんだから」とか何とか言ってよこすので、私はしかたなくそれを受けとった。せっかく六万円渡したのに五万円ももらったのでは渡した意味がなくなると釈然としなかったのだけれど、その時は「預かっておく」というつもりで受けとった。

なぜ将司君が、四年越しの借金を利子もつけずに返した私に、こんなややこしい形で五万円ものおつりをくれたかというと、その時将司君の家でごちそうになったシチューを、私が「おいしい、おいしい」と言って、あまりにもおいしそうに食べたので、この調子では仙台でもろくなものを食べておらず、よほど切りつめた生活をしているのだろうと心配になったからなんだそうだ。

彼らと一緒に東京で活動していた頃の私は確かに貧乏暮らしをしてた。その頃のイメージが抜け切らなかったんだろうね。当時住んでいた明大前のアパートの部屋は、幽霊でも出てきそうな昔風の汲取式便所の隣りにあり、薄暗くてじめじめしていて、畳も傾いているような所だった。色白で

やせこけてた姉なんか口さがない彼らから、「便所のおばけ」なんて言われてたくらいだから、どんなふうだったか想像できるでしょう？　私も、サンダルをはいて研究会に行ったら「何だ、おまえ、これはいて電車乗ってきたのか。便所のサンダルでねえか」なんて笑われたことがあったよ。自分たちだって似たようなものだったのにね。

そんなわけで、将司君は私の生活を案じてくれたのだけど、それをそのまま言えば、私がお金を受けとらないと思い、何やらわけのわからない五万円になってしまったんだ。ところが裁判官の手にかかると、これが「〝狼〟から爆弾使用闘争資金五万円を預かった」として、私が〝狼〟の一員であったことの証拠の一つにされ、私が渡した六万円も「〝狼〟に爆弾使用闘争資金としてカンパしたものであり、有形的物質的幇助行為に該当する」として、「犯罪」にされてしまったんだよ。その想像力のたくましさには、私も感心してしまったのだけれど、裁判所って恐いところだねえ。

新聞報道によると、警察は総力をあげて〝狼〟追跡に躍起となっており、逮捕も近いようなことを言っていたので、私の一番の心配はそのことだった。でも、二人とも「大丈夫、大丈夫」と自信ありげに答えたのでホッと胸をなでおろした。

その後あやちゃんがニコニコして、「明日、いい所に連れていってあげる。その格好（ブラウスとスカート）じゃ駄目だから、私の服でいいのがあったら着ていったらいいわ」と言って、ハイキング用のシャツやズボン、靴などを用意してくれた。「いい所ってどこ？」と聞いても「うふふ、いい所よね？」「うん、いい所だよな？」なんて笑っているばかりだ。背が高くてスマートなあやちゃんのズボンは、私には長すぎたうえに細すぎてなかなか合うのがなくって、これまた彼らを楽しませることになってしまった。こんな調子で、私は相変わらず〝被コケ階級〟の運命から逃れられなかったんだけど、彼らと一緒にいる時が一番幸福だったんだよね。

「明日のお弁当のおかずにするのよ。おいしそうでしょう」と、あやちゃんが卵焼きやおでんを作るのを手伝ったりして、楽しいひとときを過ごした。

私は、三菱の声明文のことが気がかりで、彼らに会ったらそのことを聞いてみようと思っていたのに、思ってもみなかった楽しいハイキングの話に、とてもそんなことは言い出せなくなってしまった。私が来たことをこうして歓迎してくれる彼らの思いやりに感謝し、一緒になってはしゃいでいた。

翌朝早く、将司君の車で出かけると、途中で利明君と規夫君がリュックを背負って待っていた。佐々木規夫君と会ったのはこの時が初めてで、新しい仲間ができたんだなあと、うれしくなった。車で走っている間は冗談を言って笑ってばかりいて、どこに行くのかということは、結局、最後まで教えてもらえなかった。

車が止まった所は、細い一本の道が通じている深い森のはずれだった。そこで初めて私は、そこが富士山のすそ野の青木ヶ原という樹海であることを聞いた。そういえば、「この樹海には一度迷い込んだら二度と出てこられないんだぞ」「だから自殺の名所なんだ」「この樹海の中には、そうやって森へ入ったまま再び戻ってこなかった人たちの骸骨がいっぱいあるんだ」なんていうのも、単なる冗談だったのかどうか。どっちにしろ、そんな彼らの言葉がとても冗談とは思えないほどのうっそうたる森だった。

彼らの後をついて奥の方へずっと歩いていくと、だいぶ中に入ったところで、利明君が木の箱のようなものを出してきた。「これ、何だと思う?」と聞かれても、「さあ、何だろう?」全く見当がつかなかった。利明君が出してきたものは、モデルガンを改造した手製拳銃だった。これからこれを実際に使えるかどうかの実験をするのだという。「こんなものまで作っているのか、すごいなあ」と思ったけれど、『腹腹時計』に、次号では手製拳銃の作り方を紹介すると予告してあったので、それほど驚いたわけでもなかった。

「引き金を引いたとたんに手の中で暴発するかもしれないぞ」

冗談とも本気ともつかない恐ろしいことを言うので、こわごわ見ていたら、弾は無事まっすぐに飛んでいった。彼らが数発撃った後、「どうだい、一発撃ってみるかい?」と言われたので、一発撃たせてもらった。

実験は一〇分ぐらいで終り、すぐ青木ヶ原を出て、湖のほとりでお弁当を食べた。お弁当を食べ終えてひと休みしていると、将司君がだしぬけに、「青酸カリの致死量はどのくらいか知ってるかい」と聞いてきた。「わからないけど、調べればすぐわかると思う」と答えると、「じゃあ、調べてくれるかい」と言う。「うん、いいよ」と私は二つ返事でOKした。

彼は何でもないように言い、私も何でもないように答えたけれど、彼らの表面的な明るさの下に想像以上の深い苦悩が隠されているのを知り、心の中はすごいショックだった。

彼らは死のうとしている。そう思うと、三菱の死傷者のことや声明文のことなど、彼らの傷口にメスを入れるようで、ますます口に出すことができなくなってしまった。

今では、あの時勇気を出して三菱の死傷者のこと、声明文のこと、青酸カリのことなど私の疑問を彼らにまっすぐにぶつけるべきだったと思っている。「傷口にメスを入れるようなことはできない」というのは、一見、優しさのように見えるけれど、そして時にはそのような思いやりが必要な場合もあることを否定はできないけれど、あの時の状況を冷静に振り返ってみるならば、それは思いやりでも優しさでもなく、自己保身にすぎなかった。彼らをこれ以上苦しめたくないという思いがあったことは確かだけれど、私の潜在意識の中には、そんな立ち入ったことを聞いて答えを拒否されたら、自分がみじめになるという気持ちや、闘ってもいない私が生命がけで闘っている彼らに批判めいたことを口にして仲間はずれにされることへの恐れがあった。それは彼らに依存するばかりで、自立して闘うことのできなかったが故の弱さだった。共に闘うことができていなくとも、部外者だからこそ、内部の者には見えないものが見える時もあるのだし、このような時、本音を何の抵抗もなく出せるような関係こそが何よりも大切なのだと思う。本音を出せないような関係でしかない場合は、逮捕等によって権力の弾圧の前にさらされた時、簡単に解体させられてしまうんだ。

公安警察の必死の追跡をよそに、三菱重工爆破の後も、一〇月一四日三井物産、一一月二五日帝人中央研究所、一二月一〇日大成建設、一二月二三日鹿島建設と、日本帝国主義の中核的侵略企業が次々に爆破されていった。

〝狼〟の闘いに共感、呼応した未知の仲間による、〝大地の牙〟〝さそり〟などの新しい部隊も登場し、ターゲットにされそうな大手海外侵略企業は、「次は自分のところがやられるのではないか」と恐怖におびえ、私設ガードマンだけではなく、警察権力にガードされなければ安心して企業活動もできない毎日となった。

被植民地人民の血と屍の上に富を築いてきた海外侵略企業の過去から現在に至るまでの犯罪性を暴露し、「豊かで平和な日本」の首都を革命戦争の戦場と化していくことは、帝国主義と闘うすべての人民に連帯していく道である。私はそう確信していた。ベトナム人民・パレスチナ人民、そしてアジア・アフリカ・ラテンアメリカ等で、日々殺されていっている人民にどのような平和があるというのか。平和、平和とその内実も問わずに平和でありさえすればいいという考え方は、現在の帝国主義支配体制に安住し、そこから利益を得ている者の言いぐさであり、みじめな奴隷的な「平和」に耐えることをやめ、解放のために武器をとって闘い始めた人民に、闘うのをやめろ、ふたたびみじめな「平和」に逆戻りしろと言うに等しいことではないかと思った。どんな時も私は侵略抑圧と闘う人民と共に生きる人間でありたかった。

しかし、巻き添えの負傷者が出るたびに、胸がグサッグサッとナイフで刺されたように痛んだ。私は毎日、病院で病気に苦しむ人々の看護をし、いかにして少しでも彼らの苦しみを和らげられるかに腐心して暮らしていた。もし、〝狼〟たちの爆弾で傷ついた人が私の目の前に現われたなら、私は必死になって看病するだろう。その患者さんが私の目の前で死んだなら、私はとても耐えきれないだろうと思った。日本帝国主義が倒されねばならないこと、海外侵略企業の活動を停止させねばならないことは確かだけれど、そのためにこれら巻き添えの犠牲は必要なものなのだろうか。何とかして巻き添えを出さずに闘う方法はないのだろうかと思った。

しかし、こうした犠牲者の存在にもかかわらず、権力の裏をかくように次々と展開される連続企業爆破闘争が、人々の一定の共感を得ていたことも確かだった。三井物産爆破を知ったのは、病院実習の最中、たまたま病室で患者さんたちが見ていたテレビのニュースでだった。患者さんたちが、

「あら、またやられたよ」

「何か悪いことばっかりしてっから、狙われるんだっちゃねえ」

「そうだねえ、何の理由もないのにやられるわけないものね」

なんて話しあっているのを聞いたし、お昼の学生食堂で、テレビのニュースを見ていた学生たちが、「企業爆破の犯人がつかまらなければいい」と話しあっていたのを小耳にはさんだこともあった。少なくとも私が知る限りでは、あれほどのすさまじい「爆弾魔キャンペーン」にもかかわらず、「爆弾魔憎し」といった口調で、このことを話題にする人の話を聞いたことは、一度もなかった。


帝国主義の構造そのものを問うことなく、目の前の患者さんの苦しみばかりに自分を奪われていたら、日本帝国主義によって飢え、苦しみ、貧窮のどん底につき落とされ、殺されていっている何百万、何千万の被植民地人民や、針のムシロのような生活を強いられている国内での被差別人民や民族の存在が見えなくなってしまう。日本の医療それ自身が、被植民地人民の犠牲の上に築かれているという現実を忘れてしまったなら、私のやっていることなど、体制内の一つの歯車の機能にすぎないんだ。そう思うと、どんなに苦しくても三菱の重荷を背負いながらも、そこから逃げるのではなく、あくまでよりよく闘っていくことによってのみ責任を果たしていくという〝狼〟の彼らと共に生きる道を選ぼう……悶々としながらも、結局、私の考えの行き着く先はいつも同じだった。

でも私の日常生活はといえば、彼らが爆弾を作ったり、作戦計画を練ったりしている頃、心臓手術のために入院している盲目の男の子のために、彼のお気に入りの風車を半分徹夜で修理したり、実習が終ってからも暇さえあれば、かつて担当した患者さんの所にお見舞いに行き、病院看護だけ

ま

では手の届かないお世話をしたり、アパート——学校——病院の往復ばかりで、闘いとはほとんど関係のない生活が続いていた。

〝狼〟とは将司君たちであるということは知っていたものの、彼らの闘いについて私は事後的に新聞報道で知る以上のことはほとんど何も知らなかった。何とかして彼らの闘いに役に立ちたいと思っても、私には何もできない。いつの日か、本当に抑圧された人々のための医療に貢献できるような、有能な看護婦になれるよう勉強することと、少しでも生活費を節約してコツコツとお金をためてカンパをすることぐらいが私にできる精一杯のことだった。

その後、仙台の薬局では簡単にいくらでも買えるイオウを頼まれもしないのに買って持っていったり、少しばかりのカンパをしたりしたのも、私の「少しでも彼らのために役に立ちたい」という気持ちからだった。

客観的に見れば、単なる自己満足にすぎず、何の力にもなれなかったんだけどね。国家権力にとっては、この私の「彼らのために何とか役に立ちたい」という意思そのものが「有罪」だったんだ。

七五年に入ってからは、一月初め、四月末、五月の連休時と三回上京した。一月は、みんなで鍋をつつきながら楽しいひとときを過ごしただけで終り、四月は、将司君が規夫君のアパートに行って留守だったため、初めてあやちゃんと二人きりでいろんな話をした。あやちゃんは薬剤師だったので、自然に話題は医療の方に進み、私はこの間、自分の目で見てきた医療の現実について語り、「初めは僻地医療の保健婦になるつもりだったけど、それはとりやめにして、来年卒業したらまた東京に出てきて看護婦になろうかなと思っている」と話すと、あやちゃんも「そうね、それがいいわね」

と賛成してくれた。東京に出てきて何をどうするという明確な展望があったわけじゃないけど、彼らのそばにいれば少しでも彼らの力になれるかもしれない、そんな気持ちだった。とにかく彼らと一緒にいたかったんだ。

翌朝、規夫君のアパートに連れていってもらった。規夫君のアパートは男の一人暮らしにしては小ざっぱりとしたきれいな部屋で、部屋の一面に大きな仏壇が置いてあった。警察の目をごまかすために創価学会に偽装入信し、毎日欠かさずお経をあげているのだという。難しそうな日蓮宗の経典もひとそろいそろっていて、ひととおり読んでいるという。「大変だなァ。私にはとても真似できないなァ」と感心してしまった。

もっと驚いたことは地下室だった。押し入れの床板をはずすと、大きな穴が掘ってあって、その中で将司君と規夫君の二人がコンクリートを張っていた。地下の二人が作業をしている間、私とあやちゃんは上で片づけをしたり、「バケツ取ってくれ」「雑巾取ってくれ」と言われるたびに持っていったりした。

私が権力の網の目に入ったのは、この四月の上京の時であることを、逮捕された後、取調べ担当の検事から聞いた。

「四月だけならまだ事件とは無関係の単なる友人ぐらいに思っていたので、強制捜査には至らなかったかもしれないのですよ。しかし、五月の連休の時、泊まりがけで来たので、これはもう完全な一味に違いないと目をつけられたのです。尾行されていたことに全く気がつきませんでしたか。五月に来ていなければ、あなたも逮捕されずにすんだかもしれないのにねえ」

どこまで本当かわからないが、検事からこう聞かされた時は、用もないのに、ただ仙台で一人ぼっちでいるのが淋しいからという理由だけで、のこのこと公安警察が手ぐすね引いて待っている網の中に自ら飛び込んでいった自分の愚かさを悔やんだものだった。

この五月の連休時は、将司君たちのアパートには両親が来るとのことなので、規夫君のアパートに泊めてもらった。とくに用事があったわけじゃないので、二人で近くの体育館に行って卓球をしたり、一緒にごはんを作って食べたり、子供の頃の話、山の話、医療問題の話などをして過ごしたのだけど、ただそれだけのことでも、私にはうれしくてならなかった。とくに私を喜ばせたのは、彼も山が好きで、高校時代に山岳部に入っていたということだった。彼が、実にうまそうにごはんをたくさん食べることや、全然都会風にアカ抜けてないことも私にとってうれしいことだった。

規夫君はすっかり完成した地下室に案内してくれた。そこで機械を使ってプラスチックの丸い棒に穴を開ける作業もやってみせてくれた。雷管の管体にするのだという。爆弾の作り方がとてもわかりやすく図解入りで書いてある『腹腹時計』を見ても、トラベルウオッチのケースをはずすことができただけで、あとはチンプンカンプンの機械音痴の私には、彼らのこうした機械や化学の技力には舌を巻くばかりだった。

帰りぎわ、見送りに上野まで来てくれた規夫君に、

「来年になったら、ニッコリ笑って、東京に出てくるからね」

と言うと、

「うん、楽しみにしている」

と言ってくれた。

「それまで、絶対大丈夫?」

「大丈夫だよ。心配するな」

こんな会話を交わしていた時、私たちはすでに完全に監視されていたんだよね。固く手を握りあって別れたのが、最後になってしまった。

この二週間後の五月一九日、私たちは一斉逮捕されたんだ。

獄中から

姉の死

彰、おはよう！　朝の柔かい光に雲がピンク色に染まっている中、山鳩が鳴いている。今日も一日、暑くなりそう。

昨日、裁判所から保釈却下決定が届いたよ。却下決定を出すのに申請してから半月ぐらいしかかかっていないから、もう初めから結論が出ていたんだろうね。懲役八年の刑に対し、未決だけで一一年、すでに三年もオーバーしているのに、不当に長い勾留ではないなんて、よく言うね。まさしく「過激派に人権なし」だね。

この前送った私の自己史、もう読み終った？　私の獄外での生活はあれでおしまい。あの後すぐに逮捕されてしまったからね。その時、私は二四歳でした。

逮捕されたのは忘れもしない一九七五年五月一九日、月曜日のことだった。

私は週末を古川の実家で過ごし、朝早く仙台のアパートに戻ったのだけれど、すでに数名の刑事が家宅捜索のまっ最中で、私は飛んで火に入る夏の虫よろしく、刑事たちの待っている部屋に入ってしまったんだ。

捜索令状を見ると、被疑者佐々木規夫の韓国産業経済研究所爆破容疑とあった。それで規夫君がパクられたことはわかったけれど、ほかの人たちは無事だったのだろうかとそのことばかり考えていた。彼らが青酸カリを持っていることを知っていたから、逮捕＝死ということが頭にこびりついていて「規夫君は死んだのか？　ほかの人たちはまだ大丈夫なのか？」との思いだけが頭の中をグルグルした。

午後になるとアパートのまわりは黒山の人だかりになった。畳の下から天井裏まで引っかきまわし終った時は午後四時をまわっていた。すべてが終了した時、令状なしの緊急逮捕を知らされ、手錠をかけられた。

全員がパクられたらしいということを知ったのは、東京に向かう途中の特急列車の中で、斜め向かいの人がひろげていた夕刊をチラッと見ることができた時だ。〝狼〟の字と数名の顔写真が並んでいるのが見えた。その時はもちろん、誰と誰がパクられたのかはわからなかったけれど、私はただひたすら「死なないで。死なないで。お願いだから死なないで」と祈り続けていた。

上野駅に着いたのは夜の九時近かったと思う。列車が到着したとたん、乗客が降りもしないうちからドーッと人が入ってきてカメラのフラッシュを浴び、あとは何が何だかわからなくなった。ホームは身動きもできないほどの混雑で、私は半分かつがれるような形で人ごみの中をかき分けかき分け、警視庁の車に乗せられた。この大騒ぎは「罪人の引きまわし」のようなもので、私は「あちらの世界」から追放されてしまった自分を感じていた。

あれからもう一一年……。先日、面会に来てくれたN君は、私たちが一斉逮捕された当時、まだ小学生だった、と言っていたでしょ？　それがもうあんなに立派な若者になってる。N君は三菱爆破のあった時、たまりにたまった夏休みの宿題の山に追われて、半べそかきながら宿題やってる小学四年生だったんだって。ちょうど、六〇年安保の時の私と同じだよね。一審判決の時は、東アジア反日武装戦線という名称だけを聞いて「どこの国のゲリラの話やろ」って思ってて、新聞で「法廷に入るなり雑談を始め」とあって、「なんてふてえ野郎だいっ」なんて思ったぐらいのフツーの男の子だったんだよ。そのフツーの男の子が高三になって、ひょんなきっかけから、大阪のハラハラ大集会（支援者による集会）のパンフを見たらしいんだ。

「その時、僕をうむを言わせず東アジア反日武装戦線に引きつけたのが、何を隠そう『精神的無形的幇助』っていう荒井まり子さんの罪状だった。それを見るなり、何と言うか『あ～あ、はは～ん、こいつあ～権力どもが一体東アジア反日武装戦線をどうしたいのかってことが、これだけで明白じゃ～』とピンと来るものがあって、全部わかったような気がしました。

とにかく『精神的無形的幇助』っていうのに僕は涙が出るくらい、そのみごとさに感激したし、感心してしまった。ひねくれ坊ずの僕をわざと上手に逆なでして下さったって感じかな？　ホント、精神的無形的なんて最高！　今でもこの言葉が好きです。僕は腹が立つとウキウキしてきて、その状況にいるのが楽しくなってくるタチで」

というわけで、今は「ニジの会」（注・大阪「反日裁判」の支援会）でがんばってるとのこと。

一一年って長いんだなァって、N君のような若い人たちを見ているとつくづく思うよ！　でも、私には逮捕されたのはつい一、二年前のことのようにも思えるのよね。毎日、判で押したような単調な独房生活。同じ壁、同じ鉄格子。振り向くと一〇年と五年と一年の区別がつかなくなる。

でも、自分の心に焦点を合わせてみると、やっぱり一一年前の自分と今の自分の違いに気づく。ずいぶん変わったとも思う。

逮捕されたばかりの頃、私はガサ入れ（家宅捜査）と逮捕の違いも、留置場と拘置所の違いも知らなかった。まさか、私が逮捕されるなんて、夢にも考えていなかったから、何の心の準備もしていなかった。反弾圧のイロハも知らず、救援連絡センターの存在すら知らなかった。弁護士なんて味方のような顔をした敵だと思っていて、弁解録取書をとられた時、「弁護人なんか必要ない」って言ったんだからね。「何も知らない。爆破のあった当日は仙台にいて学校に出てるのだから調べてもらえばすぐわかるはずです」と言えば、すぐに釈放されるだろうと思ったり、逆に、「私は〝狼〟の一員だ。〝狼〟のやった闘いにはすべて責任を負っている」と言えば、〝狼〟の人たちと一緒に処刑されるだろうと本気で思っていたんだよ。何よりも闘いとは何かということが全くわかっていなかった。

当時の私にとって信のある人間関係は〝狼〟の彼ら以外にはなかった。まわりには心を開いてつながることのできる人が誰もおらず、今の日本の社会には違和感、疎外感、孤立感しか感じることができなくなっていた。私にとって彼らは生命綱のようなものだった。だから彼らを失うことは、自分の生命を失うこと以上に辛く苦しいことだった。

〝狼〟〝大地の牙〟〝さそり〟の三グループのメンバーが一網打尽に捕まり、逃走した〝さそり〟のメンバー二名の逮捕も時間の問題だと検事から知らされた時、私は、闘いは終ったという敗北感に打ちのめされてしまった。逮捕された直後、青酸入りカプセルを飲んで自決したという斎藤和《のどか》君の死を、権力への非妥協的闘いの死と捉え切れず、私は、和君の死によって「逮捕＝闘いの終り」という敗北感をますますつのらせてしまった。そこに姉の死が追い撃ちをかけてきた。

姉が汽車から飛び降りて死んだと聞かされたのは、彼女の遺体が発見された五月二八日の翌朝、弁護人面会の時だった。

弁護士の話によると、彼女は私が逮捕されてすぐ、救援連絡センターに駆けつけてくれ、私のことをとても心配していたという。しかし連日のすさまじいマスコミの爆弾魔キャンペーンと公安警察の尾行にノイローゼ気味になっており、両親が心配して彼女を古川に連れて帰ろうとしたところ、途中の列車の中でトイレに立ったまま行方不明になってしまった。

三日後、偶然通りがかった人によって、線路沿いの草むらの中から彼女の遺体が発見された。その時、彼女の身元を確認できるようなものは何もなく、腕に五九一―一三〇一〔現在は〇三・三五九一・一三〇一、獄入り意味多いと覚える〕と救援連絡センターの電話番号が書かれてあったのが唯一の手がかりとなったのだという。

弁護士はマスコミと権力が彼女を死に追いやったと言っていたが、私には彼女を殺したのは私だとの思いがあるだけだった。

私が逮捕された時、何かの間違いに違いない、間違いであってほしいと祈り続け、私を他の人たちから離して、別な弁護士をつけようとしていた両親が、彼女の死をきっかけに、「ナコの死を無駄にしない」と、マスコミや権力と闘い抜く決意をしていったというのに、私は何かボーッとしてしまい、生きる意欲をなくしていた。外の世界にわずかでもつながっている糸があるとすれば、それは姉だけだったのだから、彼女の死によって、外の世界との最後の糸がプツンと切れてしまったように感じたのよね。

この敗北感は、獄外の人々、とくに救援運動、大衆運動を担っている人々に対する信頼感の欠如から来ていたと思う。だから、「この後、シャバに出られることがあったとしても、爆弾魔のテロリストとして白い眼で見られるだけで、共に闘える仲間は誰もいない。このまま闘えずに一人だけ生き残るくらいなら、いっそのこと〝狼〟と共に闘った者として死んでいきたい」と思ってしまった。

生きる希望を失った私には、それが最後の唯一の望みになってしまったんだ。こんな考えは全く唾棄《だき》すべき虚栄心でしかなく、赤面せずにはいられないのだけれど、取調室で権力の全面支配下におかれるという極限状況では、ふだんは隠れていて自分でも気づかなかった人間の弱さが表面化してくるんだね。

こうして私は、〝狼〟の一員なのだと、デタラメを言い、できるだけ重く処罰されるようにと、うそをついてまで〝狼〟との一体性を強調した。だから、私の取調べはふつうの取調べとはずいぶん様子が違っていたと思うよ。何しろ、韓産研爆破のみが一足先に起訴され、私一人だけが処分保留になった時、「なぜ処分保留なんですか。他の〝狼〟の人たちはみんな起訴されてるのでしょう？それなら、私も〝狼〟の一員なんだから当然一緒に起訴すべきじゃないですか」なんて検事にくってかかっていたくらいだからね。

私は韓産研爆破は〝狼〟がやったんだと思っていたのだけれど、本当は〝大地の牙〟の闘いだった。どこをどうひっくり返しても、私と韓産研爆破を結びつけることは無理だったんだ。それなのに検事ときたら、「処分保留というのは不起訴ということじゃなくて、文字通り処分を保留するということであって、この後、また調べていって起訴するに足るだけの証拠が出てきたら起訴することもあるんだから……」と、私を慰め（？）てくれたんだよ。

　こうして私は検事と共同して、できるだけ重く処罰されるよう〝狼〟との一体性を強調したデタラメ調書を作って、めでたく〝狼〟の一員としてでっちあげられ、〝狼〟の闘いのすべてについて幇助犯として起訴されたんだ。

　といっても自分から進んでペラペラと自供したというわけでもないんだよ。自供ということについては権力への屈服だという抵抗感はずーっとあった。でも、総持寺爆破闘争の時の挫折体験から極度の自己不信に陥っていた私は「〝狼〟の彼らと意見を異にした時は、はっきりと確信がなくても彼らの方が正しいに決まっているのだから、彼らに従っていた方が無難である」と、価値判断の基準を「彼ら」に置いてしまっていたために、彼らの自供調書を見せられると、「黙秘しなければならないと考えていた自分の方が間違っていたのかな」なんて思って、ずるずる確信もないまま引きずられてしまったんだ。

　六月半ば過ぎ、Y君の死を知らされた時は、私たちの自供が彼を死に追いやったことに気づき、一時自供を中断したのだけれど、「他の〝狼〟の人たちはひたむきに誠実に供述しているのに、あんただけがそのような態度では、他の〝狼〟の人たちとの訣別になるぞ、それでもいいのか」という殺し文句に、再び屈服してしまった。

　私が自供の過ちに本当に気づいたのは、六月二五日、釜ヶ崎共闘会議の船本洲治君が沖縄で皇太子訪沖に抗議し、

「東アジア反日武装戦線の戦士諸君！　諸君の闘争こそが東アジアの明日を動かすことを広汎な人民大衆に高らかに宣言した。この闘争はまだ開始されたばかりであり、諸君たちの闘争は更に持続し、拡大してゆくであろうと信じる」

という檄《げき》を残して焼身自殺したことを知らされてからだった。権力のペースにすっかり巻き込まれてしまっていた私たちに、船本君は、まだ闘いは終っていないということ、私たちは完全に孤立しているわけではないことを生命をかけて教えてくれた。

しかしその当たり前のことに気づくのがあまりにも遅かった。その時、私はすでに一二通もの調書をとられ、起訴されてしまっていた。

自供というのはどんな理由づけがなされようとも決して正当化することができない裏切行為だね。自分だけではなく、同志、友人、そして闘いを敵に売り渡すことになる。でっちあげ弾圧を阻止し、無実を証明するためとか、権力から情報を引き出すためのかけひきとか、自分以外の誰かを権力の弾圧から守るためとかいう理由で、時には自供することが闘いになりうるなんて考えてしまう人がいるけれど、これは全く間違った考えだと思う。権力はそんなに甘いものじゃない。そうやって自供した人は必ずといっていいほど、ミイラとりがミイラになる愚を犯している。

「取調べに際しては、敵にいっさいの情報を与えるな。雑談もするな。完全黙秘こそが最大の防御であり最高の闘いである」ということを、私は自供という過ちを通して学んだ。こんな当たり前のことでも本当に自分のものとするには、あまりにも大きな代償を支払わなければならなかった。あまりにも大きすぎたよ。あとで後悔しても取り返しがつかないんだから。

私の場合、暴力的な自白強要というのはほとんどなかった。机パンパン叩いて「人殺し!」と怒鳴られたりしたことはあったけれど、私は昔からそうやって強圧的に出られるとムキになって反抗するタイプの人間だから、相手が大声でわめいていればいるほど黙秘するのはむしろ楽だった。それより、私の取調べのために取調刑事たちが連日午前さまで、子供の顔も見られないとか女房が文句ばかり言っていると聞かされると、可哀そうだから調書を作らせてあげようかなんて考えてしまったことがある。その辺が私のウィークポイントだと思う。彰もこのことは覚えておいた方がいいよ。私に何かをやらせようと思ったら大声でギャンギャン怒鳴ってもむしろ逆効果だからね。泣き落とし作戦というのが一番効果ありそうだけど、今は私も自分の弱点を心得ていて、気をつけるようにしている。

何もやっていないうちに逮捕されてしまった私の闘いは、逮捕されたことによって始まったと言っていいと思う。しかも自供というマイナスからの出発だった。だから私の闘いは、自供をしてしまった私自身の弱さとの闘いとしてあったんだよね。

自分を振り返ってみて、私の弱さの第一は、人間として、闘う主体として、自立していなかったことにあると思った。だから二度と同じような過ちを繰り返さないためには、誰かがそうしているからといって、確信もないのに追随したり、自分自身で納得がいかないのに大勢に流されてしまうようなことがないようにしなければと思った。これからは、いつでもどこでも自分の心で体で感じ、自分の頭で考えて本当に納得できる生き方をしていこうと決心したんだ。自己不信、自己嫌悪のとりこになっていじけていないで、まわりの仲間たちと本音で語りあい、丸ごとの人間として関わっていこうと思った。背伸びをしたり、ええかっこし、よく思われたいがために自分の弱さを隠していたのでは、いつまでたってもありのままの自分には手つかずで、ありのままの自分を変えていくことなんかできっこないものね。

こんなこと言うと、彰からまた「きれいごと」って反発されてしまうかもしれないね。確かになかなかこんなふうにいかないことが多いのが現実だけれど、でも、どんなに困難でも人と人との信頼関係を築いていくにはこれ以外の方法はないと思うんだよ。

私は自分が傷つくことを恐れなくなった時、初めて自分が変わったと思う。たとえあるがままの自分を出したために自分が傷ついたとしても、その痛みを克服して前へ進む以外に前進する道はないし、その苦しみや痛みを回避していたら、いつまでたっても成長できないんだって思えるようになったからね。自分の弱さに素直になれたことで初めて本当の自分に自信を持てるようになったということかな。

恥ずかしいことに、私は逮捕されるまでは、自分は拷問なんかに絶対負けないから自白するはずない、完黙なんて簡単だと思っていたんだよ。自分の弱さについて全くわかっていなかったのよね。今、こんなふうに思えるようになったのも、逮捕されてから今日まで、家族をはじめたくさんの人々に支えられ、励まされてきたからだと思う。東京にいた頃の私を知っている将司君や利明君は、獄中に来てからの私は明るくなったって言ってくれたことがあるけど、本当にそうなんだよ。だって、もう誰にも自分のことごまかす必要なくなったものね。

二日がかりの長い手紙になってしまいました。自殺房（注・自殺防止房）の仲間たちはこの暑さで相当まいっているみたい。彰は大丈夫？　睡眠不足、栄養不足にならないようくれぐれも気をつけてね。じゃあ、またね。

仲間たち

ミンミン蝉と草の葉の虫たちが力の限り合唱している。運動に出てコオロギがピョンピョン飛びはねるのをよく見るようになったよ。今日、そのコオロギをじっと見ていたらモグモグと一生懸命コケを食べていた。なかなかうまそうだったよ。

彰、この前差し入れてくれた『法医学図説』が、「心情に悪い」として写真四枚、文章六か所、計七ページにわたって抹消しなければ閲読は認めないと言ってきたよ。あきれはてて、口をあんぐりあけたまま言葉が出なかった。自殺したり変死した人の死因を究明するのが法医学という学問の目的でしょ。その死体写真や死亡方法が「心情に悪い」からという理由で学問を禁止していたら、法医学なんて成立しなくなるじゃない？　いったいどこに「心情によい」法医学なんてあるんだろうか。南京大虐殺や、サブラ・シャティーラのパレスチナ難民大虐殺写真の抹消と同じで、東拘（東京拘置所の略称。現在は全面的に改築され、当時よりも閉塞性を一層強めている）は自分たちが「心情に悪い」「見せたくない」と思うものはことごとく獄中者の知る権利、学問の自由など無視して抹消・閲読不許可にしてしまう気らしいよ。この本は高いものだし、抹消されてしまったのでは取り返しがつかないので、そのまま宅下《たくさげ》（注・金品を面会人に持って帰ってもらうこと）します。今度面会に来る時、受けとってね。

どんどん既得権が奪われて規制が強化されているよね。一〇年前に比べるとこれが同じ東拘かって思うほどだよ。この前の手話学習禁止処分を撤回せよという第二東京弁護士会人権擁護委員会からの勧告だって、もう勧告が出てから半年以上たっているというのに全く黙殺されてるものね。最近は指文字の印刷されている便箋は単なるヌリツブシではなくて、指文字部分がカッターで切り抜かれてくるんだよ。外国語は、中学生程度の英語でさえ、ことごとく閲読不許可だし、点字で打った葉書も、ちゃんとふつうの文字で訳文がついているのに不許可だったしね。

よくなったのは食事ぐらいで、あとはほとんど悪くなっている。とくに人と人とのコミュニケーションの妨害、思想信条の自由に関する侵害がひどくなっている。でも、府中刑務所で地獄処遇をくぐり抜けてきた彰には、一一年前の私たちのおかれていた状況の方がむしろ信じられないかもしれないね。

私がここに来たのは一九七五年七月だった。東拘移監三日後の七月一九日、未知の東アジア反日武装戦線の仲間たちによる北海道警爆破があり、翌二〇日には「『東アジア反日武装戦線』に恐怖する権力の大弾圧を粉砕する集会」（フーッ、長ったらしい名前の集会だねえ）が開かれ、五〇〇名もの人々が集まってくれた。どちらも私には予想することさえできなかったことだった。

このことを知った時、私たちは決して孤立していないんだ、闘いを引きついでくれる未知の同志が存在するんだと目の前がパッと明るくなったように思えたものだったよ。

逮捕された時、青酸入りカプセルを飲もうとして刑事に阻止されて自決を果たせなかったことを悔やんでいたあやちゃんは、道警爆破のニュースを聞いた時、「生きていてよかった」って、心から思ったそうだよ。

私たちを支援、救援する人たちがこの日本にいるなんてことさえ、全く予想できなかったのに、獄外では、「東アジア反日武装戦線を救援する会」〔一九八一年に結成された東アジア反日武装戦線への死刑・重刑攻撃とたたかう支援連絡会議に活動が受け継がれている〕が組織され、私たちだけでなく家族への励まし、弁護団の結成、裁判の準備、パンフの発行等々の支援に駆けずりまわってくれていた。

そして、私を〝狼〟から引き離して自分たちの小市民生活の中に囲い込もうとするに違いないと思っていた家族（両親）は、救援する会の人たちと共に「ナコの死を無駄にしない」と、私たちの裁判闘争の支援に立ちあがってくれていた。私はただただ感謝の気持ちでいっぱいだった。

そのことは、私たちの自供がいかにそうした人々の思いを裏切る行為だったかということをも示していた。どんなに悔やんでももう後の祭りだったけど、本当に穴があったら入りたいほど、自分のふがいなさがうらめしかったよ。

逮捕は決して闘いの終りではないということを、よりはっきりと示してくれたのは、八月四日の日本赤軍（二〇〇一年に解散した）のクアラルンプールにおける米大使館・スウェーデン領事館占拠――同志奪還闘争だった。釈放された人々の中に規夫君も含まれていることを知った時は、あまりのうれしさに涙が出た。もうじっとしていられなくて、狭い房内をピョンピョン飛びまわっていたよ。

もう二度と会えないかと思っていたあやちゃんが、担当台をはさんですぐ隣りの房におり、ゆきちゃん（注・〝大地の牙〟のメンバーとされていた浴田由紀子さん。獄中で初めて会う）もすぐ近くの房にいることを知った時、どんなにうれしかったか。彼女たちが生きていてくれたことをどんなに感謝したことか。

さらに私たちを勇気づけ、励ましてくれたのは獄中者組合（注・一九七四年結成された獄中者の組合（現在は、統一獄中者組合に受け継がれている））の仲間たちだった。多くの獄中者が囚われの身になっても不屈に団結して闘っていることを知り、自分が恥ずかしくてならなかったよ。その頃手紙でもパンフでも「獄中者組合」の五文字はすべて抹消されていたのだけど、そのまっ黒に塗りつぶされた五文字は、私にとってキラキラと輝く希望の星のように見えたものだった。

こうして獄中獄外のたくさんの仲間たちに励まされて闘いの心をとり戻していく中で、私にとってこれからの闘いとは、まず第一に自供してしまった己れの弱さとの闘いだと思った。自供を通して私は、納得がいかないのに権力のいいなりになってずるずると引きずられていくと、いつの間にか権力のやり方に疑問を持つことさえできなくなってしまい、権力との共犯関係に落ち込んでしまうということをいやというほど思い知らされていたから、これからは、権力が押しつけてくる不正不当に対しては、あくまで拒絶していくぞと心に誓ったんだ。

ゆきちゃんが自殺房に入れられていると知って、彼女を自殺房から出すよう要求してハンストをしたのが私の獄中での戦闘宣言みたいなものになった。

その後、一〇月三〇日に私たちの分離裁判第一回公判が開かれようとしていたので、分離裁判を拒否し、統一公判を求めて出廷を拒否した。この時、私は実力で裁判所に強制連行されてしまうかもしれないから、連れ出されないように裸になって出廷を拒否するということを確認していただけで、それ以外のことは何も考えていなかった。だから起床直後に塀の外から「分離裁判を粉砕するぞ！」という叫び声が聞こえてきた時はすごく驚いた。即、ゆきちゃんが「分離裁判粉砕」と叫んだ。私も思わず大きな声で「分離裁判粉砕！　出廷を拒否するぞ！」と応えた。するとあっちからもこっちからも「分離裁判粉砕！」とか、「がんばれ！」とかの声があがり、女区（注・女性を収容する区域）全体が騒然となった。

その頃、接見禁止がついていて、私たちは弁護人以外の人とは手紙のやりとりもできなかった。同じ舎房にどんな人がいるのかもわからなかったんだけど、後で知ったところによると、土田邸・日石・ピース缶爆弾事件で、でっちあげされていた江口良子さん、前林則子さん、連合赤軍の永田洋子《ひろこ》さん、京浜安保共闘の山之内陽子さん、若林功子さんたちがいて、彼女たちは手紙のやりとりを通して、私たちの分離裁判粉砕闘争に連帯しようと話しあっていてくれたらしい。

私は上半身裸になって、その上は薄いカーディガン一枚をはおっただけの姿で鉄格子にしがみついて騒いでいたんだ。その時は大声で騒がないと強引に連れ出されてしまうんじゃないかと思って必死だったんだよ。懲罰とか保安房のことなんて何も知らなかったんだからね。だから三、四人の男性看守が来て私を腕ずくで房外に引きずり出した時は、てっきり裁判所に連れていかれるのかと思ってた。ところが、毛布にくるまれてポイと放り出されたのは女区の同じ場所の二階で、夕方には元の房に戻された。

あやちゃんとゆきちゃんはどこへ隔離されたのか、夕方になっても戻ってこなかった。そのことをみんなで声をかけあって知らせあい、彼女たちを元の房に戻せと言ってハンガーストライキをやった。そのうちに夜七時のニュースの時間になり、ラジオが「東アジア反日武装戦線の第一回公判」云々と言いかけたら、途中でプツリと切れてしまった。またみんなで抗議した。とくに永田さんは強く抗議した。すると今度は永田さんが拉致《らち》されてしまった。

「暴力はやめろ！」「永田さんを返せ！」とまた大騒ぎになった。私はドアをドンドンと叩いて「永田さんを返せ」って騒ぎ続けた。そしたら、警備隊員が来た。「静かにしろ」「永田さんを返したら静かにする。返さなかったら一晩中騒ぎ続ける」って言ったら、「出ろ」と言う。永田さんを返してくれるか、少なくとも私の話を聞いてくれる責任者のところに連れていってくれるのかと思ってすぐ外に出た。

全く、今考えるとおかしくなってしまうけど、私は、東拘内を歩くのは初めてだったもんで、物珍しげにキョロキョロしながら警備隊員の後をスタスタ歩いていったんだよね。まさか男区の保安房にぶち込まれるなんて思わないもの。

「入れ」と言われて入ったら、責任者どころか誰もいないのっぺらぼうの窓も何もない房で、私が入ったとたん、ガチャンとドアが閉められ、あとはわめこうが叫ぼうが誰も来ない。看守はのぞき窓からこっちを見ているだけで、何を言っても知らん顔。部屋の片隅の床下にコンクリートを切っただけのトイレがあるけれど水は自分で流せない。トイレの前を隠すついたてもない。つまり、女性がトイレに入るのを男性看守が丸見えの状態でのぞくってわけ。天井にテレビカメラがついていて、周期的に部屋全体がゴーゴーとものすごい音をたてる。後でわかったところによると、これは換気扇の音なのだけど、実際は音の拷問としか言いようがなく、一晩中ゴーゴーとやって眠らせないようなしかけで、床は泥だらけ。掃除なんかしたことがないみたいだった。「だまされたなァ」というくやしさもあったけど、その時は、「ふーん、監獄の中の監獄、こらしめ房というのはこういうものなのか」という好奇心の方が強くて、部屋中あちこち点検して部屋の仕組を観察してまわった。布団の汚なくて臭いのと夜中煌々《こうこう》と電気がついているのにはまいったけど、どこでも眠れるというのが特技の私はそれでも何とか寝ることができて、翌朝には元の房に戻された。あやちゃんたちもみんな翌朝には戻された。

この日の闘いの主役は、私たちの分離裁判拒否闘争に連帯呼応して闘ってくれた江口さん、永田さんたちだった。彼女たちは、大声を出したりすれば懲罰や保安房への隔離などの弾圧を受けることを知っていて、直接自分たちとは関係のない私たちの裁判のために闘ってくれたのだからね。こうした連帯が、監獄の中でどんな感動を呼び起こすかは、彰には言わなくてもわかるでしょう⁉︎

何よりも素晴らしいことは、この日を境にして女区の空気が一変してしまったことだった。それまでは互いに顔を見合わせても目くばせするかニコッと笑う程度の挨拶しかできなかった仲間たちが正々堂々と、「おはよう！」「がんばって！」などと声をかけあうようになったんだよ。それでみんなの顔と名前も一致するようになった。いわゆる「政治犯」だけじゃなくて、女区全体の仲間に声をかけあい、挨拶するのが当たり前になってしまった。みんなニコニコして、いっぺんに女区の雰囲気が明るくなったんだよ。

この日の闘いへの報復懲罰は、私の場合三〇日間の軽屏禁《けいへいきん》（注・懲罰の一つで、読むこと、書くこと、手紙の発受、面会など一切禁止され、房内に一日中座っていなければならない）・文書図画閲読禁止だった。そしてこの後、懲罰への抗議、それに対する懲罰、また抗議というように際限のない当局との攻防が繰り返されることになった。でも、誰一人そんな弾圧に負けてしまう人はおらず、弾圧を受けるたびに団結は強まっていくばかりだったよ。外から仲間たちのスピーカーの声が聞こえると、私たちは自殺房のこと、懲罰のこと、ヌリツブシのこと、仲間同士の分断やその他の非人間的規則のことについて抗議の声をあげていき、「刑事犯」の仲間たちも「いいぞう！」「がんばれ！」「私もがんばる！」と呼応するようになり、警備隊員が来ても、あまりにもあちこちから声があがるので、うろうろするばかり。誰一人隔離することもできないありさまだった。

でも、こんな状態を当局がいつまでも許しておくわけもなく、一二月の中旬、私たち反日の三人は、南三舎という、女区から離れた舎房に隔離されてしまった。

その時、女区長はハッキリと、

「おまえたちが騒ぐと、ほかの者もみんな同調して騒ぐから隔離したのだ」

ということを言っていた。あの頃は割と、東拘も正直だったんだね。

私たちは正月を前にしていったん女区に戻されたけど、この後は一階と二階にできるだけ離されて収容され、隣りはいくつか空房にするという形で他の仲間とも分断された。でも女区の独房舎は一、二階合わせても六〇房しかなく、大きな声を出せば声が届く。私たちは点検の時できるだけ大きな声で番号を言い、顔は見えなくても互いの所在を声で確認しあえるようにしていた。そして七六年の正月以降、私たちは正座点検制度は獄中者に対する奴隷化攻撃でしかないとして、点検時の正座を拒否し、点検が来るたびに「正座点検制度を撤廃せよ！」と抗議する運動も始めた。

一度南三舎に隔離されると、何かあるたびに看守たちは、「また南三舎に行きたいのか」と、恫《どう》喝《かつ》するようになった。それだけ南三舎という所はひどい所だったのよね。といっても南三舎は男子懲役監で二、三階には日常的に夜間独居（注・昼間は刑務作業のため不在となる）の受刑者が住んでいた。一階だけが使われておらず、女区の保安房の代用になっていたんだ。

私たちがぶち込まれた時も、それはひどいものだったんだよ。畳はささくれだっているし、壁はボロボロ、ちょっとさわっただけでザラザラと塗料がはげ落ちてくるし、部屋中カビやホコリやクモの巣だらけ。窓のすぐ外に目かくしフェンスが張ってあるため、外は見えず、昼でも電気をつけていなければならないほど暗い。じめじめした穴倉みたいなところだった。廊下側には窓がなく、看守は金属性の蓋つきの小さなのぞき穴からこっちを見ることができても、獄中者の方からは看守を見ることができないという陰険な構造になっている。食器口もわざわざ地面近くにできており、犬のようにはいつくばって食事を受けとらなければならない。万人に平等に与えられているはずの日光や風をわざわざ奪って、できるだけ住みにくくなるよう工夫してある。そう、彰が府中にいた

ま

頃に入れられていた独房と造りは全く同じだよ。

壁に貼ってある価格書はもう一〇年以上も古いもので、食パン一斤六〇円、アンパン一個二〇円なんてもんだった。カレンダーや価格表を新しく貼ってやるからといって看守が来た時に、「価格表は貼り換えなくていいよ、私、この値段で買い物するから」って言ってやったものだ。

「また南三舎に行きたいのか」という恫喝は何の効きめもなかったばかりか、今度は、マル青同の女闘士が二名入ってきて、毎日演説を始めた。ただこの演説は全く一人よがりの左翼用語だらけのアジ演説だったから、評判悪かったね。私たちに対してはニコニコして「がんばれ」なんて声をかけてくれるおばちゃんなんかも、マル青同に対しては「うるせえぞ！　何様だと思っていやがるんだ！」なんて怒鳴っていたからね。

そりゃそうよ、おばちゃんたちには、マルクスやレーニンがどうしたこうしたなんて関係ないのに、彼女たちは刑事囚の日常生活とは全く無縁のところで「左右の修正主義」がどうのこうの、「中国やソ連」がどうのこうのと言って「わが党の旗の下に結集せよ！」とやるんだもの、そんな一方的で押しつけがましい説教演説が刑事囚の仲間に総スカンをくってしまったのは当たり前なんだよね。自分たちは革命家で無知な大衆に正しい政治意識や思想を注入してやろうって指導者意識がプンプンしてたし、私たちが声をかけても、「フン、プチブル急進主義の軽薄者めが」なんて顔をして、ニコッともしなかった。だからマル青同の女闘士が騒いでもまわりの仲間が一緒になって騒ぐことはなかったけど、毎日毎日正々堂々と演説されたので当局は大弱りだったんでしょう。私たちが南三舎に隔離された時、彼女たちも一緒に隔離されてしまった。しかし、処遇改善闘争においては、彼女たちも私たちの有力な仲間だったよ。この続きは、また後で書くね。

ハンガーストライキ

私が再び南三舎に隔離されたのは七六年四月一六日だった。その日、同じ並びにいたゆきちゃんに懲罰が強制執行され、彼女が何やら抗議していたら警備隊員が数名やって来て、今にも彼女を拉致しようと身構えている。奴らをこっちに引きつけておこうと思った私は、「何しに来たんだ」とか「なぜ不当な懲罰をするのか」とか言ったら、突然引きずり出されてしまったんだ。あんまりあっけなく隔離されてしまったので、女区の仲間たちも、夕方の点検時までは、私が隔離されたことを知らなかったって。私も「あれ、あれ、計算が違ったなァ」とは思っていたものの、ゆきちゃんへの弾圧は回避できただろうと思って、しめしめと一人ほくそえんでいた。すぐにまた返されると思ってたんだよね。ところが次の日、女区にあった私の荷物が全部南三舎に運ばれてくるじゃない。ああ、これは長くなりそうだと覚悟したけど、まさかこの後四年間も隔離されるだろうとは夢にも思わなかったよ。

隔離されて数日後、南舎の係長がやって来て「二階の奴におはようとか挨拶しただろう。今度からそんなことしたら承知せんぞ」「おまえ、点検の時に正座しないそうだが、点検は正座して受けるもんだ。これからは俺が点検に来るからな。正座しないとひどいめにあうぞ」とか恫喝し、実際にその後、南舎の看守部長との二人がかりで、「口で言ってわからねえ奴には俺がわからせてやるよ！」「人の人権も考えないようなことをやってきてぶち込まれたくせに何が人権だ！　おまえのような奴には人権もクソもないんだよ！」などと怒鳴られながら、髪をつかんで引きずりまわされたり、逆エビ責めにされたりと、声を出すことも立ちあがることもできなくなるまでさんざんひどいめにあわされた。

暴行は約三〇分間にわたって行なわれた。私は終始冷静で、「これが奴らの本音であり、権力の正体なんだな」ということを考えていたよ。この暴行に対して私は謝罪を要求してハンストをやった。ハンスト一〇日目で医務室に強制連行され、医務部長とかいう金ぶちメガネでどっしりした体格の、見るからにファシスト風の男が出てきて、検査をするから小便をとって来いと言う。紙コップを寄こした時、私は嫌だと言って断った。

「一方で獄中者に暴行を加えてケガをさせ、健康を損ねるようなことをやっておいて、他方で獄中者の健康を心配しているかのように言うのは欺瞞《ぎまん》でしかない。本当に獄中者の健康を気遣ってくれているのなら、看守の暴行をやめさせるべきだし、わざわざ窓の外に目かくしフェンスを張って太陽光線や風を遮断したり、二四時間狭い独房に閉じ込められている人間に対して、外を見ることさえできない状態を強制しているのはおかしいじゃないか」と抗議した。そしたら何て言ったと思う？

その医者はこう言ったんだよ。

「間違えては困る。拘置所の職員はおまえたちのためにいるんじゃないのだ。法律なんかと関係のない一般の大衆が、これこれこういうわけだから勾留しておいてくれということで、おまえたちを勾留するためにいるのだ。おまえたちのためではなく、社会の善良な大衆のためにいるのだ」

正直と言えば正直。正解と言えば正解。確かにこういう意識でやってるのでなければ獄医は務まらないだろうけれどね。この医者は「未決の被告人はすべて無罪と推定される権利を持っているって？　とんでもない、そんなことはないよ」とまで言ってる。まさしく、「法律なんて関係ない」んだよね。押し問答して答えられなくなると、最後は「それじゃおまえのやってきたことは何だ？」と《・》く《・》る。

私があくまで食事をとることを拒否したら、「それなら導尿だ！」と言って、警備隊員数名に命令して、私をベッドの上に押さえつけてパンツを脱がせようとした。こんなバカな医療ってある？私は、男たちがニヤニヤしてパンツに手をかけた時、思わず叫んでしまった。

「さわるな！　放せ！　食べるから放せ！　あんたたちには用はない。ふざけるな！　何のための導尿だ、何のための栄養補給だ。こんなにピンピンしている人間を屈強な男が数人がかりで押さえつけて！　あんたは医者じゃない！　自分のやっていることが医療行為などではなく恫喝と拷問でしかないことをあんた自身がよく知っているはずだ！」

警備隊員たちがやっと手を放した時、医者は「よし、食べるのだな。食事をここに持ってこさせよう」と言ったが、私は房に帰って食べると言い、帰ろうとしたら、目の前で食べなければ駄目だと言って、まず温めた牛乳を持ってきた。くやしくてならなかったけど、やむをえず牛乳を飲んで、あとはおかゆに一口、二口手をつけて、やっと帰ることを許された。

房に帰ってきてから、奴らの暴力の前に屈してしまったことをものすごく後悔した。自供をしてしまった自分の弱さを克服するなんて言っていたのに、拷問の恫喝だけで自分の意思を曲げてしまったんだ。こんな私なら、拷問されたらまたたちまち自白してしまうに違いない。明日また同じように強制導尿されても、もう二度と屈服するもんか。たとえ強姦されるようなことがあったとしても屈服するまい、と心に誓った。また夕食からハンストを再開した。

次の日も同じように医務室へ強制連行されたが、強制補給されただけで導尿はされなかった。考えてみれば導尿の必要性なんて何もないのだから当たり前なんだけどね。こうしてその後三日間、毎日強制補給をやられ、一三日目で一応ハンストを中止したんだけれど、このことを通して、私はまたしても自分の弱さを自覚することができたし、獄中医療の本質を教えられたよ。

私が隔離された後、女区の仲間たちは私を返せとハンスト等で抗議してくれ、私が点検時の正座を拒否したために暴行を受けたことを知った後は、これまでちゃんと正座して点検を受けていた人までが正座を拒否するようになるなど、むしろ闘いの火に油をそそぐような形になってしまった。そして、この後半月から一か月の間に、江口さん、前林さん、あやちゃん、ゆきちゃん、マル青同の女闘士二名の計六名もの女性獄中者が次々と隔離されてきた。マル青同の二人は、隔離されて一、二か月後には他の拘置所に移監されてしまったので、その後は残る五人の南三舎での闘いが始まったんだ。

私たちは、昼間は南三舎に私たちだけしかいないという状況を利用して、大きな声で話しあい、五人共同のアピールを出したり、誰かが懲罰になれば他の人がその日のラジオニュースの内容を知らせてあげたり、何か弾圧があれば五人共同で抗議したりと、何でもかんでも助けあい協力しあった。もっとも、当時接見禁止がついていて新聞さえも購読できない私たちのために、江口さんや前林さんが重要な新聞記事や獄中獄外の運動状況を教えてくれるなど、私たちの方が一方的に世話になった面が多かったけれどね。

とくに彼女たちは私たちに加えられた弾圧に対して、いつも自分のことのように体をはって闘ってくれた。七五年五月、あやちゃんに皮手錠がかけられた時は、五人全員で、「あやちゃんの皮手錠をはずすまで食べない、寝ない」と言って闘ったし、七七年八月、ゆきちゃんが南三舎に新設された自殺房に入れられた時も、五人全員で一〇日間のハンストをした。

戦後最大のでっちあげ事件（注・土田・日石・ピース缶事件。後に無罪が確定する）として大変な裁判をかかえているうえに、獄内外の多くの人に手紙も書かなければならなかった彼女たちが、その忙しさの中でこのような連帯闘争を共に闘い抜いてくれたということが、どんなに大きなことか、彰にはわかると思う。

こんな団結した闘いに恐怖した東拘は、七七年一二月、彼女たちだけを女区へ返すという形で五人の闘いを分断してきた。そして残された私たち三人への暴力的弾圧を強化してきた。でも、私たちはそんなことに負けていなかったよ。「弾圧を肥やしに！　鉄鎖を武器に！」が私たちの合言葉だったもの、どんな時でもその状況を武器に転化していった。今度は三人だけになったのをよいことにさらに獄中会議を活発化し、公判の打ちあわせやその他私たちに共通した話題をいろいろと話しあったりした。懲罰の時など何もやることがないので、一日中おしゃべりをしたり、歌をうたったりしていたものだよ。その頃は看守ももうあきれはてて妨害するのをあきらめていたんだね。

とくに面白かったのは三人の獄中会議をすべて東北弁でやったこと。私たちは五〇房もある南三舎一階にできるだけ離れ離れに収容されていたから、いつでも大きな声で叫ぶようにして話しあわなければならなかった。当然、会話の内容は看守に筒抜けだ。もし、私たちにだけ通じて看守に通じない言葉があれば、声を聞かれても秘密作戦会議ができるでしょう？　ところが私たちは英会話すら満足にできなかったので、外国語が無理なら方言をまくしたてようということになったんだ。でも、三人とも出身地はバラバラ。釧路と山口と宮城の言葉をそれぞれ披露しあってみたところ、「標準語」から一番遠く離れているのが宮城の私の言葉だということになって、「んでは、今度からオラだぢの会話はすべて東北語ですっぺ」ということになったんだ。

それがらはオラが二人の先生になって、日常会話で絶対に日本語使ってはわがんねぞというごで、東北語の特訓を始めだのっしゃ。二人ともながなが優秀な生徒で、一、二か月もしたっけ、東北語もだいぶ身についできたようだった。若《わげ》えおなご看守《かんす》はオラだぢが何がくっちゃべるたんびにケタケタと笑うす、区長だぢは、オラだぢの言葉ば軽蔑すて、なんだりかんだりイヤミ言ったんだ。

オラだぢはその頃、東北語の学習ど並行して朝鮮語の学習会も始めだ。ほしてその学習会で覚えだ単語は少《すこ》っつづ東北語の中さ入れでいぐようにしたんだっちゃ。

「ヨボセヨ《（もしもし）》、あやちゃん。オヂエ《（きのう）》、みのはらチェパンチャンブット《（裁判長から）》この前のチョッキョンクムヂイ《（接見禁止一》ルブへヂェチョング《部解除請求）》のテダップ《（返事）》が来たど。ネウィ《（私の）》Tシエゲピョンヂ《（氏への手紙）》は駄目だどやっ」

「ええー!?　ウエー《（なぜ）》?」

「アルスガオーップタ《（わからない）》。イユ《（理由）》書いでねえもの」

こんな調子だったがら、さすがの看守だぢも今度は笑いごどでねえちゃど、大あわてでオラだぢの会話を妨害し始めだんだっちゃ。オラだぢもちょっとばかり調子に乗りすぎだんだよね。少し考えればこうなっこどはわかりそうなもんだのに、警戒心が足りねがったんだ。朝鮮語入り会話を始めで二、三日したっけ、オラだぢがちょこっとくっちゃべり始めっと、保安課長、区長、警備隊員がぞろぞろと出はってきては、「もう好き勝手はさせん」「少しでも通声したら隔離するぞ」と、おどかすようになり、オラだぢは日本語会話もでぎねぐなってすまったもんだ。

七七年四月、女区一舎に保安房が新設された。私たちが少しでも抗議の声をあげると、当局は女区に連れ帰って保安房にぶち込むようになった。「好き勝手のやり放題」はあくまで女区に保安房ができるまでの暫定的なものだったわけだね。

さらにその年の八月、二年半にもわたって続いていた接見禁止が解除されたのだが、獄中獄外の人々と文通できるようになると、南三舎でやってることをあちこちに知らせて他の獄中者に真似されたら困るということで、また弾圧が厳しくなった。

祈りの記念樹

七七年九月二八日、彰はどこでどうしてた？　私にとってこの日は忘れようとしても忘れられない日なんだよ。

この日、夜七時のラジオニュースで「日本赤軍がハイジャック」云々と言い出したところ、途中でカットされてしまった。私たち三人はまたしても不当な報道管制だと一斉に抗議した。するとすぐにぞろぞろと警備隊員がやって来た。また保安房行きかなと思っていると、どうも様子がおかしい。いつもは「長」のつく者は担当の看守部長を含めて午後五時以降は姿を見せないのに、保安課長までが来ている。しかも保安課長はトランシーバーを持っている。私たちの抗議に看守部長はいつになく低姿勢で「（ラジオが切れたのは）機械の故障のようだ。今は誰も（そのことについて説明できる人は）いないから、明日聞きなさい」などと言う。

「誰もいないどころか。保安課長がいるじゃないか。報道管制の責任者は保安課長なのだから、保安課長はきちんと答えられるはず」

と抗議すると、保安課長はギラギラした憎悪に燃えるまなざしで私をにらみつけながら「キチガイ、キチガイ」と小声でつぶやいているのみ。いつもなら居丈高に前に出てきて威張り散らしていく人なのに、今日はやっぱり何かがおかしい。日本赤軍の奥平純三さんがその頃同じ東拘に囚われていたので、日本赤軍は彼の釈放を要求しているのではないかと見当ついたけど、その日はとうとう最後まで詳しい情報はわからずじまいだった。

翌二九日、弁護士面会で、日本赤軍がバングラデシュのダッカでハイジャックをやり、日本の監獄に囚われている獄中者九名の釈放を要求している。その中にあやちゃんや、ゆきちゃんも含まれていると知らされた。この時の感動をどんな言葉で表わしたらいいか、私には見当もつかないよ。

東拘はもう報道管制をあきらめたらしく、この日から、ニュースはノーカットで放送された。獄中者組合で共に闘っていた山谷労働者の仁平映《にへいあきら》さんや、千葉刑務所で病気に苦しむ仲間を救うために単独決起した泉水《せんすい》博さんが釈放リストに載っていると知らされた時、今、日本で行なわれている獄中闘争と固く結合しようとしている日本赤軍の姿勢がとてもうれしかった。

東拘当局は、ダッカ闘争が起きて以来、一転して私たちの会話を妨害しなくなり、ひたすら低姿勢になった。釈放を前にして懲罰も保安房もあったもんじゃないし、そんなことより私たちが何を考えているのか情報を入手することの方が優先されたんだろうね。でも、私たちの会話はテープに吹き込まれている可能性もあり、あらたな弾圧の口実を作らせたくなかったし、彼女たちは荷物の整理で忙しく、最後の二日間、私たちは事務的な会話を少し交わしただけにすぎなかった。

一〇月一日の未明、徹夜のつもりがついうとうとしてしまっていた私は、「まりちゃん、行くわね!」という小さな声で目が覚め、あわてて飛び起きた。視察孔からせめて最後の姿をのぞこうとしたけれど、看守が立ちはだかって廊下を見ることができない。「まりちゃん、先に行くわね」「体に気をつけて」「闘いの中で合流しよう」「同志たちによろしく」こんな言葉を残して、聞き慣れた足音がスタスタと南三舎の廊下の隅に消えていく。私は胸をドキドキさせながら聞いていた。

朝、起床チャイムが鳴ると同時に必ず聞こえてきた「まりちゃん、おはよう！」の元気な声がない。シーンと静まり返っている。静寂の中で彼女たちの釈放が夢じゃなかったんだと改めて実感したよ。その朝はダッカ闘争の勝利を祝福するかのように見事な秋晴れだった。

私はその日、運動場の片隅に「最後まで同志たちが無事でありますように」という祈りをこめてレモンの種を一つ植えた。それから毎日、運動に出るたびに口に水を含んでいて、口うつしで水をやった。一か月もすると五センチメートルほどの可愛らしい苗木に成長したんだよ。毎日運動に出るのがワクワクするほどの楽しみだった。ところが、全く腹立たしいことに、そのレモンの記念樹はそれからしばらくして無残にも刈り取られてしまった。本当にくやしくてくやしくてならなかったよ。もしあのまま大きくなっていたら、もう九年もたっているんだから実を結ぶほど大きくなっているかもしれないのにね。だって「桃栗三年柿八年」って言うじゃない？

彼女たちと一緒の南三舎での生活で面白かったこと、まだまだたくさんあるんだけど、検閲を通す手紙に書くにははばかられるようなことが多いし、書いていたらきりがないので、この辺でやめておくよ。あとはシャバに出てから教えてあげるね。

JAPAN AIR LINES
ま.

まりちゃん、がんばれ

あやちゃん、ゆきちゃんがいなくなって、南三舎一階に私が一人になると、これまで私たちの団結した闘いを苦々しく思いながらも弾圧しきれずにいた東拘当局は、急に居丈高になり、ありとあらゆるいやがらせを始めた。ダッカ闘争でむざむざと獄中者を釈放しなければならなかった屈辱に対する報復の気持ちもあったのかもしれないけど、とにかく、私一人に看守が三人もついてるものだから、看守たちは暇でしようがなく、一日中私の房の前にへばりついて、私の一挙手一投足に至るまで文句をつけ始めたんだ。それこそ、机の前に姿勢を正して座っている以外のすべての動作を禁じられたも同然だった。ちょっと机にうつぶせになっただけでも、立ちあがっただけでも、背伸びをしただけでも肩を叩いただけでも、いちいち怒鳴りつけられたからね。そう、ちょうど彰が府中刑務所で体験したのと同じような状況におかれたんだよ。昨年、彰が、府中の「立つな、歩くな、横見るな」といったがんじがらめの実態を報告してきた時、とても信じられない、表現がオーバーなのではないかと言った人がいたけれど、実際にそれと同じ経験を経てきている私には、府中刑務所で今どんなことがやられているのかってこと、とてもよくわかったよ。府中の場合は、狭い独居内に白線テープを二本貼りつけ、扉に向かい、そのテープの間に座っていなければいけないなんて、もうビョーキとしか言いようがないけどね。

そうした日常的いやがらせに加えて、看守たちの暴行もひどくなった。とくに私が女だということで、複数の男性看守が寄ってたかって私の上半身を裸にして性的な凌辱を加えたり、女性差別的な暴言を吐いたりということが何回もあった。もう南三舎一階に私がたった一人なのだから、これ以上隔離のしようがないはずなのに、なんだかんだと挑発しては保安房にぶち込むなんてこともしょっちゅうだった。

こうした頻発する弾圧、暴行凌辱に対し、獄中者組合の仲間たちは、私を女区へ返せという大キャンペーンをはって闘ってくれた。

七八年一二月に加えられた暴行と強制ワイセツに対しては、共同告発闘争が取り組まれ、約四〇名の獄中者が参加してくれた。中にはハンガーストライキで闘ってくれた人もおり、無実の死刑囚・荒井政男さん〔無実を叫び続けたまま二〇〇九年獄中で病死〕など、一二日間ものハンガーストライキをしてくれたんだよ。さらに、たくさんの仲間が、励ましの手紙を送ってくれた。

南三舎周辺の男性受刑者たちも、いろいろな機会を見つけては励ましてくれた。いつだったか三〇人ぐらいの受刑者が整列している前を通った時、ちょうど受刑者の仲間たちを監督する看守がいなかったか何かしたんだろうね、一斉に、「まりちゃん、まりちゃんがんばれ、まりちゃん」と声をかけてくれた時は本当にびっくりしたよ。

南三舎の近くの房にいたという人から、後日手紙をもらって知ったのだけど、そうでなくても女なしの生活を強いられている男だけの舎房の中に、元気な若い女の子が一人いて、監獄当局の弾圧にも負けないでがんばってるっていうので、南舎の受刑者の間で私の噂話が広まっていたらしい。そんな受刑者の仲間たちにもどんなに励まされたかしれないよ。ただ困るなァと思ったのは、ごくまれにだけど、女性といえば性的道具の対象としてしか見ることのできない人がいて、胸を開いてみせてくれとか、あそこの毛を一本でいいからくれとか、性交に関する身ぶり手ぶりをしては冷やかす人がいたこと。これとて、男性看守のひどさに比べたらものの数じゃないけどね。

　男性看守の女性差別のひどさは、何だかんだと理由をつけて暴力をふるう時、すぐにドサクサにまぎれて服を引っぱって裸にしてしまうことや、オッパイをつかんだり股の下に手を入れてきたりすることなどでもわかる。七五～七八年春まで女区の区長をやっていたO女区長などは、手足を縄でしばられて身動きできなくなっている私のTシャツをはだけて、それで自分のズボンについた泥をぬぐったりしたこともあったよ。その時、何で手足を縄でしばられていたかっていうと、保安房に連行するためなんだ。この区長はとてもサディスティックな男で、いつも嗜虐《しぎやく》的なことをやってはニタニタ笑っているような本当にいやな奴だった。この時私はハンストをやって、吐き気やめまいがひどかったもんで、起床時間になっても寝たままでいたら、私が寝ている布団の上にわざと土足でずかずかと上がってきた。私を足蹴にしながら「おいっ、起きろ！」と怒鳴ったので、私は、「人が寝ているところに土足で上がるとは何だ！」と言って、女区長の頬ぺたにビンタを一発くらわしてやったんだよ。殴ろうと思って殴ったんじゃないんだ。その時はカーッとして思わず手が出てしまったんだよね。何しろそれまで、物心ついてから他人に手を振りあげたことが一度もない私なので、この時のことはとてもよく覚えているよ。バーンとやってからハッとして「私にも人を殴ることができた。なるほど、人が他人を殴る時っていうのは、こんなふうに自分の意思のコントロールがきかなくなって、衝動的に手が先に出てしまうものなのか」って、お返しのビンタやゲンコツを何発もくらいながら考えていた。

　というのは、その頃文通していた刑事囚の仲間に、本当につまらないささいなことですぐに暴力沙汰を繰り返しては刑務所を出たり入ったりしている人がいて、私にはどうしてそんなにすぐに暴力をふるってしまうのか、どうも理解できずにいたからなんだ。でも、O女区長を殴った瞬間、それがわかったように思ったね。私がこれまで暴力をふるったことがないのは、たまたま理性を失ってしまうほど激しい怒りを感じるほどの抑圧体験がなかったからであって、そのような抑圧を受ければ、私も衝動的に暴力をふるってしまう人間なんだってことを発見した時、肯定するかどうかは別として、その仲間の気持ちがとてもよくわかったような気がしたんだよね。

彼の場合は、幼少時から心がメチャメチャになってしまうほどのすさまじい被差別被抑圧体験があって、それに対する積もり積もった怒りが、いつも今や爆発寸前という状況にあるんだよね。だから他の人には何でもないことでも彼にとっては、乾ききって発火寸前の火薬がほんのちょっとした刺激で爆発してしまうように、暴力の発動をもたらしてしまうほどの大きな刺激になってしまうんだろうね。

私の場合にしても、土足で布団の上に上がってきたのが私の見知らぬ警備隊員か何かにすぎなかったのなら、手をあげることはなかったと思うよ。あれがO区長だったからこそ、O区長に対する日頃からの積もりに積もった怒りが一挙に爆発してしまったんだね。

これが私にとって唯一の「職員暴行」だったんだけど、この時の「職員暴行」は、O区長が一〇倍以上ものお返しを私にくらわせたことが明るみに出ることを恐れたためか不問にされた。いつもは、ちょっと看守の肩を押しただけでもすぐに「職員暴行」で懲罰にかけられるのにね。

差別抑圧された者が、差別者抑圧者に対して用いる反抗の暴力は、たとえそれが非組織的な個的なものとしてあったとしても、解放につながる闘いの萌芽としてあるのだから、全否定されるべきものではないと思う。だけど、看守が獄中者に対してふるう暴力というのは、圧倒的強者が寄ってたかって赤児のように無力な獄中者の人間性を否定し、力でもって抑圧し、押さえつけるためのもので、いかなる意味においても正当化されないでしょう。とくに男性看守の女性獄中者に対する暴行には、必ずといっていいほどその背後に女性差別意識が見え隠れする。それをいやというほど思い知らされたのが、七九年秋の獄中者組合統一行動の時だった。その日、私が一言二言、シュプレヒコールをあげると、太いロープを手にした大男の警備隊員がやって来て、「何だ、もうやらないのか。やれよ」と挑発してきた。私が、「残念だったね、ちょっと遅かったよ。あんたらは獄中者に暴力をふるうことしか楽しみがないのかい」と言ったら、「おまえみたいなうす汚ねえ奴をやったって、面白くもねえんだから、何もやりたかねえんだよ」と言うんだ。驚いて、「きれいな人なら面白いからやりたいのか」と聞くと、「そうだ、自分の顔を鏡で見てひっくりけえるなよ。やれよ、タンカも用意してあるし」と、またまた挑発する。もうあきれてあいた口がふさがらなかったよ。これが自ら「公共の福祉のために」と言い「国民全体の奉仕者」たる国家公務員、しかも、人間を「矯正」してやろうっていう人の言葉なんだからね。これじゃ、美人の女性獄中者はたまったもんじゃないよね。

極めつけは、私の名前を「マンコ」「マンコ」と呼んだO区長の後任のY区長だけど、この区長の場合は、何もかもがムチャクチャで、もう話にも何もならない。末端の女性看守でさえあきれはてて、私に同情していたことがあったほどだった。しかし、監獄という所はこういう人こそ出世するもんで、この人は、この後水戸少年刑務所の保安課長になったんだよ。

そのほかにも男性看守による女性差別的な言動はいろいろあるけど、まあ書いていたらきりがないのでこの辺でやめとくわ。

私はこのような暴行や凌辱が頻発するのもすべて、他の獄中者が周囲にいない南三舎隔離という状況のためであるとして、日弁連人権擁護委員会に人権救済の申立書を提出し、私をただちに女区に返すように勧告してほしいと訴えた。日弁連は一年半以上もの慎重な審査の結果、七九年六月に、私をただちに女区に返すようにという勧告を行なってくれた。ところが、日弁連の勧告は法的強制力がないためになかなか実施されず、私が女区に戻されたのは勧告が出てから九か月後の八〇年三月だった。

でも、四年間に及ぶ南三舎隔離を阻止することができたのは、日弁連の勧告があったからだなんて思ったらとんでもない間違いになるよ。そうではなくて、これは獄中獄外の仲間たちの粘り強い闘いがあったからなんだ。日弁連は私を女区に返すようにと勧告したその勧告書の中で、そのほかにも獄中者が原告となっている民事行政裁判への出頭を妨害してはいけないとか、未決獄中者の公判資料としての書籍の冊数制限を撤廃すべきであるとか、南三舎の居住環境を改善することの三点にわたって勧告しているのに、この三点は今に至っても全く無視されているし、獄中原告の民事裁判への出廷妨害や公判資料の冊数制限については、勧告が出された当時よりずっとひどくなっているくらいだからね。

行刑当局にとって在野の日弁連なんて屁のカッパなんだね。当局が私を女区に戻さざるをえなかった真の理由は、南三舎隔離が獄中闘争つぶしに何の役にも立たないことに気づかざるをえなくなったからなんだ。獄中獄外の仲間たちの南三舎隔離粉砕の闘いの高揚に恐れをなしたんだね。

ところが東拘当局は、ただ女区に返したのでは面白くないものだから、いろいろと手のこんだいやがらせを準備していた。女区に戻されたといっても私のいる二階には他の獄中者は誰もおらず、房も階段の隣りの一番はじっこ、雑役さん（注・配食、舎房の清掃などの雑役をさせられている懲役囚）との接触も完全に禁止され、廊下側の窓の外には高さ二メートルぐらいのついたてを置いて廊下を見ることができなくされた。南舎にいた時の私専用の男性看守もついてきて、担当台は私の房のすぐ外にピッタリくっついて置かれ、南舎にいた時と同じ重監視状態が続けられた。運動も私一人だけが午後からやらされ、三人の看守が監視についた。

これも計算のうちに入っていたんだろうけど、女区に戻された日の翌朝、引っ越し荷物の中にあった新聞の束が入ってないので、どうしたのかと聞いたら、勝手に廃棄してしまったという。私があれは切り抜き用に赤ペンで印をつけて取っておいた大切な学習資料なんだから返してもらわないと困ると看守に訴えたら、突然、扉が開いて有無を言わさず引きずり出され、保安房にぶち込まれてしまった。別に大声で怒鳴っていたわけじゃないんだよ。目の前にいる女の看守に話をしていただけで、看守も相づちを打ちながら私の話を聞いてる最中にいきなり横から区長が出てきて、全く突然にだよ。それからしばらくの間、こんなふうに私が少しでも看守に何かを要求したり、何かをたずねたりしたら、即座に何の警告もなしにたちまち保安房にぶち込まれるということが繰り返された。

そのうち少しずつ、私のいる階にも他の獄中者が収容されるようになり、私専用のはりつき看守もいなくなり、窓の外のついたてもなくなり、区長がYから他の人に交替した八一年春以降は、私に対する差別処遇が徐々に緩和されるようになった。今では、私の房の隣り、数房が空房にされているだけで、あとは他の女性獄中者とほとんど変わりない待遇を受けている。

といっても、これは決して待遇が改善されたというわけじゃないよ。単に区長の個人的裁量で可能なレベルでの、がさつないやがらせ、差別待遇、暴力的弾圧がなくなってきているということにすぎず、またYのような嗜虐的な男が区長になったらどうなるかわからないし、彰もよく知ってるように、東拘全体、さらには日本の監獄全体について見れば、ここ数年の間に大幅に弾圧が強化されてきているものね。

獄中一一年の流れをおおざっぱに見ると、だいたい七五年から七八年頃までは、獄中者の闘いによって権利が拡大されてきた時期で、監獄法改悪の動きが具体化してきた七九年以降は、既得権が次々と奪われ、弾圧が強化されてきた時期。今、獄中は冬の時代に向かって進んでいると言ってもいいと思う。獄中者同士が挨拶はおろか、互いに顔を見合わせることさえ禁じられており、廊下ですれ違う時でさえ、一方の人が通り過ぎるまで他方の人は壁の方を向いてつっ立っていなければならない。ハンストでさえ懲罰の対象で、懲罰の内容も冬期の毛布のひざかけ禁止など体罰的色彩を濃くしてきており、どんどん厳しくなってきている。この後、監獄法改悪案が成立してしまうようなことがあったら、もっともっとひどくなるだろうね。でも、そんなことさせないためにがんばらなくちゃね。何しろ監獄は社会の鏡、今日の監獄の姿は、明日の一般社会でもあるのだから。

今、獄中一一年を振り返って、「逮捕＝闘いの終り」どころか、私にとって逮捕とは、闘いの始まりにすぎなかったんだってしみじみと思うよ。さて、長くなった。この辺でペンを置きます。おとうさんによろしく！　私の方は大丈夫だから、今は彰のおとうさんの看病、最優先してやってあげてください。こんなところにいて、何の力にもなれず、本当にごめんなさい。

子ねこチビンケ

手紙、今日届きました。ありがとう！　そうか。彰も犬とキスをしたり犬をペロペロなめたりするの？　ウフフフ。気が合いそうだね。動物に関しちゃあ、子供の頃、彰の方が私より恵まれていたみたいだね。彰の飼っていたもののうち、私が飼ったことがあるのはウサギ、猫、犬ぐらいかな。ひよこは飼ったことあるけど、何度飼っても大きくならないうちに死なせてしまった。鳩は放すことができるからそうでもないけど、小鳥は狭いカゴの中に入れるのが可哀そうなので飼いたいとは思わなかったね。ただ、彰と違って私の場合、自分で飼わなくても牛や馬や山羊なんかはいつもそばで見ていたよ。近所には、豚や羊、アヒルなんかもいたしね。小学校低学年の頃までは馬車なんかもよく通っていて、馬を引いてるおんちゃんに気づかれないようにソーッと馬車の後に飛び乗ったりして学校に行ったこともあったよ。彰は馬糞を踏むと背が高くなるって話を聞いたことない？あの辺ではそんなことが言われてて、チビの私なんかよく「ほれほれ、馬のうんこが落ちてるぞ。まりちゃん、踏んで歩け」なんて言われてたもんだ。

ところで、彰は西独の刑務所の中には受刑者が公然と房内で猫を飼うことが認められてる所があるってこと知ってる？　日本でも以前は死刑囚の場合、小鳥や金魚を飼うことが許されていたっていう話も聞いたけど、今の東拘じゃ夢のような話だね。西独では猫を飼うことを許可してからは、「心情の安定」によい影響を及ぼし、受刑者同士の喧嘩がぐんと減ったという話だよ。日本の刑務所も見習ってほしいね。ここじゃ猫に餌あげたら懲罰、「猫が来たら水をぶっかけろ」なんて教育され

まし.

てんだものね。

チビンケ、今も元気でいるよ。うん、病気しないね。時々、ごくたまにケガをしてくることはあるけどね。

チビンケは、七八年の夏、南三舎の私の房の真下にあるコンクリートの穴の中で生まれたので、この時からのつきあいなんだ。

初めはチビンケのお母さんのネコスと仲良くなった。ネコスが窓辺まで上がってくるので、それを真似てチビンケとシロが来るようになった。シロというのはチビンケと一緒に生まれた雄猫で、両耳の上に茶色い毛があるほかは全身まっ白のきれいな猫でチビンケの双児のお兄ちゃん。その頃、チビンケは片手の手のひらにすっぽり入ってしまうほどちっちゃかったんだよ。シロの方は活発で食欲も旺盛で、チビンケより一まわりも二まわりも大きかった。チビンケなんて名づけたので義理だてて小さいままでいるわけじゃないのだろうけど、結局、チビンケは大人になってもチビのままに終ってしまったね。

今、チビンケの子供がたくさんいるけど、男の子はもちろん、女の子でさえチビンケより一まわりは大きくなってるよ。

チビンケは甘えん坊でなでてもらうのが大好きなんだ。ネコスは決して自分の体を人にさわらせなかったし、人の手の届くところにやって来ることはなかったけど、チビンケは初めからなでてやると気持ちよさそうにうっとりしてた。そんなチビンケを見てネコス母さんは初めのうち、私がなでるたびに「コラッ！　うっとりしてちゃだめよ！　気をつけなくちゃ」と言うように、チビンケをつついてたけど、そのうちに危険がないと悟ったのか、チビンケがなでられているのを見ても公認するようになった。でも生まれつきの性格によるのか、雄と雌の違いによるのか、シロの方は絶対そんなことさせなかったね。とにかくきかん坊で、すぐにカーッと怒るし、看守がシッシッと追い払おうとすると、逃げるどころか牙を向いて爪をたてて向かっていったりするほどだったからね。でもチビンケにとってはとても優しいお兄さんで、いつもふたりで重なってお昼寝したり、互いにペロペロとなめあったりしていた。お兄ちゃんらしく、シロが枕がわりになることが多かったし、なめてあげるのもシロの方がずっと多かったね。

南三舎にはたくさんの猫がいたけど、平気で人間に抱かれたりするのはチビンケだけだと思うよ。あまりなつきすぎて、一度、チビンケが首にひもをゆわえつけられて来たことがあった。ひもは一メートル以上あったかな。その時の彼女の悲しそうな顔ったらなかったよ。ネコスやシロが心配して、さかんにひもを噛み切ろうとしてたのだけど、どんなに頑張っても切れなくて、最後は悲しそうにしてチビンケのひきずってるひもをくわえてオロオロしてた。やっぱり親子なんだねえ。少しも人間と違わないなァと思ったよ。

そのうちチビンケが私のそばに来ようとして、鉄格子にひもがからみついて宙吊りの状態になってしまったんだ。とってあげたくても隣りの房の鉄格子にからみついてるものだから、私ではどうすることもできない。しかたなく看守を呼んで、「猫が鉄格子に首吊り状態になって困ってるから助けてあげて」。このままにしていたら死んでしまう」と、お願いしたんだ。そしたら何と、若い女の看守が言ったことは「首吊りになるならなればいい！」だったよ。いつも看守が猫に石をぶつけたり、ホウキで追いまわしたりするのはそれも哀れな職務の一つと許せても、この時ばかりは全く許しがたいと腹が立ってならなかったし、それ以上に悲しかったね。チビンケにひもをつけたのもきっとどこかの獄中者でしょう。一人では淋しいし、チビンケが可愛くてならず、いつもチビンケにそばにいてほしかったんだろうね。それを思うとますますやりきれない気持ちになった。それに目の前で今にも死んでしまうかもしれないチビンケを見ながら何もしてやれない自分が情けなくてね。でも、チビンケは何時間もかかって自力でからみついたひもをはずして、私の所に無事やって来たんだよ。もう涙が出るほどうれしかったよ。すぐにひもをほどいて、痛めつけられた首をマッサージしてあげました。

チビンケが山アラシみたいにバリンバリンのごわごわになって来たことがある。全身の毛が糊のようなもので固まってガリガリにこわばってるんだ。ははあん、こりゃ糊の缶の中に落っこちたんだなと、その時ばかりはいやがるチビンケを押さえつけて全身をきれいに洗ってやったよ。チビンケも初めのうちこそ少し暴れたけど、後は何をしてもらってるのか理解したらしく、おとなしくされるままになっていたね。

南舎の窓の外にはちょうど猫が座るのによいようなコンクリートの出っぱりがあるでしょ？　チビンケは暇な時はいつもそこに来て座ってたのよね。ところが翌年、チビンケに妹ができたら、その妹のポコタンがなかなかのやんちゃな子で、チビンケのその場所を横どりし始めたんだ。チビンケはおとなしいから、初めのうちは妹のわがままを許していた。ポコタンが頭をつき出してチビンケを押しのけては自分の場所を横どりしてしまっても、されるがままにひっこんでいたんだけど、そのうち、ポコタンのわがままがどんどんエスカレートして、場所を横どりしただけでは気がすまず、チビンケのやることなすこと妨害しては自分が前に出ようとする。しまいにはさすがのチビンケも本気で怒り出して一度ポコタンを叱りとばしたことがある。やっぱりきかん坊といっても妹なんだね。ポコタンはいっぺんにシュンとなって逃げてしまい、チビンケは自分の居場所を無事とり戻したよ。

チビンケは私がいつも決まった時間に運動に出るのを知っていて、その時間帯になると先まわりして運動場の近くの木の下で陽なたぼっこしながら私を待っていた。私が運動してる間中、なんてアホなことをしてるのだろうってな顔つきで見物してたものだよ。ある時は、運動場のすぐそばにあるネズミモチの木の上から見下ろしていたこともあった。こんなわけで私がチビンケとあまり仲良くなりすぎたために、チビンケと知りあって二年目の二月、私の房の所だけ鉄格子の上にぐるりと金網が張られ、チビンケが近づけないようにされてしまった。その時の彼女の悲しそうな様子ったらなかったよ、夢中で金網の上を歩きまわり、どっか入れる所はないかと捜したのだけど、どこにも入れそうなところがないということを知ったら、小さな手を金網の中につっこんでは少しでも近づこうとして泣くんだよ。金網の目はちょうどチビンケの手がやっと入るぐらいの大きさだったんだ。でもその後しばらくすると、金網の上を自分の居場所に決めて、ハンモックみたいにして、お昼寝をするようになった。

ところが、この金網の檻ができて一か月もしないうちに私は女区に返されることになったんだよね。女区に返すって言われた時、「やったあ」という気持ちと同時に私が思ったことは、「もうチビンケに会えなくなるな」ということだった。彰も知ってるように、南舎と女区の間にはいくつもの高い塀や鉄の扉があり、おまけに塀の上にはガラスのかけらがぎざぎざにつき刺さっていて、高圧電線がはりめぐらされているのだから、どんなにチビンケが頑張っても女区までは来られっこない。第一、チビンケは私がどこへ行ったかわからないしね。女区の房は一階じゃなかったし、転房はチビンケとの永遠のお別れだと考えざるをえなかったのよね。

ところが、ところが！　女区に来て三か月ほどたったある朝、六時頃かなあ、ふと窓の外を見たら、何とチビンケが通り過ぎようとしているではないか！　思わず、「チビンケ」と呼び止めたら、すぐに足を止めて振り向き、「ニャー」と返事をするんだ。まぎれもないあのなつかしい声、あのなつかしい顔！　この時は本当にいやというほど自分の頬っぺたをつねったり、ひっぱたいたりしたよ。女区に戻ってから何度もチビンケの夢を見ていたのだから、これも夢じゃないかと……。夢じゃないとわかった後も、「まさかチビンケじゃないでしょう？　似た猫なんじゃないの？」と疑ったほどだった。だけどチビンケと呼べば「ニャー」と答えるし、よくよく見ると、右側の牙が一本折れていて、下の小さな前歯が一本抜けてる。もうチビンケに間違いないことを認めざるをえなかった。

「いったいどうしてここがわかったの？　どうやってここまで来たの？」

と聞いてもチビンケは当たり前のような顔をして「ニャー」と言うばかり。

看守もみんな驚いてたね。

「あれ、南舎にいた猫じゃない？　チビンケでしょ」

と言うので、

「南舎の猫がここまで来れるはずないでしょ。猫に聞いてみたら」

と、とぼけていたら、

「チビンケだ。この前、チビンケって呼んだらビクッとして立ち止まったもの。あの憎たらしい猫。いくら追っ払っても逃げないんだもの。すぐわかるわよ」

ま

なんて言ってるので、おかしくてケタケタ笑ってしまったものだよ。

チビンケは今じゃさしずめ女区の猫界の女親分といったところだね。今女区にいる猫はほとんどがチビンケの子供かダンナだし、人間を恐れないという点でもほかの猫から一目置かれているみたい。


彰は、猫は子を産まなくても、母親になったつもりで子を育ててるうちに、本当にオッパイが出るようになるってこと知ってる？

私が姉と二人で千住のアパートに住んでいた頃、野良猫二匹が住みついてた話したでしょ？　その時の野良公、メスのトラ猫がネコスという名前だったんだ。そう、南舎のネコスはその当時のネコスをしのんでつけた名前なんだ。ネコスが私たちの家に住みついて一年ぐらいしてから、姉が拾ってきたのがチビ太。生後一か月ほどのまっ黒の子猫だった。チビ太はネコスを見つけるなり「おかあちゃーん」というように甘えて近づこうとし、ネコスはチビ太を見るなり「わが縄張りに侵入してきた敵」といわんばかりに「カーッ」と怒って近づけず、それはそれは大変な嫉妬ぶりだった。しまいにはネコスは家出してしまい、食事時しか帰ってこなくなった。

チビ太はそんなネコスの冷たい仕打ちにもめげず元気に育ち、トイレット・トレーニングも順調に進み、何でも食べられるようになった。ところが、もうこれで一人前の猫として立派にやっていけるだろうと思っていた矢先、急に病気になってしまったんだ。何をやっても食べない。牛乳も飲まない。日に日に衰えていくチビ太を見ながら、私たちはなす術《すべ》も知らず、見守るしかなかった。

その時です、奇蹟がおこったのは。あれほどチビ太を嫌っていたネコスが、チビ太に自分の乳を与え、ペロペロとなめて可愛がり始めたんだ。もうネコスとたいして違わないほどの図体で、一生懸命オッパイにむしゃぶりついてるチビ太の姿はどこか滑稽でさえあったけど、とても感動的なシーンだったよ。その頃、私たちはチビ太はただ甘えたくて、ミルクの出ないオッパイにしゃぶりついてるだけだと思ってた。オッパイが出るのは子を産んだ猫だけだと思ってたからね。ところが、チビ太の飲みっぷりはいくら何でもただの真似とは思えない。それにオッパイを飲み始めたら、みるみるうちに元気になってきた。ネコスが本当にお乳を出してるとしか考えられない。それで、私と姉は奇蹟が起こったと目を見張ったものだよ。

でも、これは奇蹟でも何でもなく、猫の世界ではよくあることなんだってね。私はそのことを、つい二、三年前読んだ『猫ふえちゃった』（ジェルミ・エンジェル著・小学館）という本で偶然知ったんだ。この本を書いたジェルミ・エンジェルさんという人は、畑正憲のムツゴロウの動物王国で三〇匹もの猫を集団で育てていた人なんだけど、ジェルミさんが猫の親子六組を一つの部屋に入れたところ、ちゃんと六組分の巣が作ってあったのに、六匹の母猫はみな一つの広い巣に集まってしまい、くっつきあって寝て、どれが誰の子かわからなくなってしまったんだって。そして母猫たちはどれが誰の子かなんてことには全然かまわず、どの子猫に対しても優しく面倒をみたというんだよね。おばあちゃん猫が孫猫の面倒を見ることもあるし、自分で子を産まない雌猫が、子猫の母親役を務め、オッパイを吸わせるということもよくあり、そうすると一週間ぐらいして本当にお乳が出るようになるとのこと。もう、私はすっかり感激してしまったよ。

どうして神様は人間にもそういう機能をさずけてくださらなかったんだろうね。人間も猫のように自分が産んだ子でなくても、子を育てているうちに本当にオッパイが出るようになって、どれが誰の子かなんてことにかまわずに、どの子をも優しく面倒みることができたら、母のない子や母親に愛されなかった子の不幸がなくなるでしょうにね。でも、よくよく考えてみると、人間の場合はたとえオッパイなんか出なくたって雄でさえもその気になりさえすれば、どれが誰の子かなんてことにかまわず、どの子をも優しく育てることできるんだから、やっぱり神様は公平だったのかもしれないね。

チビ太の病気は、あまりにも早く母親から引き離されてしまったための愛欠病だったのかもしれないね。ネコスの愛情でチビ太はみるみる元気になり、その後、ネコスとチビ太は仲の良い母子として暮らすようになったんだよ。

尾長がさかんに鳴いてる。山鳩が静かに餌をついばんでいるよ。雪が柔らかいピンク色に染まって今日も夕焼けがきれい。夕陽の落ちるところ、朝日の昇るところを見なくなって、あまりにも長い年月がたってしまった。外に出たら燃えるような夕陽を一緒に見ようね。じゃあ、今日はこの辺で。また書くよ。

姉の遺言

山の絵葉書受けとったよ。どうもありがとう。本当にこんな山のふところに抱かれて暮らせたらどんなにいいだろうね。妹のいる所、きれいな所だったでしょう？　そうなんだよ、子供の頃、いつも三人でこんな山の中の生活を想像して遊んでたんだ。牛とか馬とか豚とかいっぱい動物飼って、鶏、アヒル、犬、猫なんかと一つ屋根の下に住んで、水は冬でも枯れない泉の水を引いてきて、田んぼと畑でだいたい食べる物は作って、あとは山や川からとれるもので自給自足の生活をする。広い土間にカマドがあって、いろりのあるわらぶき屋根の家に住むのが夢だったんだ。妹はまだその頃の夢を追い続けているのかもしれないね。

ええ!?　妹がそんなこと言ってた？　私が三人姉妹のボスだったなんて。うーん、そう言われればそうかもしれないなあ。七つも年下の妹はしようがないとしても、確かに姉との関係でも私の方がリードしてしまうことが多かったものね。彼女が内向的だからどうしても私の方が前に出ざるをえなくなってしまい、私が外向的でパッパッと何でもすぐ行動に移してしまうから、彼女の方はますます引っ込み思案になる。そんな悪循環だったのかもしれない。

そう、妹はどこに行くにもピタコタピタコタと私の後をくっついて来て、よく「金魚のうんこ」なんてからかわれていたよ。彼女が「まり離れ」の必要を感じ、自分に素直に生きることができるようになったってことはとても素敵なことだと思うよ。私ね、将司君たちに追いつこうと必死になるのをやめて、自分らしく生きることが一番大切なんだって思えるようになった時、彼らに対しても、私自身に対しても、そしてほかのすべての人に対しても、それ以前よりずっと優しくなれたような気がするんだよ。自分らしく生きるということは、相手の人に対しても自分らしく生きてほしいということだからね。

姉のこと知りたいって？　そうだね、もし彼女が生きていたらきっと彰とは仲良しになれたに違いないよ。人間より植物や動物や虫などの自然が大好きなところや、言葉遣いも態度もぶっきらぼうで人づきあいのヘタなところなんか彰と似てるね。とにかく、人に媚《こ》びるとかへつらうとかいうこととは全く無縁のところで生きている人だったよ。そんなわけで友だちもあまりできなかったけど、私にとってはとても優しい姉さんだった。こうして振り返ってみると、私の自己形成にとって彼女からの影響というのは父や母からの影響にまさるとも劣らないほど大きなものだったんだなと改めて思う。

子供の時はどこに行くにも何をするにも彼女と一緒だったね。私が小学四年生まではしょっちゅう喧嘩してたけど、五年生以降不思議とピタリと喧嘩しなくなった。でも、もともと私と姉は物心ついてから一度も奪いあいの喧嘩というものはしたことがないんだよ。いいものがあれば食べ物でも着る物でもその他どんなものでも姉は私を優先してくれたからね。私たちの間では共同で使えるものはほとんど共有で、使いたい人が使う、いいものは相手に優先して使わせるというのが当たり前になっていた。だから、友だちが「お姉ちゃんったら買ったばかりの私のソックスをちゃっかりはいて行ってしまってずるい！」なんて喧嘩しているのを見て、理解に苦しんだものだったよ。

この、何でも姉妹仲良く分けあうという習慣は大人になってからも変わらなかったね。二人で千住のアパートに住んでいた頃、姉が会社から帰ってくるなり、得意そうに「まり、おみやげがあるよ」と言いながら、何やらバッグの中から大切そうに取り出すので、どんなすごいおみやげかなあと思ってみたら、三時のおやつに会社で出されたお菓子の包み（クッキー二、三個、せんべい二、三枚、アメ少々）だったなんてことがあったよ。あきれ返って「三時のおやつぐらい自分で食べてくればいいのに」と言うと、「まりに食べさせようと思って、とっておいたんだ」って！

これがあんまり度を超しすぎて言い争いになったことさえあった。やっぱりその頃のことだけど、彼女が病気して食欲がなかった時、私がイチゴを買って食べさせようとしたら、「まりも一緒に食べなきゃ、私も食べないよ」って言うんだよね。私が、「イチゴは高いもんなんだから病人用だ。私はイチゴなんか食べなくたってほかのものをいくらでも食べられるけど、ナコは今、ふつうの食事は食べようとしても食べられないんでしょ。それならこのイチゴはナコが全部食べたっていいじゃない。せっかく病人用に買ってきたのに何言ってんのよ」と言ったら、彼女が怒り出してね。結局、最後は私が折れて一緒に食べたんだけど、こんなことで喧嘩するなんて全くおかしいでしょう?

東京への不適応症は私も彼女も似た者同士で、二人とも母が女学生時代に着ていたというオーバーや、私たちの中学時代の普段着を平気で会社に着ていったりしてた。だから、研究会の時の仲間なんか、デートの約束する時、前もって「あのオーバーだけは着てくるなよな」なんて、念を押したもんだよ。道を歩いてて、何やら向こうからやけに貧相な姉ちゃんが歩いてくるなあと思ってみていたらそれが姉だったりして、「こりゃ、都会の風景にマッチせず、目立ちすぎて運動をやっていくうえでまずいんじゃないか」ってことで、二人で相談して「今の子ちゃんふうにおしゃれをして、きれいな格好しよう」と決めたことがあった。それで貯金を下ろして、浅草に洋服買いに行ったんだよね。ところがその時も彼女は、「これ、まりに似合うよ。これ買おう」って、私の洋服をいくつか買ったのに、自分のものとなると、ああでもないこうでもないと言っては、とうとう買わずじまいに終ってしまい、帰りは彼女はニコニコ、私はプンプン。結局、彼女の服は、私が彼女を連れていかないで勝手に買ってしまわなければならなかったんだよ。

髪なんかもいつも彼女がカットしてくれたので、美容院へ行くお金が節約できたね。そうそう、その時、おしゃれするなら頭にもちゃんとパーマをかけなくちゃということでパーマをかけに行ったんだ。生まれて初めてパーマをかけた時の屈辱を私は今も忘れられないよ。パーマかけたらどんな美人になるのかなァって期待に胸をはずませながらパーマ屋さんに行ったのに、美容師さんったら、パーマをかけ終った鏡の中の私を見るなり、「プッ」って吹き出すんだよ。本当に似合わないの何のって、じゃがいもにカツラをかぶせたみたいになってしまった。でも、商売ならそういう時我慢するもんでしょうに、その美容師のお姉さんったら、私の頭をポンポン叩いて、「かわいい、かわいい」って言いながらケラケラ笑いこけてんだよ。それはないでしょう？　せっかく高いお金出してパーマをかけたのにと、私はプーッとふくれて帰ってきたんだ。そしたら、「ただいま」って、ドアを開けたとたんに、今度は姉が私の顔を見てゲラゲラ腹をかかえて笑い出すんだもの。全くとんだ災難だったよ。それ以来、また彼女にカットしてもらうことの方が多くなったね。誰に教わったわけでもないのに、彼女、けっこう上手だったよ。もっとも、古川にいた頃は、小学生の妹の髪を切ってやっては「明日、学校に行けない」って妹を泣かせてたことがよくあったけどね。

「姉さんがいるっていいなあ」としみじみ思ったのは初潮の時だった。母は性教育に関しちゃ全く落第で、初潮教育をひとつもしてくれなかった。母の世代の人はみんな月経というのは恥ずかしいもので隠さなければいけないものなんてふうな教育を受けてきたからなんだろうね。それで、私は小学校の五、六年頃、暗い講堂で見せられたスライドを通してしか月経というものを知らなかった。

体が大人になっていく時というのはとても不安なものでしょ？　女の子は月経が始まる前に少しずつオッパイがふくらんでくるんだけど、その時乳首の下に丸いしこりのようなものができて痛むことがあるんだよね。でも、そんな時、「ああ、それは何も心配いらないよ。私もまりぐらいの時はちょうどそんなふうになったものだよ」って言ってくれる姉がいるってことがすごくうれしかったね。姉の体の変化を一緒にお風呂に入ったりしていてつぶさに見ているから、自分の中に変化があっても、ほとんど抵抗なく受け入れられたしね。初潮の時は、彼女が汚れた下着を洗ってくれて、どんなふうに洗うと汚れがよく落ちるかを教えてくれたり、生理用品の使い方や生理中の細々した注意事項など母親のように教えてくれたものだったよ。

でも、中学、高校になると、私は外で学校の友だちと遊ぶことが多くなり、とくに高校に入ってからは、日曜日でさえ山、山、山でろくに家にいなかったので、彼女と話し込んだりすることもほとんどなくなってしまったね。

私が大学に入って以降は、完全に姉妹関係が逆転し、私の方が姉のようになってしまった。東京に出てくるように誘ったのも私だし、彼女を運動に引き入れたのも私だったしね。闘争に挫折するのまで私の方が先輩だった。

七四年初め、〝狼〟が『腹腹時計　VOL・1』を発行した時、そのタイプを打ったのが彼女だということを聞いたのは、取調室でのことだった。七四年春、〝狼〟が天皇列車爆破計画（虹作戦）の準備に具体的にとりかかろうとしていた頃、彼女は〝狼〟のもとを去っている。その間の事情は結局、最後まで語らないまま彼女は逝《い》ってしまったのだけど、私の知っている限りでは、彼女は将司君たちのようなゲリラ兵士にはなれない人間であり、自分が彼らと一緒にいることでむしろ彼らの足手まといになってしまうと考えていたようだ。

なぜそう思うのかというと、七四年九月、三菱重工爆破のあった後、彼女が千住のアパートを引き払うための荷物の整理をしていた時、それを手伝いながら私が、

「これからどうするの」

って聞いたら、彼女が、

「私はダメな人間だ。彼らと一緒にいたら迷惑をかけることにしかならない。どうしたってうまくやっていくことができない」

と泣き出したことがあったからなんだ。二年前の私とそっくり同じじゃないかと思った。

彼らに対して不信とか不満があるんじゃないか、そういうものがあればどんなことでもいいから言ってほしいと促したのだけれど、彼女は、「そうじゃない。あくまで自分自身の問題だ」と言っていた。自分自身の問題というのが何なのか、具体的に話してほしいとも言ったんだけど、彼女は泣いているばかりでとうとう詳しいことは話してくれなかった。私は、

「ナコの気持ちよくわかるよ。ちょうど二年前に私が田舎に帰った時と同じじゃない。私もその頃、もう闘えない人間だと思っていたけど、一人になって生活してみて思ったことは、結局、闘わずに生きていくことはできないということだったよ……。いつまでも自分をごまかして生きていくことなんてできないよ……。ナコだって、いつかきっと一緒に闘える時が来ると思うよ。どんな小さなことだって、ナコにもやれることがあるはずだ。だからそんなふうに自分を責めるのはよくないよ」

と言うことしかできなかった。彼女にというより自分自身に言い聞かせていたんだよね。

彼女と闘争について話したのは、これが本当に最後になってしまった。

ずーっと後になって、獄中での文通で将司君から私が田舎に帰って以降の彼女のことを聞いたことがある。

「俺たちは姉さんと一緒に闘っていくことを追求していた。そのために、個人的には勿論、全体で

も何度も話し合った。キャンプ合宿、旅館に泊まり込んでの合宿等も行なったし、彼女自身の意向を尊重して役割も決めたし、経済的にも彼女の稼ぎをあてにすることなく、彼女にはまず自活することを求めた」

その頃彼女は、近所の零細工場でパートかなんかやっていた。その前は、都心のビル街で和文タイピストをやっていたこともあったんだけど、キンキラキンのOLの間で働くよりも、下町のきさくなおばちゃんたちと一緒に働くほうがずっといいって言ってたね。でも、そのために生活の自立さえも容易じゃなかったし、健康も害していたようだった。

「決して事務的な冷たい関係ではなかったし、彼女が納得いかない問題にぶつかったら、何時間も何日間もそのために全体で話し合うこともした。あくまでも彼女と共に闘っていこうとして努力してきたつもりだ。姉さんとは毎週のように山に行き、一緒に食べ、話し合い、さまざまな訓練もやった。彼女が遅れる時は俺とY君が交代で彼女のリュックを背負ったり、手を引いたりもした。あや子は何か月か毎日曜の朝、荒川土手で姉さんの体力強化のため一緒に走った。俺も二度程ボール投げに加わったことがある。酒を飲んで話し合ったことも何度もあった。

しかし、俺たちは闘う組織であり、しかもゲリラ部隊である以上、極めてヤバイことを日常的に準備しているのだから、彼女がとどまっているところだけにいつまでもとどまっていることはできなかった。だから、彼女が離れたのは止むに止まれぬ結論だった。彼女自身、そうすることは仕方のないことだと認めていたと思うし、俺たちも俺たちがゲリラ闘争をやる以上、そうせざるを得ないと結論を下さざるを得なかった。

またこのことはY君との関係もからんでいると思う。姉さんにとってはY君が消耗して俺たちから離れて田舎へ帰ったことが大きなショックだったんだろう」

Y君はクラスは違っていたけど、やはり元法政大学の学生で、私たちの研究会の有力メンバーだった。おとなしくてナイーブな純粋な人だったよ。

Y君と彼女との結婚話が出たのが七三年の春。ところが、ちょうどその頃、Y君は田舎に帰り、元気をなくしたらしい。

「Y君が消耗した理由はわからない。田舎に帰ってから元気がなくなった。それまで彼は帰ると戻れなくなると言って帰ってなかったのだ。だから、心やさしい奴だっただけに実家の面倒をみなければならないと思ったのかもしれない。一度、姉さんとのことなどを話しに田舎に戻った後、俺を避けるようになり、移ったばかりのアパートは留守にするし、酒も飲み出すし、かなり動揺があったようだが、それが何なのか話してくれず、わからなかった。で、俺たちとしてはY君が一時田舎に帰るということで彼と別れたのだ。

Y君は姉さんと違って、自活は勿論、組織に金も入れていたし、ゲリラ闘争の経験もある。その彼と別れたのは俺たちの関係性が弱かったことと、ゲリラ闘争の展望を真に共有できていなかったということだと思う。彼にとっては、あの時点（七三年春）で、俺たちと共に闘いを続けていくことに喜びを見出せなかったということだろうな。もっともっと腹を割って話し合うべきだったと今になって悔やまれるよ」

Y君や姉が〝狼〟を離れざるをえなかった原因については、いろんな要素がからみあっているのだと思う。組織的な問題としていえば、当時の〝狼〟の大衆運動との回路をいっさい切断した、唯武闘主義とも言える路線に疑問がわきおこっていたかもしれないし、非合法の武装闘争が要求する厳しい緊張状態に耐えきれなかったのかもしれない。

将司君たちは彼女と共に闘うために、できる限りのことはしてくれたと思う。彼女が彼らと離れることを決意した時、彼らへの不満、不信が原因ではないと、再三語ったことからもそれはわかる。

問題は、彼らも彼女も、武装闘争を闘うゲリラ兵士になることだけが、今求められている闘いの道であると思い込み、武装闘争を自己目的化していたことにあると思う。しかも、その武装闘争は、現状維持を望み、革命を求めてはいない大部分の日帝本国人に対して閉鎖的にならざるをえず、地上の顔と地下の顔を使い分けなければならないものだったから、東京で自活して生きることだけでも精一杯の彼女にとっては荷が重すぎたのではないだろうか。

もし当時、彼女も〝狼〟の彼らも武装闘争以外の闘いをも尊重し、武装闘争が無理なら他の分野で闘えばいいと考えることができていたなら、彼女もどこかに自分の力をのびのびと発揮できる活動の場を見つけられたかもしれない。しかし、私たちはその当時、合法的大衆運動と武装闘争は接点を持ってはならないと考えていたので、彼女もそのまま他の活動へ進むこともできず、ひたすらゲリラ兵士になることだけが目的とされたせばめられた中で「ゲリラ戦士になれない私はダメな人」として落ち込んでしまったんだと思うよ。

彼女が悩みをかかえて帰省してきた頃、私はといえば「落ちこぼれ」から脱出して、ひたすら「強い戦士」になれるようにと努力していたんだよね。そんな私だから、自分自身がいかに闘うかということだけで精一杯で、彼女のことを充分に思いやる心のゆとりがなかった。私はただ、いずれ彼女自身が答えを出すだろうから、それまでそっとしておこうと考えて、闘争のことは何も言わず、山に連れていったりして励ましたつもりになっていただけだった。

でも、そんなこと一時の気休めでしかなく、何の役にも立たなかったのよね。私がやらなければならなかったことは、私自身が自己抑圧をやめることであり、姉に対しても将司君たちに対しても、あるがままの自分、弱さや悩みをたくさん持った、かっこ悪い自分をさらけ出していくことだったんじゃないかと思う。人間の解放の闘いとは鋼鉄のような強い人間だけによって担われるものではなく、弱さも過ちもたくさん持ったどこにでもいる生身の人間が共に手をとりあって闘ってこそ本物になるのだから、共に闘う仲間同士、ありのままの姿を何の抵抗もなく開いていくことができなければ決して勝利することはできないものね。建前じゃなくて本音のところでつながって、仲間の弱さや過ちや悩みをあたたかく包み込んで支えあっていくことができなければ、どんなに表面的に戦闘的に見えようとも、地に足のついた闘いにはならないでしょう。自分を殺して、ひたすら「強い戦士」になろうと努力していた私に、彼女が自分の悩みを打ち明けることができなかったのは当たり前だったんだ。

私が逮捕された時、まっ先に救援に駆けつけてくれて、弁護士を通して「まり、がんばれ。黙秘しろ。雑談もするな」というメッセージを届けてくれた彼女。それなのに、その彼女を裏切って自供をしてしまった私。〝狼〟との自己同一化のみを目指していた私の心の中には、どこかに彼女に対して「私はこんなにがんばって立ち直り、闘おうとしていたのに、闘いに挫折してしまった弱い奴」という傲慢さがあった。だからこそ、私は「遺言」となってしまった彼女からのメッセージをも裏切ることができたのかもしれない。

「血も涙もない狂気の爆弾魔」「思想も何もないテロリスト」「無差別大量殺人鬼」等々のマスコミ

のゴーゴーたる非難キャンペーンと公安警察による密着尾行の中で、獄中の私たちからも裏切られて、彼女はどんなに辛かっただろう。

彼女の死は、マスコミや警察に対する抗議というよりは、獄中の私たちへの抗議であり、獄中の私たちからさえ裏切られたことに対する絶望感からのものではなかったか。Y君の自死は、よりいっそう明白だと思う。

私は今、人間にとって最も大切なことは「強い人間」になることではなく、生身の人間の弱さを深く理解できることではないかと思っている。当時の私たちが求めていた頭の中で作り出し、理想化された戦士像を目標に遮二無二進んでいけば、現実を切り捨てることにしかつながらないものね。それは自己と他者への抑圧を生み出し、闘いが真剣であればあるほど、自分をも仲間をも、そして人民大衆をも殺すことにつながってしまうと思う。ナコを殺した私は自分自身をも殺していた。私は彼女でありえた。それは、三菱の死者、斎藤和君の死ともひとつながりのものだと思う。厳密に言えば、もちろんそれらの死をひとくくりにすることはできないけれど、ただ、これだけのことは言えると思う。彼らのいのちを大切にし、生かす方向にこそ、本当の解放に至る道があると。

彼女に先立たれて一一年が過ぎ、私は姉より九年も長く生きてしまった。でもいつも彼女と一緒にいるような気がしている。

「倶会一処《くえいっしょ》」と刻まれた彼女のお墓には、今も父や母が丹精して植えた、彼女の大好きな野の花、山の花が風に揺れているでしょう。いつか、彼女やY君や和君たちの所に行かなければならなくなった時、彼らに恥ずかしくない人間にならなくちゃっていつも思ってるよ。出獄したら、彼女と一

ま.

緒に歩いた山々に彰を案内してあげるよ。きっと一緒に登ろうね。

男と女

彰、この前の面会の時、面白いことがあったよ。看守が「オショジン面会」って言ってきたので、私、「ウガジンなら知ってるけどオショジンなんて知らないなあ、どういう字を書くんだろう。オ・ショ・ジ・ン?」って聞き返したら、それが何と「ゴシュジン」の聞き間違いだったの。まさか彰が「ゴシュジン」なんて呼ばれるとは夢にも思ってなかったので、大笑いしてしまった。

そうそう、そういえばIさんがね、何の話でだったか、私のことを「奥さん」って言ったので、「オラ、どっちかっつうと、奥さひっこんでじっとしてるより、表さ出はって動きまわってるほうが好きだけどなし」って言ってやったら、それからはIさん、私のこと「表さァ」って言うんだよ。でも、シャバに出て一緒に生活するようになったら、「御主人」とか「奥さん」とか、日常的に言われるようになるんだろうね。日本語って本当に変な言葉だね。

考えてみると、あの年代にしちゃけっこうカカア天下だと思ってた古川の母も、以前は父のことを第三者に話す時は「主人」なんて平気で使ってたね。共働きになって以降も家事の負担は七割ぐらいまで母が負っていて、「おとうさんは家事は女がやるものだと思ってる。自分の食べた物ぐらい自分で片づけてよ」なんて、父がいつも母から文句言われていたから、夫婦平等とは言い難いしね。でもだいたいにおいて母は良妻賢母型の人間じゃなくて、家事は適当に手抜きして、あとは暇さえあれば本を読んでるような文学おばさんだったから、私なんかも良妻賢母型の教育を受けたことは一度もなかった。むしろ、繕いものなんか母に頼んだりすると、見るも無残な結果になって返ってくるし、セーターなんかうっかり洗い場に脱ぎ捨てておいたりするとチリチリに縮んで返ってきたりするから、母にまかせられず、何でも自分でやるようになってた。

いつだったか、家庭科の宿題でブラウス作ってた時、ボタンの穴かがりがうまくできなくて、「みんなはおかあちゃんにやってもらったりすんのにな」ってブツブツ言ってたら、母が、「どれや、おかあさんがやってあげるから寄こしなさい」なんて珍しく気前のいいことを言う。半信半疑でやってもらったら、後で先生から、「ボタンの穴かがりを除いて、ほかはとてもよくできてますよ。穴かがりがもっとうまくできたら申し分ないのにね」

それ以来、もう母は家庭科は落第の烙印押されてたんだ。

「わあ、おかあちゃん！　また皿でサーカスごっこやってる！　こんなちっちゃな茶碗の上に、こんな大きな皿のっけたら茶ダンスの扉開けたとたん全部落っこちてくんでないの！　何回言われてもダメなんだから」

「おかあちゃん、またお風呂の空焚きやったべ、火事になったらどうすんのや」

「おかあちゃん、フライパンはちゃんと洗って使わねえとダメでねえの」

なんて年がら年中子供から言われてるようなドジかあちゃんだった。おかげでこっちは中学生頃には家事はひととおり何でもできるようになっていて、料理なんかでも食べたいものがあったら、自分で材料仕入れてきて自分で作っていたよ。これは父も同じで、家では梅干し、梅酒、お赤飯、煮豆、いちじくのジャム、ぎょうざ（これは粉を練るところから始まる）なんかの非日常的な手のかかる料理は父の役割だった。

母がこんな人だったうえに、仙台に住んでたおばさんという人がまたパキパキの職業婦人で、仕事の関係からつれあいのおじさんとは別居してて、おばさんとその子供たちは、お盆とか正月とか休みの時だけ、おばあちゃんと二人で田舎暮らししているおじさんの所に来るという生活をしていた。そんな生活を不思議とも思わずに見てたし、母が勤めに出るようになったら、すごくいきいきしてきたのをこの目で見てきたから、女も外に仕事持って自立して生きるのは当たり前みたいに思ってたね。

花も恥じらう娘盛りの高校時代の私ときたら、友だちから「まりちゃんは顔見ねくとも、スカート見ればすぐわかる」（そのココロは「寝押ししてねくて、ビローンとしてきったねえんだもの」だそうだ）なんて言われたり、教師からも「おい、そこの黒いの」（冬でも夏でもまっ黒に日焼けしてた）なんて呼ばれたり、後からつったった髪の毛をつんつんと引っぱられて、「学校さ来っ時は、髪の毛ぐらいとかして来いよな」なんて冷やかされたりといった調子で、「女の子らしさ」とは無縁だったなあ。

東京に出てきてビックリしたのは、クラスの女の子がきれいにお化粧して学校に来ること。私ときたら高校の制服脱いで私服着てしまうと、中学生にしか見られない色気も何もない田舎っぺのイモねえちゃんだったから、華やかな女の子たちには圧倒されてしまって、何か別世界の人みたいに思えたものだったよ。

かといって薄汚れたジャンパーにGパンといったなじみやすい格好の運動の中に入っても、女だからということで対等な仲間として認めてもらえず、運動やる女は「××君の恋人」としての地位しか与えられない。いつも疎外感を抱いてウツウツするようになってしまった。運動やってる男にとっても、やはり女は「可愛い女」であってほしいみたいなのってすごく大きいんだよね。なんか生活と運動、本音と建前とが全く切り離されてて、どこにも自分の居場所がない感じだった。

将司君たちと一緒にやった研究会は、そんな私にとって唯一疎外感を抱かずに主体的に参加できる運動だったのよね。研究会が女性解放の問題に取り組んでいたわけでも、女がリードしていたわけでもないのに、なぜなのかなって今考えてみると、セクトの人たちの場合、発想の前提に革命の前衛である党というものが絶対的なものとしてまずデーンとあって、組織の利害があらゆるものに優先してしまうので、運動に参加しようとする人間は、個人個人の今かかえている悩みとか生活レベルの問題なんか相手にもされず、党派のための道具になってしまうんだろうね。だから、その延長上に女を男の従属物とみなしたり、単なる欲望処理のための性的道具として物化したり、女のおかれた状況を無視して、女にも男並みの活動を求めたり、女に生活レベルのしんどい部分のしわよせを全部押しつけて平然としているといった傾向が出てくるんだと思う。

その点、私たちのやってた研究会では、女が男の付属物として扱われることはなかったし、実質的な指導者は将司君だったけど、将司君はああいう人だから決して人に上から命令したり指示したりしなかった。どんなことでも直接民主制でみんなで決めていた。その頃、私が将司君から学んだことは、指導性というのは口で他人にああしろこうしろと言うことじゃなくて、必要なことがあったら、まず自分自身が率先してそれをやっていくことであり、批判というのも口で言うのはたやすいが、大切なことは自らの事実行為で示していくということだった。

炊事や皿洗いなんかもみんな当番制で平等にやってたし、何よりも魅力的だったのは、そこでの学習や研究が常に私たちの生活基盤そのものを問うものとしてあったということだった。「感性」

という言葉を覚えたのもこの研究会でだったね。決して論理化されない感性を切り捨ててはいけないとか、運動は指示命令といったもので成り立つものではなく、あくまでそこに参加してくる者の主体性を尊重しなくてはならないということが言われてたし、ベトナム人民や朝鮮人民の生活と闘いが、私たち日帝本国人の生活とどのようにつながっているかということなど、常に私たちの生き方の問題として考え、共に変革しあっていくものとしてあった。

その頃は生活も準共同体的にやっていて、研究会での活動費用も共同化してたんだけど、とにかく生活が苦しいので、研究会を一緒にやってた女の子二人と一緒にキャバレーのホステスのアルバイトをしたことがある。女性解放の視点からあえてホステスになることを選んだわけじゃなくて、純粋に短時間で金を稼ぐことができるからという理由だったんだ。私はまだ一九歳のガキンチョで、ホステスという商売が具体的にどんなことをするものなのかということさえ知らなかった。田舎の町にはキャバレーなんてなかったもの。せいぜい酒飲みの話し相手になったり、お酌してればいいだろうと思ってたのよね。ところが実際に働き始めてみたら、客はホステスなんて性的な遊び道具ぐらいにしか思ってないわけでしょ。売春をもちかけてくる奴がいたり、ドレスの中に手つっこんで体にさわってくる奴がいたり……。私はほんの少し体にさわられただけで全身に鳥肌がたってきてどうしようもなかった。

ある日、客の中に中学校の教師がいて、

「君はこんな所にいる人じゃない。どんな理由があるのか知らないが、こんな仕事はやめた方がいい」

と説教を始めたことがあった。私が中学を出たばかりの子供に見えたらしいのね。

「私は好きでやってるわけじゃないけど、お金のためにこうして働いてる。だけどあなたは好きでここに来ているのでしょう。私にこんな所に来るべき人じゃないというあなたは、こんな所に来てもいいの？　ホステスをやってる女なんて、商売のためにニコニコつくり笑顔をしてるけど、腹の底じゃ、みんなスケベな客のことを軽蔑してるんだよ。そんなことも知らないでいい気なもんだわ」

私はたまりにたまっていた怒りをそいつに吐き出してやったよ。私は決して客に体をさわらせなかったけど、まわりのお姉さんたちが客にもてあそばれているのを見ているだけで、くやしくてくやしくて、トイレの中で泣いてしまったこともあった。

強姦されそうになったこともあるよ。仕事が終ったあと、一緒にバイトやってた女の子三人に食事をおごってくれるというので、いじきたなくも客について行ったんだよね。相手方はエリートサラリーマン風三人で、一見紳士的だったし、三対三だから別にかまわないと思ったのと、そういう人々の生態についての好奇心があって、社会勉強のつもりだったんだ。高級レストランで食事をした後、菅原洋一のディナーショウをやってる高級クラブで、ナントカいう甘いカクテルを飲みながら私は、「こいつら、私らの一か月分の生活費以上の金を、たった一晩の飲み食いに使って、何が面白いんだろう。映画の中だけじゃなくて、ほんとにこういう世界があるんだなあ。今夜こうして飲み食いした分のお金があったら、飢えと栄養失調に苦しんでるアジアの子供たち何人に、温かい栄養のある食事を食べさせてあげることができるんだろう」なんてことばかり考えてた。

食事が終って外に出たら、なんじゃかんじゃとやってるうちに、駅まで送っていくからということで、いつのまにか一対一になってしまった。そしたらラブホテルの前で足を止めて、「疲れたから少し休んでいこう」って言うんだ。

「私は少しも疲れていないから休まなくていい。早く帰りたい」「ほんのちょっとでいいから、ちょっと休んでお茶を飲んでいこう」「さっきコーヒー飲んだばかりだ。それにそんなことしてたら終電に間に合わなくなる」「そんなに時間かけないよ。ほんのちょっとお茶飲んでいくだけだから、いいだろう」「本当にお茶飲むだけ？　変なことしないって約束する？」「うん、約束する」「じゃあ、本当にほんのちょっとだけ、お茶飲むだけよ。指切りげんまん」

　こうして指切りげんまんまでしたんだから大丈夫と思ったのがそもそも間違いのもとだったのよね。この時もラブホテルってどんなものか見てみたいし、こんな時でもなきゃ見る機会がないだろうからって好奇心に負けてしまったんだ。ところがお茶も飲み終ったし、ラブホテルの中も見学したし、さて帰ろうかなと立ちあがったら、な、なんと、客の奴がいきなり襲いかかってきてベッドの上に倒されてしまったんだ。

「何もしないって約束したくせに卑怯だ！」って抗議したのに、ぜんぜん言うことときかない。「変なことしたら、人殺しって大きな声で叫んでやるよ。ヒ・ト……」と大声はりあげようとしたら、相手があわててニヤニヤ笑いしながら乱暴するのをやめた。この時ばかりはさすがの私も、恐いもの知らずの軽率さを反省したものだよ。だけど男と女が二人でラブホテルに入ったら、それくらいのことは当たり前で、承諾した女が悪いというのには絶対反対だよ。約束を破った男が悪いに決まってるんだからね。

　こんなこともあって、いつもいつも性的な道具として扱われる苦痛に耐えきれなくなり、このアルバイトは二か月足らずしか続かなかった。どんな重労働だっていい、性を売り物にしなければならない仕事はもうこりごりだと思ったよ。朝四時頃に起きて便所掃除のバイトをやったこともあったけど、ホステスに比べたらよっぽどラクだった。でもたった二か月足らずとはいえ、ホステスをやったこと、本当によかったと思ってる。商品化され辱しめられた女の性が、この時以降、常に自分自身の性の痛みとなった。ポルノ映画の看板を見ても、週刊誌やスポーツ新聞の女性差別的な写真や記事を見ても、ムカムカするし、男にすがるホステス嬢の「女心」なるものを、男が歌ってたりする演歌があると、そんなのを聞いただけでも腹立つようになってしまったよ。

それまでは女性差別的な情報は不快だから見ることそれ自体を避けてしまっていたけれど、ホステスやった後は、むしろ注意して見るようになったね。改めてまわりを見ると、何とまあ、この国は買春文化、強姦文化の国なのだろう。あふれるほどの性の情報のほとんどすべてが、女を〈便所化〉するものと言っても過言じゃない。

私はいやになったと言ってすぐにやめることができたけれど、中には幼い子供をかかえて女手ひとつで生きていかなければならない人や、男のヒモに縛られてどんなにやめたくてもやめるにやめられない人もたくさんいたよ。

女性差別がいかに男も含めて人間を歪め、抑圧するものかということをさらに痛感したのは獄中に来てからのことだけれど、このことはまたいつかゆっくり書くね。じゃまたね。

苦しみの海

今日、外に出た時、あたり一面が秋の光に満ちていて、その中にキラキラ白く輝きながら舞うものがあったので、そっと手のひらですくってみたら、小さな小さなクサカゲロウだったよ。私の手の中に入っても、じっとしていて、少しも逃げようとしなかった。赤銅《しやくどう》色のピカピカの目に、柔らかい緑の体、透きとおった絹の衣のような羽もほんの少し緑色がかっていて、それが太陽の光を受けて虹色に輝くの。その気品あふれる美しさは、草たちの精霊のよう。うどんげの花（クサカゲロウの卵）は吉兆だというから、今日の彰のおとうさんの手術、きっとうまくいくと思います。

昨日、今秋初めてジョウビタキの声を聞いた。毛布が一枚追加になって、足に霜焼けもできて、獄中も冬仕度です。

手紙、どうもありがとう。

「性差別こそがすべての差別問題の根源であり、そのことを追及しようとしたら、今われわれが生きている社会のすべてを問わざるをえなくなる」

「分業化というものが価値の上下を作り出す役割をはたしているように、性差別は両性間を分断し、男と女の役割というものを作り出し、男は経済的に、より能力的に奴隷化され、女はその男性優位社会に従属しなければいけなくなり、より肉体的に奴隷化された。この差別構造こそが権力にとっての安全弁」

「様々な形態のセックス産業の繁栄は疎外され抑圧された性の現われであり」

ということは全く同感です。

「運動内部における犯罪者差別」の問題も、私自身、以前から強く感じていたことであり、根深い問題があるよね。ただ、「強姦が絶対許されないと言う時、その人がそこに至るまでに性的に——

ということは人間的にどれだけ疎外され差別抑圧されてきたか、そのことが意識されていないにせよ、女性自身によってもなされてきたということを見ようとせずに、一方的に糾弾《きゅうだん》できるのか」と言うのは、それはそのとおりなのだけれど、逆に、彰自身が強姦の犯罪性をどれだけ自覚して言ってるのかなとも思ったよ。

というのは、強姦というのは女性の人間としての尊厳を踏みにじり、被害者の女性を自殺に追い込んだり、その後の人生をメチャクチャにしてしまったり、体にも心にも回復不可能な傷を負わせてしまうほどの絶対に許されない犯罪であるにもかかわらず、現在の男社会の中では、女は強姦願望を持っているとか、女は強姦されると心でどんなに拒絶していても体では快感を覚えるものなのだ、などというデタラメがまことしやかに信じ込まれており、日本の文化庁長官だった人までが「強姦は男らしさの証明」などと冗談っぽい口調で口にして恥じないほど、強姦の犯罪性は理解されていないし、夫婦間の強姦をも含めれば、強姦は何の罪意識もない男たちによって、日常的に行なわれていることなんだよね。

強姦罪に問われる男は底辺の被差別被抑圧人民が多いとしても、強姦する男は決して被差別的存在の男ばかりではなく、権力者だって金持ちだっている。彼らは金と力を持っているから、犯罪として訴追されないだけでしょ。そして、あまりにもありふれたこの恐ろしい犯罪のために、女は夜は一人で歩けない、女の一人旅は危険と、日常的に行動や意識まで規制されてくるし、都会のアパートでの一人住まいさえ安心してできないという状況におかれている。性という人間の存在にとって最も大切なものを暴力によって踏みにじり、差別支配することは、いかなる理由によっても正当化されえないし、犯罪者差別と根っこの所では同じなんだということをきちんと踏まえておかないと、真に犯罪者差別と闘うこともできなくなると思うんだ。もちろん、彰が正当化していると思ってるわけじゃないけどね。

差別問題の一番の難しさは、それが幾重にも重なりあっているため、単純に、差別する者＝悪、差別される者＝善といった図式で割り切れるものではなく、差別された者同士が、少しでも差別からはいあがろうとして差別しあい、差別の悪循環を作ってしまうところにあると思う。そうやって被差別人民同士をいがみあわせ、蹴倒しあいさせることが支配者どもの狙いなわけだものね。

「人を人とも思わずにいともたやすく殺してしまう少年たち、まさに人間ではない鬼、魔に仕立てられたこの少年たちの生いたちの境遇、置かれていた現実をたどっていくと、人間としての尊厳を一度として彼らは与えられたことがないのです。つまり人間の存在の外へおいやられてしまっているのです。（中略）自分の存在を愛せない、誰からも尊重されない、人間の存在の外に追われてしまった彼らは、人を人として愛することはできないのですから、容易に人を殺せます。自分の存在すら愛せずに自分を生んだ父や母たちを殺したいと思うほど憎むかれらに、自分を否認する他者をどうして愛することができましょうか」

これは、李珍宇《イチウ》君（注・一九四〇年生まれの在日朝鮮人二世。一八歳の時の殺人事件で死刑にされる）のことについて朴壽南《パクスナム》さんが語っていた言葉の一部なんだけど、全くそのとおりなんだよね。李珍宇君は、逮捕されたばかりの頃、「人を殺すことについて何の感動もない。もし自分が外に出たら、とめどなく人を殺し続けるだろう」と言っていたそうだよ。そして、自分自身の行為について「まるで夢の中の夢のような事件だ」と、実感として捉えることができていなかったという。つまり「自分が自分であるという、存在を奪われた、自らの主体を奪われたものは体験からも引き裂かれる」

のよね。彰が「まず初めに分断があった」と言うのは、このような「引き裂かれた自己」ということでしょ。ところが、それを知らない裁判官や一般の人は、単に刑罰を少しでも軽くしようとして被告がうそを言っていると思ってしまうのね。

李珍宇君は、朴さんとの交流を通して、朝鮮人としてのアイデンティティをわがものにしていったわけだけれど、彼が「夢の中の夢」のようにベールに隔てられていた、殺してしまった女性たちの存在を自分のものに引き寄せることができるようになるのは、ある一つの「事件」がきっかけになっている。

「ある日私がけがをして、李珍宇の生家を訪ねていく時にバスの停留所を一つまちがえて降りてしまったのです。足に包帯をまき、まっ暗な夜道をびっこをひいて歩いていた時に、自転車に乗ってきた見知らぬ男の人に助けられて、荷台に乗せられて部落まで送られていくわけです。その話を面会に行った時に李珍宇に話したのです。彼はあの道筋で一人の若い女性を殺していきます。彼は殺した者として、私があの時自分が殺した彼女でもあり得た、私を送ってくれたその男が容易に殺した自分になりえたという想像力を働かせるわけです。そうすると、〝私（朴）が殺された、オレ（李）が私（朴）を殺したという転換〟、初めて彼は人を殺したということがどういうものなのか実感できるわけです。

愛する者、愛する私、愛する私があの夜道を見知らぬ男に殺された可能性はあるわけです。もし自分であったら私を殺した。初めて彼はベールの向こう側の彼女たちをわがものに獲得します。これはみごとに劇的な彼の体験の再生だったと思うのです。

もはや彼は二度と人を殺すことはできません。つまり彼は初めて愛するもの、生命、存在の尊さを知ったわけです。人を愛するということがどういうことか、人の存在の尊厳を愛することがどういうことか、それは彼が獄中で初めて愛した一人の私を通して、愛を獲得した時に初めて彼は自分の犯罪――殺した少女たちを獲得したわけです」

彰が言いたかったことはこのことでしょう? 李珍宇君に強姦や殺人がどれほど許されない犯罪かを説いても、ましてや彼の犯罪を非難糾弾しても何もならないばかりでなく、さらに彼を犯罪の側に追いやることをしか意味しないということね。

この後、すぐに彼は二一歳という若さで国家権力によって殺されてしまうのだけれど、彼を殺したものは単に一握りの権力者たちだけではなく、日本人社会、日本人大衆の一人ひとり、つまり私たちでもあったわけだよね。

李珍宇君は自らの行為の意味を真に理解した時、初めて真の自己解放をなしとげた。それは非難や糾弾によってではなく、愛によってのみ可能だった。でも、朴さんのような深い愛をもって刑事囚の救援に関われる人はなかなかいないという運動状況の貧困さが、犯罪者解放運動の前進を阻んでいるのだと思う。

それは、運動にたずさわっている者でさえ、社会の最底辺で差別抑圧され、愛を知らずに生きてこなければならなかった人々の心の内側を理解することができないということに主な要因があるのではないだろうか。

私自身がそうだったように、活動家と言われている人々は、この社会内ですさまじい差別抑圧を受けることもなく、家庭的な愛情にも恵まれて、いわば体制の恩恵を受ける中で、高校、大学へと進んできた人たちが多いよね。だから虐げられ、義務教育すら満足に受けることができなかった多くの下層刑事囚のことをなかなか理解できないし、下層刑事囚にとっては、政治犯や活動家というのは、自分たちを差別抑圧し、自分たちが人間として生きることを否定してきた〝敵〟のように映ってしまう。この溝の深さは生半可な知識や理念なんかでは埋めることができない。私自身実際、獄中に来るまで、たった一人の刑事囚、元刑事囚にも友人はいなかったし、彼らのことを何も知らなかった。自分と同じ階層の人とばかりつきあってきたから、言葉というものをストレートに信じすぎてしまっていた。というより、言葉というものがそれを発した人間の思いのままに相手に届くには、相手方にあらかじめ何らかの共通体験や共通の思いがあって初めて可能なことであり、そうした共通の土台のない所では、たとえ同じ日本語を話していたとしても真のコミュニケーションは成立しないということが全くわかっていなかった。私は刑事囚仲間との交流によって初めて、誰もが個人的体験の延長上に自分自身や他者、世界というものを感じていて、その体験が全く異なっているなら、その人にとって自分自身や他者や世界は全く違ったものに見えるということを教わったのです。

彰がこの前言っていた「獄中語と獄外語があり、獄外の人々には獄中語が全く通じない」というのもそのことでしょ。私には彰が言わんとすることがすぐにわかったけれど、私が今、こうして単に話していることが、どれだけ獄外の人々に理解してもらえるかとなると全然自信がないんだよ。でも、その「獄外の人々」というのは、一〇年前の私とそれほど違っているわけじゃないんだよね。私が今、まがりなりにもそれを理解することができるのは、一〇年以上の獄中体験（それはやはり日々のすさまじいばかりの抑圧）と、彰たちとのさまざまな葛藤《かっとう》を経てきたからだと思う。だから今、「獄中語」が通じない人であっても、将来的には通じあえるかもしれないし、それを「通訳」して通じるようにするのが、私のような人間の役目なのかもしれないなんて考えているよ。

何の抵抗力もない幼い子供が差別抑圧、暴力や虐待によって、あるがままの自分を否定され、愛を拒絶されてしまったなら、現実世界とそこに生きる自分自身からも逃避し、空想の世界や破滅的な生き方の中に自己の存在証明を求めようとしてしまう。現実世界との断層——どこにも自分がくつろげる場所を見出すことができない。自分が自分であるということさえわからなくなってしまう。自分を一人の完全な人間として実感できず、常に不安定に揺れ動き、何かに追われているような不安に脅かされる。こうした不安や恐怖から逃げるために、にせの自分を作りあげたり、自分のカラに閉じこもったり、強者にへつらい身を寄せることで生きのびようとしたり、自分よりさらに弱い者に差別や抑圧を転嫁したりと、いろんな処世術を知らず知らずのうちに身につけてしまう。

それは金芝河《キムジハ》（韓国の詩人）が「民衆の顔は醜だ。醜こそ恨みの顔だ。恨みの顔を言葉に定着させるには、醜の思想を身につけねばならない」と言ったように、「醜」そのものだと言っていいでしょう。しかし、そうせざるをえなかった真の原因を問おうとせずに、表面に現われた否定面のみを捉えて、道徳的に非難してことたれりとしてしまう人々が何と多いことか。

このような逃避の段階を乗り越え、自分が差別抑圧の被害者であることを自覚した時、自分を否定した社会や差別者抑圧者に対する反撃の闘いが開始される。それはまず初めに、これまで失われていた自分自身をとり戻すための強烈なまでの自己肯定という形をとらざるをえない。この段階での闘いは、自分を苦しめてきた者に対する怒りと憎悪の爆発、復讐といった傾向を帯び、往々にして自己肯定から自己絶対化へとエスカレートしてしまい、自分が差別者抑圧者になりあがることが闘いの勝利であるかのような錯覚を生じてしまうのだと思う。煮えたぎるような怒りや憎悪は、非妥協的な闘いのエネルギー源として大きな力になる一方で、自分自身をも傷つけ、他者のどんなささいな欠点をも許すことのできない独裁者のような暴力性として発現してしまうことがある。繰返される暴力型の犯罪の場合、犯罪そのものが彼らにとってこのような「闘い」の一つであり、唯一の社会との関わり方になってしまうことさえあるよね。刑事囚の活動家に対する非難糾弾の中には、このような要素が含まれていることが少なくないし、出獄者同士が刃物を持って傷つけあったり、男性刑事囚や出獄者が、女性に対するすさまじい差別的な言動を行なったりといった問題は、だいたいこの段階で生じていると思う。

私は、獄中に来て初めて女性差別のすさまじさを知り、それが人間の解放にとって絶対に避けて通れない問題だということに気づいたと言ったけれど、それは権力による女性差別攻撃のことではなく、むしろ共に闘う仲間であるはずの男性刑事囚の女性差別意識のすさまじさのことなんだよ。権力が差別的なことはわかり切ってることだからね。

Tさんがこの前、「獄中者の場合も、皆が皆そうではないが、女性差別が服着て歩いてるような人もいて、面会室で看守の暴行にではなく、獄中者の暴言のほうに椅子を振りあげたくなる場合もあるのだ」というようなこと言っていたでしょ。同じ女としてその気持ちはすごくよくわかる。刑事囚の「犯罪」の中には女を食いものにした犯罪もあるし、強姦や買春の経験を誇らしげに語る人、どんな女だってセックスしてしまえばオレのものになると本気で思っている人、過激派の女は誰でも寝るのだろうからシャバに出たらオレと寝てくれという人、あんたを強姦しても過激派だから警察に届けないだろうと言ってくる人、誰か女を紹介しろとしつこく言ってくる人、ちょっと批判したり気にくわないことがあると「オマンコおっぴろげて来い」とか「パンスケ！　バイタ！」などというののしり言葉を浴びせることで優位にたとうとする人等々……。私が男性看守から性的な辱しめを受けた時、「看守の役得だわなあ」と言ってきた人さえあったよ。

もちろん、これほどひどい露骨な差別意識丸出しで言ってくる人はごく少数であり、大部分の人はこんなひどいことは言わないけど、私を激励するつもりで、私を弾圧する女性看守のことを「オールドミスのクソババア」とか「ブス」とか「嫁のもらい手なく欲求不満で八つ当たりしているのだろう」とか平気で女性差別的なことを言ってくる人はよくいるし、ソープランドやキャバレーやポルノが大好きな人が大部分だし、全くの善意から「思想とか闘いなんかじゃなく、惚れた男に喜んでもらいたくてやったのだろう。だったら罪は軽くなる」とか、「女の幸福は結婚、早くいい人を見つけて幸福な家庭を作ってください」などと言ってくる人などを含めたら、女性差別意識を持っていない人を捜すことは、らくだが針の穴を通るのと同じくらい難しいんじゃないかと言いたくなるほどだよ。

もっともこれは何も刑事囚に限ったことではなく、この社会そのものが女性差別社会であり、世の中の男たちの大部分が似たりよったりで、差別の根深さでいえばむしろ上に行けば行くほどひどいものになるのだけれどね。女性差別はいけないということを言葉として知っている新左翼の活動家の中にさえ、強姦したり、買春したり、自分の彼女に売春させて平気でいたりする男がおり、「共産党、家に帰れば天皇制」式の者は数えあげたらきりがない。ただ、下層刑事囚の場合は、自らが被差別状況から抜け出すために差別を利用せざるをえないという差別最前線にいる分だけ、極端な形で現われてしまうのよね。

それと、私がいつも感じることは、すさまじい女性差別意識をむき出しにしてくる人の場合、必ずといっていいほど幼い頃、母親の愛に満たされることなく、苛酷な抑圧、迫害に苦しんできた人だということね。彼らの女性差別というのは、優しくしてもらいたかったのに優しくしてくれなかった母親に対する復讐としてあるように思う。だから「パンスケ！　バイタ」等々の罵倒は、私にはかけがえのない母親を失って泣き叫んでいる幼い子供の泣きじゃくる声に聞こえるんだよ。不幸な、愛のない子供時代の責任は、単純に考えても父親母親の双方にあるのに、子供の憎しみは母親に集中するということ自体が「女性は母親としてかくあらねばならない」といった女性差別の結果であるとも思うのだけれど、そういう人の場合、憎しみというのは愛してほしいという愛情飢餓の裏返しなのではないだろうか。そして彼らの母親というのは、それこそ苛酷なまでの女性差別の犠牲者であり、彼らは自分の母親が「パンスケ！　バイタ」とののしられたり、父親から毎日のように暴行を受けるのを見たりして育っている。夫の虐待に耐えきれずに家出をしてしまったり自殺してしまった母親、愛のない結婚を強いられ、地獄のような家庭生活を送らねばならなかった母親、貧しさ故に子供の面倒をみる余裕もなく、働きづめで疲れ切った母親、強姦されたり望まぬ妊娠を強いられた母親、結婚外の子を産んだがために差別された母親……等々。

「私にはおかあさんと呼ぶ人がおりませんでした。小学校で本を読む時、どうしてもおかあさんと発音が出来ずに困りました。照れてるのでなく恥じてるのでなくむしろ恐がっていたのです。母とは美しいもの、夢の中に出てくるファンタジックなものとして子供である自分の頭の中だけに存在していましたが、私が中学二年の時、日本で初めての母の日に胸にカーネーションを付けることになり、学校ではみんな赤い花（造花）を飾り登校しましたが、私は母を見たことがないばかりかその生死さえ分らず、ましてや母親の味さえ知りませんのでカーネーションを付けずに登校したところ、担当の教師にフテクサレとなじられ殴られました。その時はいまだに見ぬ母親をウラメシク思い、訳の解らない涙があふれて仕方ありませんでした。

私が一七歳の時、母親が私を訪ねてきたのですが、父親の『女』（私の一〇歳年上）は、私に会わせず、その為に母親は私の家の近くのガード下に一週間も野宿してたのが後になってわかり、その驚きにガタガタとふるえましたが、なさけないことに私には母親に対する感情が無いのです。その時父親とその『女』に殺意を感じました。

一四年後に私が結婚して子供二人が生まれ色々とあり……私は報復手段として父親を苦しめるため父の『女』を呼びつけ強姦したのです。まり子さん、私を責めて下さい。私はまったくくだらない人間なのです。『女』の服をビリビリに破り、犯シテから父親の家の前へ車で乗り込み、『女』をホウリ投げつけたのですから親父は腰を抜かしました。私は金はないがエドモント・ダンテス（モンテ・クリスト伯）のような復讐心に燃えていたので、次から次へ報復することを胸に誓いました」

この手紙を受けとった時、私はただただ泣きました。この手紙をくれたKさんの本当のおかあさんは、夫のすさまじい虐待に耐えかねて、Kさんを産んだ三日後に家を出たきりで、Kさん自身も幼い頃から言語に絶するほどの父親の暴力にさらされる毎日だったのです。その父親自身が被差別部落の出身ということでまわりの人々から差別されていた。当然のことながら父親とKさんとは争いが絶えず、そんなKさんを父親と義母らがはかって精神病院にぶち込み、そこでKさんは心も休もメチャメチャにされてしまう。

「『女』をやったのは、彼女も私の精神病院入りに加担しているからですが、その血債《けつさい》は父が支払えば良いと思った私が悪いのです。しかし、彼女は私に本当の母親がいるのにその座にすわり、そして母親が私に会いにきてるのを私に知らせず、その為に乞食までして近くのガード下で私の種（父）違いの妹たちと母がゴロ寝していた事実と、母親がそこら辺の八百屋か魚屋で残飯を拾いながら借りたエンピツで私に書いた手紙を全部破り捨ててしまったからです。……でもそれだからといって私の取った道は正しくはありません」

繰り返し繰り返し自分を責めるKさん……。

すさまじい暴力にさらされ、女性差別を見せつけられながら育った子供が、どうして女性を人間として尊重することができるようになるだろう。女性差別とはそのまま子供差別であり、「お前のかあちゃんはパンパンだろう」とか「私生児」と言われて育った子供が大きくなると、母親への復讐という情念につき動かされた女性差別者になっていき、差別は拡大再生産されていくのよね。

今の私は何を言われても「何を言っとるのじゃ！」って感じで笑いとばしているように見えるかもしれないけど、初めて露骨な女性差別語を浴びせられた時は、心が凍りついたよ。その時強く思ったことは、その人にとって最大の不幸は、女性を一人の人間として見ることができないことであり、彼の自己解放は、彼が女性を差別しなくなった時に初めて実現するだろうということだった。

李珍宇君が、被害者の女性を自分自身の欲望、憎悪のはけ口の単なる手段として見るのではなく、一人の人間として自分自身のもとに引き寄せることができた時、初めて自己解放の端緒《たんしょ》についたように、どれほど差別抑圧に苦しんだ者であっても、他者を差別抑圧したり疎外したりしながら自らを解放することができる人なんていないものね。

差別というのは、差別される側の人間を破壊するだけでなく、より基本的にはする側の人間を破壊し、自己を喪失させるものなんだね。差別されていても、それと真正面から闘うことで被差別者は自己をとり戻すことができるけれど、他者を差別しつつ自己をとり戻すことができる人など絶対いないからね。このことを女性差別についていえば、誰もが女の人のからだの中から生まれ、この世に生を享《う》けた時初めて出会う人間(愛の対象)とは、大部分の人にとって母親であるということ、「人間は手や足の一本二本なくても立派に生きていけるけど、愛なしには生きていくことができない」といつか彰が言っていたように、愛なしに生きていけない生物だからこそ、女を差別する男は自分自身を差別しているにほかならず、女の解放なしには男自身の解放も実現しないということを痛感している。

すでに彰も気づいているように、これまで話してきたことはすべて私と彰との間にも言えることなのよね。彰にとって「愛なんてものが決して甘いものではなく、屈折したすさみきった心の葛藤、苦しみの連続である」ということも根はただ一つ、彰の不安、疎外感、不信感にあると思う。でも彰はその苦しみの中に自ら飛び込んだのだし、その苦しみの克服なくして、真の愛も解放も成立しないことを知っている。彰の苦しみは私の苦しみであり、だからこそ私と彰との愛とはその苦しみとの闘いにほかならない。彰がその苦しみの海の中に飛び込んだように私も苦しみの海の中に飛び込んだのです。私にはその海を泳ぎ切ることができるという確信があるから。そしてその海を泳ぎ切ることなしに、本当の私自身の解放もないと感じたからです。

それにしても私たち喧嘩しすぎると思わない? 面会のたびに喧嘩しているから立会の看守がいつも笑ってるでしょう。犯罪者解放と女性解放は一つのものなんだから、これからはもう少し仲良くしましょうね。

毎度毎度言うようだけど、食べ物だけは節約しすぎないでちゃんと食べるものは食べてね。では、また――お休みなさい。

共に生きる

彰、九日付手紙、今日受けとりました。どうもありがとう！　とてもうれしかったよ。

荒川の土手には私もよく行ったよ。「荒川を見るときが今の毎日の生活の中でホッと自分が安らぐ一瞬だ。川の水、川原の草むら、水鳥、パァーッとひらけた空間、目の前に広がる空――」――彰の気持ち、わかるなあ。私もよく荒川に行ったのは、そのためかもしれない。でも、本当のこと言うと荒川の黒い水の流れを見ても、あんまり安らぎでもなかったな。だって私の知ってる川というのは、キラキラしてて水の底の石や水草がゆらゆらしてるのが見えるような川なんだもの。いったいどれくらいの深さがあるのかもわからず、水辺に行ってもさわりたくなくなるような黒い水じゃ……ね。荒川に限らず、東京の街の中を流れる川や街路樹、公園の木々、草むら、池などを見ると、その水や草や木たちが泣いているように見えて、かえって悲しくなってしまったものだよ。水も草も木々もいきいきと喜んでいるところに行きたいね。

彰の自己史を読んで、なぜ彰がこれまであんなにも「彼岸」と「此岸《しがん》」にこだわり続けていたのか改めてわかったような気がする。確かに私は、彰が言うように彰たちにとって「彼岸の世界」の人間であり、「いつでもこの市民社会の中で幸福になれる」人間だった。まやかしの「幸福」、自分だけのマイホーム主義的な「幸福」ならね。でも人間は自分一人だけで幸福になれる生きものじゃないから、私は「市民社会の平和」の中では少しも「幸福」になれなかったんだ。

彰との違い――それは何よりも人生の出発点の違いだよね。記憶の始まりが暴力や不安にたえず脅かされ、「一時も安住できる場所がどこにもない」といった、暗く、重苦しい日々であり、そこからひたすら逃げ出すことから人生が始まったという彰。何の不安も脅威もなく天真らんまんそのもののような子供時代を享受してきた私。でも一つだけ共通点があるよ。それは私も彰と同じようにいつまでたっても大人になれない子供だということです。彰が「無人の荒野でかけがえのない人を失い、泣きじゃくっている子供」なら、私はいつまでたっても「太陽がさんさんと降りそそぐ春の野で、花やチョウチョとたわむれて時がたつのを忘れてしまった恐いもの知らずの女の子」なのです。

荒川の近くに住んでいた頃一人でお風呂に行く途中、一六〜一八歳くらいのシンナー吸ってるつっぱりあんちゃん七、八人にとり囲まれたことがあった。でも私が、「なあに？ 何か用？」「(シンナーのビニール袋指して) それなあに？ おいしいのかなあ？」なんてニコニコしてたら、「あれえ？ 変だなあ、ちっとも恐がらねえぞ」なんてひそひそ声で言ってるの。私、吹き出したくなるのをこらえて、洗面器をカタカタさせながら、「私、これからお風呂に行くんだ。そこ、通してちょうだい」って言ったら、すぐ道を開けてくれたんだけど、ぞろぞろとついてくる。「一緒にお風呂行く？」って冷やかしてやったら、「行かねえよう」なんて言いながら離れていってしまった。本心では私をおどかして恐がらせようとしたつっぱりガキンチョを、もっと冷やかして一緒に遊びたかったんだけど、これでも我慢してた方なんだ。私ってどういうわけか昔から「不良」が好きなのよね。そういう子がいるとからかって一緒に遊びたくなってしまう。たいてい、そういう子って表面に現われた暴力的な恐ろしさとは裏腹に、優しくて、純情で恥ずかしがり屋なんだよね。

でも、この好奇心旺盛の恐いもの知らずなところが、他人の目から見るとハラハラさせられるらしく、よく人から危なっかしいって言われるよ。

田舎にいた時、見知らぬトラックの兄ちゃんから「乗っていきな」なんて声をかけられると、平気でひょこひょこ乗せてもらったりしていたし、前に彰に書いた「ラブホテル強姦未遂事件」なんかもそうだし、将司君や利明君たちが私のことを危なっかしくてゲリラの仲間に入れることを危惧せざるをえなかったのなんかも、こんな私の性格を彼らがよく知っていたからということもあるかもね。

恐いもの知らずといえば、彰もよく知っている、今、無期囚として四国の刑務所にいるUさんからも「まりは全く恐いもの知らずだな、俺の方がハラハラしてしまうよ」なんて言われたことあった。どんな時ハラハラさせられるのかって聞いたら、それがケッサクで、Uさんの言う「恐いもの」ってUさん自身のことなんだよ。私があまりにも真正面からUさんを怒らせるようなことでも何でも平気で言うので、Uさんが「まりは俺のこと恐くないのかなあ、俺を怒らせたら大変なことになり、まりの命とりになるのに。もしシャバで会ったら、今頃まりは俺に殺されていた」って、心配してくれたんだよ！　自分を怒らせる相手の身を心配してくれるUさんの優しさがとてもうれしかったものです。

Uさんは人生の大半を少年院と刑務所で過ごしたというけど、出身地が私の田舎のすぐ近くの町だったでしょ。そしていつまでたっても甘えん坊のイタズラッ子みたいなところがあった。だから、私はUさんと話してると、お互いが子供時代に戻ったみたいになって、ワルガキと一緒に遊んでる感じになってしまうんだ。Uさんに言わせると、私は「まだへその緒のとれてない、生まれたままの赤カブ童子《わらす》」なんだそうだよ。Uさん、今頃どうしてるかなあ？　お別れした時の約束どおり、戸外運動に出るたびに大地に向かって、「がんばれよ」って言ってるの、ちゃんと聞こえてるだろうか。

私があまりにも無防備な田舎っぺなので、私をだまそうとたくらむ人がいたらひとたまりもないって心配してくれた人がもう一人いた。

「例えばまり子さんが出所して、もし山谷あたりを通りすがったとしたら、そこら辺にゴロゴロと倒れてる人々を見てカワイソウダナと感じて一人一人に手をサシノベていたのでは貴女の身が持たないということですね。

世間知らずとケンソンしてるけど山谷は一般世間とはまるで想像もできぬ程の別な場所なのです。以前、マザー・テレサの本のこと、ウンヌンカンヌンと二人で討論しましたね。しかし、あのマザーのように山谷地帯ではタダタダ〝祈る〟しかないような現状なのです。一度に何百人も助けることは不可能ですし、行政もポリ公たちも知らん顔をきめこんでいるだけではなく、山谷の労働者から暴力的に搾取している暴力団の味方をしているのですね。山谷ではある意味で見殺しをしなければならないし、私もその見殺しをしながらこれまで何年も山谷ぐらしをしてきたのです。

女神のようなヤサシサはとても大切です。しかし、一個の人間では弱いものです。何とかしてやらねばとかは、イナカッペのまり子さんにはキケンです。例えば山谷の人間を助けたとしますとその助けた人間が、その人間にモガカレタリ（注・モガキとは路上強盗）、オソワレたりしてしまうのです。これが現実です」

こうして私に忠告してくれた人、誰だと思う？　山谷では仲間に対してすぐに暴力をふるったり破壊的な行動をとってばかりいるとして敬遠されていた、あのKさんだよ、彰にはこのKさんの悲しいほどの優しさがわかるでしょう？

マザー・テレサの話というのは、マザー・テレサは、社会的な暴力の犠牲になった人たちを助けることはするけれど、決してその原因となる社会的暴力機構そのものを変革しようとはしない。マザー・テレサはいつも救済する人であり、彼女に助けられる人はいつも救済される人であり、その関係性は固定化されてしまっている。このような救済主義は、むしろ社会的暴力機構の存続に力を貸すものになってしまうよね〔マザーテレサに対して失礼で、こんなことを言った自分をいまは恥じています——著者〕。そうではなくて、私たちが求める運動というのは、この社会体制によって犠牲になっている人々と共に、その原因である社会的暴力機構そのものを変革することであり、援助が必要な場合も、それはその人が自分自身の力で真の自分をとり戻し、自らが自らの人生の主人公になることを助けるものでなければならない。そうである以上それは決して一方通行のものではなく、共に考え、共に生き、共に学びあうものであるはずだってKさんと話しあったことがあるのです。でも、頭の中でわかっていても、現実には目の前に困っている人がいると放っておけなくなり、後先のことも考えずに目の前の人に没入してしまう私の欠点をKさんはよく見てると思う。彰からも何度も何度も注意されたよね。

私はKさんが思っているほど優しい人間じゃないけれど、こんな優しいKさんと共に生き、共に闘うことのできない私たちの運動の貧しさをつくづく思うよ。

Kさんの言ってることがギリギリのところまで追い込まれた最底辺の人々の現実であることは、私も似たような体験をいくつかしているから少しはわかっているつもり。一〇の援助を必要としている人に、三の援助しかできない時、その人は不満や怒りを三の援助をした人にぶつけてきて破壊的な行動をとることもある。自分というものが確立していない人の場合、他者を自分と同じように弱さをいっぱいかかえた、限界ある一人の人間としてとらえることができず、自分の要求が受け入れられないと、その相手に憎しみや怒りを集中させ、相手をつぶすことにエネルギーのすべてを注入してしまうことがあるのね。自滅に向かってつき進もうとしている人を抱きとめようとしたら、たとえ何人の人が持てる力のすべてをその人のために出しつくしたとしてもどうすることもできない。たとえどんなに辛く苦しくとも、自分の人生は自分の力で歩んでいくしかなく、誰かのかわりに生きてあげることもできなければ、誰かの中に住み込んで生きることもできないものね。だから、時には涙を飲んでつき放さなければならないこともある。

　でも本当に抑圧され差別されて苦しんでいる人々と共に生き、共に闘おうとするなら、こうしたことすべてを覚悟したうえで、共に傷つき共に苦しむことができなければ不可能ではないだろうか。というより、私たちにできるのは、共に傷つき苦しむことだけでしかないと言った方がいいかもしれない。共に闘うということは、その、共に傷つき苦しんだことの結果にすぎず、共に傷つき苦しんだ後でも、やっぱり共に闘うことができないこともあるかもしれない。でも、それはそれでいいと思うんだ。

　こういう言い方をすると、宗教的、個人救済主義って批判されるけど、私はこの一一年間、多くの刑事囚仲間と交流してきて、人間には他者を変えることなんて結局できないんだって思うようになった。私たちにできることは、他の人々と共にこの醜悪な差別抑圧の機構を変革することであって、他者を変革することじゃないんじゃないか。自分を変革することができるのは自分自身でしかなく、他者は共に生きることしかできないんだと思う。否《いな》、他者を変えようとするということは、自分の思う方向に人を動かそうとするということであり、それ自体がどんなに善意のものであろうと一種の抑圧でしかないと思うようになったんだ。もし、抑圧された人々の苦しみへの共感がないところで、彼らを自分たちと共に闘う人間に変革しようとしたなら、それはたとえ彼らを苦しめている差別や抑圧、搾取をなくすために闘うんだという大義名分があったとしても、本質的には学校や監獄における「非行少年」や「犯罪者」の「補導」「矯正」と少しも変わらないのではないだろうか。革命という大義名分の下で、どれほどたくさんの抑圧が行なわれてきたかを考えるならば、そんな大義名分など、抑圧された人々にとっては、これまで彼らを抑圧してきたと同じ言葉の一つにすぎないわけだからね。

　人を変えようとするということは、教えようとする、間違いや過ちを正そうとするということでしょう。とすると、それは自分は何ごとかを知っていて相手は知らない、自分は正しくて相手は間違っているということが前提になるよね。変える人間と変えられる人間との関係は、指導―被指導という一方通行の関係でしかなく、一方は指導する主体、変革の主体であり、他方は指導される客体、変革される客体でしかない。こんなことは、たとえそれが成功したとしても共に生きる、共に闘うということにはならないよね。

　このことは政治囚や活動家の声ばかりが聞こえ、刑事囚や出獄者の生の声がなかなか聞こえてこない現在の運動の中によく現われているでしょう。本当に抑圧された人々と共に闘おうとするなら、彼らのおかれた現実から出発し、その現実について共に考え、共に解決策を見出していくことができなければいけないと思う。そのためには、活動家がしゃべる前に彼らが自分自身のかかえている問題について、本音で話すことができるような場を作ることが必要だよね。まず彼らから学び、彼らの声に耳を傾け、彼らが活動家から見ると間違っていると思われるような見解を表明したとしても、それを頭から押さえつけ、否定するのではなく、彼らの声は、彼らがおかれている現実の反映なのだから、まず、その声（現実）を認めたうえで、その現実に批判的に入り込んで、彼らが彼ら自身の言葉で回答を見つけることができるよう一緒に考えることだと思う。だけど実際は、彼らの声なんか聞こうともせず、抽象的な観念（活動家の用意した回答）を一方的に押しつけることばかりに熱心な活動家があまりにも多いのではないだろうか。

身をもって差別抑圧を受けてきた人間は、言葉なんか信用していないから、どんなきれいごとを言ったってこうした欺瞞に対しては、本能的に鋭い拒否反応を示すでしょ。今まで裁判官や検事から裁かれていたのが、今度は活動家から裁かれ、査問され説教されるのかってね。その時の怒りは、仲間だと思い心を許そうとしたのに裏切られた分だけ、裁判官や検事などに対する怒りよりもずっと大きなものになってしまうでしょう。明確な敵の顔をした敵は恐くない、奴らに対してはこちらも初めから警戒して近づかないようにするし、攻撃をしかけてくることがわかっているから、こっちもそれなりに身構えることができる。本当に恐ろしいのは味方の顔をした敵だ。ニコニコして近づいてきてこっちが油断している時にグサッとやられたらひとたまりもない――いつだったかこんなことを言っていた人がいたけれど、これと同じようなことを私たちがしてこなかったって自信をもって言えるだろうか？　それどころか左翼運動内部においてさえ、こんなことが日常的にまかり通っているのではないだろうか。一般刑事犯の出獄者がこうして傷つき、その痛さ故に破壊的な行動に走ったり、再犯に陥ってしまった時、彼らの痛みをどれだけ感じとれてきたか、どれだけ私た

窓から見える景色. 1984. 2. 10. M. A.

ちが自己を問うという作業をやれてきたか。多くの場合、「やっぱりダメか」として、またぞろ個人の資質の問題に還元してしまっていたのではないだろうか。

私自身、以前は出獄者の仲間が運動に関わる前と同じようなパターンで再犯に陥ってしまった時など、ガッカリして気が抜けてしまい、絶望的な気持ちになったこともあったよ。

でも私は、再犯と聞いてもそんなに気落ちすることはなくなったね。人間はそんなに簡単に変わるものじゃないし、何度つまずいても、またやり直すしかないと思えるようになった。差別抑圧と闘うということは、「差別はいけません」「抑圧はいけません」とお題目のように唱えることではなく、差別抑圧によって傷つき苦しんでいる人々との日常的な関わりの中で、彼らと共に泣いたり笑ったり、時には喧嘩をしたりぶつかりあったりしながら共に生きていくことなしにありえないと思うからね。どんなにその道が困難でも、そうやって重い現実と格闘しながら共に奪われた人間性をとり戻していくしかないと思う。私自身、自分がこの獄中一一年の中で少しでも自己変革できたとするならば、それは私が刑事囚の仲間たちと本気でつきあってきたからであり、彼らとのぶつかりあいの中で、言葉を持つということがいかに特権的なことであるかということに気づかされ、自分の中にあった借りものの言葉を捨てることを強いられてきたからだと思っている。

獄外社会に生きる場がなく、屈折した形でしか自己を表現できないために、監獄を出たり入ったりしている最下層の刑事囚のおかれている状況というのは、施設に閉じ込められている障害者のおかれた状況とよく似ている面があると思う。彼らが獄外の社会で当たり前の人間として自立して生きていけるようになるには、障害者にとっての介護者のように、何かあった時にいつでも相談し、話し相手になってくれる支えになる人が必要なんじゃないだろうか。手、足、目、耳等の目に見える障害ではなくても、すさまじい差別抑圧を受けたり、人間形成にとって不可欠な愛に恵まれずに生きてこざるをえなかったために、当たり前の人間関係を築いていくことができず、自立して生きることができなくされてしまっている底辺の下層刑事囚は、言ってみれば「心の障害者」なのだと思う。

　手足の不自由な人、目や耳の不自由な人に「健常者」と同じようにやれと強制したら、それは差別であるということを理解することができる人でも、「心の障害者」に対しては一人前の人間としてやっていくことを強制し、それができないと「子供じゃあるまいし」「甘えるのもいいかげんにしろ」と心のふれあいを閉ざしてしまうことが多いよね。もちろん、批判をするなというのではないけれど、する以上は愛ある批判でなければ、と思う。人のアラ捜しをして「あそこがいけない、ここがいけない」と採点し上から見下ろして教えてやるといった姿勢の、相手を否定するような批判は、その内容がどれほど客観的に見て「正しい」ものであっても、変革の力にはならないからね。本当に力のある批判をするためには、愛を知らず抑圧や差別の中で自己形成してこざるをえなかった人の場合、対人関係や自己表現が病的なまでに屈折せざるをえないということに対する深い理解が必要だと思う。時にはその中にこそ、市民社会にいつでも順応できるような人が見失っている、人間的により深い真実の叫びが隠されていることもあるのだから。

「私は、毛を逆立てたはりねずみのように生きていた。外部のものがすべて怖かった。……しかし、自分を傷つけない、と信じられる相手に対しては、私は無際限に近づきたかった」

「……閉鎖された人間にとっては、他者に対して拒否し退避するか、全面同化に憧れるか、どちらかしかない」

「……他人にふれるためには、他者が存在していなければならない。変なことを言うようだが、他者が存在する——自分にとって——というのは、そう簡単なことではない。なぐられりゃわかるさ、という言い方はある。だが、実はそれは、他者が存在していることを知ることにはならぬ。ただ暴力として非自が現われることを知っただけだ。

十代までの私にとって、他者は自分に向けられた〈まなざし〉であり、自分をおびやかし、剥ぎ、さらし、うばい去るものであって、人としてのからだを持たなかった。このとき、自分は他者のまなざしの奴隷となる。

からだの障害はコミュニケーションを欠落させる。ツンボにとって、他者のまなざしはコミュニケーション不能の外界から射かけられてくる矢である。他者が笑えばまた嘲られたと思い、まじめに見つめてくれれば、とがめられるかとおびえるのだ。そこには実は『他者』は存在せず、まだ等質の暴力的な『非自』があるだけである」（『ことばが劈かれるとき』竹内敏晴著・思想の科学社）

これは聴覚障害に苦しんできた人の言葉だけど、人間というものがどういうものなのかということを学ぶ幼少時代に、愛を得られなかった人の場合もそっくりそのまま同じことが言えるよね。幼児の時から言葉による障害にずっと苦しんできた彰には、説明の必要ないね。むしろ、私の方が彰から教わったのだものね。

「〈自〉と〈非自〉があるのみで、〈自と他〉という〈他〉が存在しない。……コミュニケーションは成立しない」。このような、いわば対人関係、コミュニケーションにおける「障害」を背負って生きてこなければならなかった人の絶望的なまでの孤立感や悲しさというものを、初め私は全くわからなかった。そのために、何度も何度も相手の人を傷つけてしまい、そのたびに思いもしなかった相手の悲鳴を聞き、驚いて自分を問わざるをえなくなった。

それまでの私は、数字や活字としての抑圧や差別しか知らなかったんだってつくづく思うよ。だけど抑圧や差別というのは決して数字や活字の中にあるのではなく、生身の人間の中にガン細胞のように生きており、被抑圧者の心と体をどんどん蝕《むしば》んでいくものなのよね。そのガン細胞に対抗する力は〈愛〉しかない。自分をも他者をも信じることができず、屈折した形でしか自己表現できなくなるまで歪められてしまった生――それが抑圧され、差別されてきた底辺の人民の実存なのであり、だからこそ解放を必要としているのに、その自己表現のまずさをとらえて、頭から非難したり、運動から排除してしまったとしたら、その先にどんな解放があるだろうか。

時には絶望的な気持ちに襲われることもあるよ。だけどそのたびに、「不正な秩序の産物たる非人間化は、絶望ではなく希望の根拠である。不正によって否定された人間性のあくなき追求がそこから始まる。しかし、希望は手をこまねいて待つことのなかにあるのではない。闘うかぎりにおいて、希望につき動かされる」(『被抑圧者の教育学』パウロ・フレイレ著・亜紀書房)という言葉を思い出し、すべての苦しみはそれを乗り越えるために天から与えられた試練なのだと思って自分をふるいたたせてきた。

これまで私はずっと「犯罪者」として固定化され、監獄を出たり入ったりしている人に焦点をあてて話をしてきたけれど、実際は私自身が「犯罪者」なのだし、誰もが「犯罪者」になりうる可能性があるのよね。ところが私たちの社会は、「犯罪者」を「魔」「鬼」「狂」「凶」「悪」と、人間外のおどろおどろしい存在として排除してしまう。これらの言葉は私自身が投げつけられてきた言葉にほかならない。「犯罪者」解放というのは、まず何よりも愛の問題であり、人間の弱さの問題であり、失敗や過ちを犯してしまう人間、既成のレールを踏みはずした人間の問題であり、個に解体され共同性を奪われてしまったすべての人間の問題なんだよね。そういう人々を許さない社会、ひたすら断罪して社会から隔離し、懲らしめ抹殺する社会というのは、「犯罪者」以外の人々にとってもとても恐ろしく生き難い社会だと思う。困った時に共に助けあい、人間の弱さ、過ち、失敗を優しく包み込んで共に克服しようとすることが当たり前になったなら、そもそも「犯罪」に追いやられる人もいなくなるでしょう。

現在マスコミをにぎわせている子供のいじめにしても、本当に問題なのは「問題児」の方ではなくて問題大人の方なのに、ますます子供たちへの管理を強化する方向で「解決」しようとしている学校のやり方を見てると、本当にゾッとしてくるよ。学校がますます刑務所に似てきてるね。だからこそ、監獄の問題をすべての人々の問題として一般市民に訴えていく必要性はますます高まってきていると思う。「障害者」と共に生きるということは、「障害者」のためではなく、「健常者」自身が人間として生きていくために必要なことであるように、「犯罪者」とされた人々と共に生きることが、「一般市民」と言われている人々の解放にとって必要不可欠なんだということが、せめて左翼運動をやっている人たちにとっての常識になったら素晴らしいだろうね。

でも解放というのは、どんな場合でも最終的には当事者本人の闘いによるのだから、「犯罪者」解放の困難性を「一般市民」「活動家」のせいにすることはできないということも忘れず押さえておかないとね。

私のところに「活動家」や他の人の悪口や批判ばかり言ってくる出獄者の仲間がいた。話をよく聞いてみると、単に甘えが受け入れてもらえないことへの不満にすぎないことが多いのだけれど、もっともだと思える正鵠《せいこく》を射た批判も少なくない。そんな時、私はこういう言い方をするんだよ。「あなたの言いたいことはよくわかった。あなたの言うとおりだとすれば確かにその人はいけないと思う。でもあなたがその『ダメな奴』の行く道をふさぐために自分のすべての力を出しつくしても、その『ダメな奴』の行く道を変えることはできないでしょ。よしんばできたとしても、次にはもっと『ダメな奴』が現われるよ。そしたらあなたはまた次の人の所へ行って同じことを繰り返すの？　そんなことやってたら、人間なんて不完全なもので『ダメな奴』だらけなんだから、あなたは次から次へとその『ダメな奴』の道をふさぐことだけに精力を使い果たして疲労困憊《こんぱい》してしまい、自分の道を歩く時間がなくなってしまうでしょう。そんなことの繰り返しで、『ダメな奴』のために、たった一度しかない人生を台なしにしてしまうなんておかしいと思わない？

　ましてや自分がダメになったのもあいつらのせいだなんていう言い方は論外だよ。どんなに他者が間違った道を進もうとも、それは自分が間違った道を行くことの理由にはならない。あなたの行く道はあなたが決めるのだからね。『あいつらのせいでこうなった』というのはうそで、あなたが『あいつら』のために自分を捨てたのでしょ。自分の行く道を『あいつらのせい』にするってことは、自分の行く道が『あいつら』次第ってことだから、それは自分では歩けませんからおぶって行ってくださいってことじゃない？　そしたら『あいつら』には『あいつら』の道があるのだから、あなたの思いどおりに進んでくれないのは当たり前じゃないかな。自分の思いどおりに進んでくれる人を捜そうとしたって、そんな人はこの地球上のどこにもいないんだから、さっさとあきらめた方がいいよ。あきらめて、ちゃんと自分の足で立って、どんなに苦しくとも、どんなに遅い歩みでも、自分の力で歩んでいくようにした方がいいと思うね。

そしたら、自分の力で一歩一歩、道を切りひらきながら進んでいくって大変なことだなあっていうことがわかるんじゃないかな。そして、そうやって自分の道を着実に歩んでいけば、同じ道を歩む人がきっと見つかると思うよ。その時は、旅は道づれ世は情けと、疲れたなら肩を貸しあい励ましあいながら共に手をとりあっていけるんじゃないだろうか。自分の力で前に進むしかないんだったら、もし自分の行く道に困難が待ち受けていても、どうすればこの困難を克服できるかってあれこれ考えるでしょ。そうやって苦労しながらその苦しみを乗り越えることができたら、壁をひとつひとつ乗り越えるたびに成長していくことができるのだから、壁にぶつかってもへこたれたり腹を立てることもなくなると思うよ。腹立ててるヒマがあったら、どうやってこの壁を突破しようって考えるようにした方がずっといいもの。もし、その苦しい道を共に手をとりあっていける人が見つかったなら、それは道が険しければ険しいほど、共に進むことの喜びは大きくなるしね。あなたが自分自身のことを『あいつらのせい』にしている限り、あなたは絶対に自分の望む方向に行くことなんかできっこないし、毎日毎日腹を立てて疲労困憊してしまい、自分で自分をつぶしてしまうことになると思う。逆の立場になって考えてみて。もし、あなたの背中に誰かがおぶさって、あなたに対して、ああでもないこうでもないと文句ばっかり言ってオレの言うこと聞けって言ったら、どう思う? それだけじゃなくて、言うこと聞かないからって頭をポカポカ殴られたらさ、アタマにくるじゃない? 自己解放っていうのは、自分の人生を自分の力で、自分の責任で切りひらいていく中にしかないんじゃないかな。そして、あなたの行く道が私の行く道と一緒だったら、とてもうれしいと思うよ」

彰の手紙にもあったね。

ま

「女性解放とは愛の復権なしにはありえない。また愛の復権なくして人間解放はありえない。愛とは何よりも自分が自分として生きていると感じ思うことだ」

「自分が自分として生きていると感じ思うこと」――こんな当たり前のことがいかに難しいことかということ、私自身のことを振り返ってもつくづく思い知らされています。ずいぶんいっぱい書いてきたけど、ここに書いてきた活動家の否定面、刑事囚の否定面、共に他人事ではなく、私自身のことであり、彰自身のことでもある。それを二人でぶつかりあいながらも、どれだけ共に克服していくことができるか、これが私たち二人の課題だよね。

背伸びをせず、あるがままの自分に正直に、自分自身の弱さを直視することを恐れず、共に変革しあっていこうね。

彰に、私の大好きな竹内敏晴さんの言葉をプレゼントします。

「人と人とがふれあう次元の幾層もの深さ、出会いの成り立ち方の微妙さと厳しさ、共に生きる、そのために人はどれだけのものを捨てねばならぬのか」(前掲書)

この頃セキレイをよく見かけるようになった。彰が荒川で見た水鳥ってどんな鳥だろう、今度教えてね。

アテルイの子供たちへ

もうあと少しでお正月だというのに、塀の外の柳はまだ緑の葉をゆらゆらさせているし、外に出ると日なたにカタバミの花が小さな蕾をつけていることさえあり、冷たい風に身を縮めていながらも草たちは緑を失わないまま冬を越そうとしている。東京ってほんとに暖かいんだね。今年は特別暖かいのかな。

東京の山谷や横浜の寿町の仲間たちにとっては、この暖かさが何よりだね。今年は珍しく山谷の仲間たちが越冬を前にしてパクられてきていないので、東拘は静かな年越しになりそうです。

山谷の仲間たちのことを思うと、暖かい日が続くといいなと思いながら、みちのく育ちの私はやっぱり冬になると雪が恋しくなる。それも一寸先も見えないようなゴーゴーとうなりをあげる吹雪がね。

東北の冬は地表から緑が全く消えてなくなるよ。山間部の方に行ったら雪が深くて土さえもほとんど見えなくなってしまう。だから百姓は出稼ぎしないと食べていけず、つい数十年前までは口べらしのための身売り、姥《うば》捨て、間引きなんかもごく当たり前だったんだよね。そんな中で、東北の貧しい小作農のせがれが、「兵隊だ」「満蒙の開拓だ」と言っては中国や朝鮮、東南アジアへの侵略の尖兵として狩り出され、「優秀なる皇軍兵士」（残虐なる倭奴《ウエノム》や日本鬼《リーベンクイツ》）になっていった。東北の貧農出身の兵隊の「優秀さ」というのは、飢えや寒さに慣れているからといったことにだけあるわけではなくて、被差別部落民出身の「爆弾三勇士」と同じで、故郷にいても食えない以上、食うためなら何でもするといった切実な上昇欲求があったのだと思う。それが郷土愛——祖国愛をバネとした排外的な天皇制イデオロギーにからめとられていく中で、中国人民を虫ケラのように虐殺することだって、愛する家族のため、幼い弟や妹に腹いっぱいメシを食わせるための美談になってしまうんだよね。だからといって東北農民の出稼ぎや飢えが、厳しい自然条件による必然的な宿命だと言ってるわけじゃないよ。どんなに作っても作ってもとられてしまうから飢えるのであって、本当の原因は、寒さそのものではなくて、地主や資本家どもの搾取なんだからね。

「なんぼ、かぐしてもかぐしても取り上げられるので、百姓だぢはついにわがめだの、にぼしっこのよんた魚こだのど、稗こ、粟こ、米こ、みんなかっちゃ混ぜで壁さぬりこめで置いだもんだどせ。それで、みんな天井だのねだの下だの検査されでも、も、何んにも食うよね、ど思って役持ぢどが去ってゆぐど、百姓どは壁をこわして鍋さ入れで、煮で、その汁こすすって生きのびだす」（『東北のおなごたち』一条ふみ著・ドメス出版）

こういう状況は別に遠い昔の話ではなくて、私らのばあちゃんたちの世代の話なんだ。それにしても、ないならないなりに民衆の知恵というのは大したものだよね。

東北の小作農たちが米のめし食べられるようになったのは、農地解放が実施され、まがりなりにも自作農になれた戦後三十数年のことにすぎないけど、考えてみるとこの三十数年というのは百姓が百姓として生きていくことができなくされ、農業が破壊されてきた三十数年でしょ。

高度経済成長だ、金の卵だといって百姓の二、三男が都会へ流出させられただけでなく、百姓を受けついだ者も、もう百姓だけでは食っていけなくされているものね。農村風景なんかも私たちの子供の頃とはすっかり変わってしまったしね。私の子供の頃は、農家と言えば、どこの家でも牛や馬を飼っていて、代掻《しろか》きや作物の運搬は牛か馬、田植えや稲刈りの時は一家総出、親族総出で、それはそれはにぎやかだった。今はもう田植えも稲刈りも機械だし、すべて車でしょ。田んぼが大勢の人によってにぎわうなんてこと、ほとんどなくなってしまったものね。みんな兼業農家になってしまい、土曜、日曜しか農作業もできなくなり、人手がないから必然的に機械や化学肥料、農薬に頼り、今度はそれらのものを買うための金が必要になり……といった悪循環。手元に「古川市勢要覧〈'84年資料編〉」というパンフがある。一九六〇年から八三年までの古川市内の農業人口の統計が出ているのだけど、これを見ると、この二三年間に農家総数は四八一一軒から四五八六軒へと、二二五軒の減少にとどまっているのに、専業農家数は二四六八軒から三一五軒へ、何と、二一五三軒（八七%）も減っているんだよ。

こうしてどんどん百姓する人がいなくなり、さらに追い打ちをかけるように減反政策だものね。「豊かな耕土、ささにしきのふるさと」と言われている、米作りには最も恵まれている私の田舎でさえこうなのだから、山村僻地の方では過疎化がひどいらしいね。といっても、農業だけでは食えず、飢え死するしかないから百姓を捨てるというのではなく、子供の教育費とか何とか、農村にいても金のかかることが多くなり、百姓やってるより都会に働きに出たり、農村に進出してきた工場のパートタイムや土方仕事をしていた方がずっと金になるし、百姓やってたんでは嫁の来てがないといったことで離農する人が多いというね。

最近よく農家に嫁さんが来てくれないからフィリピン女性を嫁さんとして買ってくるなんて話聞くけど、日本の農民もここまで帝国主義の受益者層としてガッチリと組み込まれてしまったのかと、暗たんたる思いがするよ。工業の発展のために国内の農業がつぶされ、その矛盾のしわよせを近隣のアジアの民衆にかぶせることで解決しようとする……基本的パターンは戦前と何ひとつ変わってないんだよね。

昨夏、彰が「やくざ者に買われている。僕の力ではどうにもならない」って面会の時連れてきてくれたフィリピン女性もそうだと思うけど、東南アジア、とくにタイやフィリピンの農村では文字通り食えない、このままでは飢えや栄養失調で死ぬしかないというところまで追いつめられた人々が、大都市のスラムや売春街にはじき出されてきたり、外国へ出稼ぎに行ったりしてるよね。ここ二、三年、東拘にもフィリピン人の女性が時々パクられてくるようになった。日本全国に何万人ものじゃぱゆきさんが来てると言われるものね。自家用車を乗りまわし、でっかい家にたくさんの電化製品にとり囲まれて生活している日本の農民は、彼らを搾取する地主層と同じようにしか見えないだろうね。

今、日本の食糧自給率は約三〇パーセントにすぎないと言われているけど、この中には輸入飼料で育てられた肉や卵も含まれているから、それを除くと、日本人の食べてるものは九〇パーセント以上が外国に依存してるんだってね。これじゃ日本から百姓がいなくなるわけだ。こんな「百姓殺し」の政策をやっていながら、農民を反体制側に押しやることもなく、体制側につなぎとめていられるのは、結局、被植民地人民を飢えと貧困のどん底につき落として、かっぱらってきた富の分け前をそれなりに分け与えてるからだよね。被植民地人民からかっぱらってこれなくなったら、それこそ飢え死するしかなくなるんだから、いつまでたっても帝国主義にしがみついていなければならず、日本の「百姓殺し」のためにアジア人民の百姓を殺すという泥沼からはいあがることはできないと思う。日本の農民たちは、百姓じゃ食えなくても百姓やめれば食えるという状況が続く限り、「一億中流化」の甘い夢を追い続けるのだろうか。そんなことしてるうちに、とんでもない破滅の道に連れていかれてしまうのに……。

その典型例が東北地方の原発ラッシュであり、下北の核基地構想だよね。原発や核のこと考えると、人間というものはいったいどうして自分たちの父であり母である自然に対して、これほどまでにも傲岸不遜《ごうがんふそん》になってしまったのだろうと腹が立ってきてしようがない。

プルトニウムの半減期は二万四〇〇〇年、五〇万年先までその毒性は残ると言われてる。二万四〇〇〇年、五〇万年先の子孫のことなんて、考えられる？　過去で言えば、二万四〇〇〇年昔といったら縄文時代さえ始まっていない旧石器時代、まだ人類は農耕も知らず狩猟採集生活をしていた頃のことだよ。五〇万年昔っていったら、ナントカ原人とか猿人とかの、サルと人間のあいのこの時代でしょう。

一二月二三日の朝日新聞の「論壇」欄に、八木健三さんという岩石学の教授が、「安全と言えぬ幌延《ほろのべ》の処理場――原子力利用のツケ子孫に残すな」という題で、放射性廃棄物の危険性を訴えていたけど、それによると国際学術連合の放射性廃棄物委員会なるものが、一九八二年の最終報告書で「廃棄物は約一〇〇年間は監視可能な貯蔵を行い、その後一〇万年に及ぶ最終処分をする」と提唱しているとのこと。でも、一〇〇年先、一〇万年先のことを現在の人間が「……をする」なんて、自分ができもしないことを言うこと自体が傲岸不遜もはなはだしいと思わない？　それに何万年もの間危険性のある放射性廃棄物を、たった一〇〇年間だけ「監視可能な貯蔵をする」なんてどうして言えるのか。一〇〇年後はどうするのか。一〇〇から一挙に一〇万に飛んでしまうのにも驚かされるけど、最終処分をするという一〇万年という数字だって、一〇万年後は安全という保証さえないんだからね。さらにあぜんとしてしまったのは、この報告書は、一〇〇年先、一〇万年先を云々しながら「だから原発・核を廃絶しなければならない」と結論づけるのではなく、核の使用を前提としたうえで、「処分場選定にあたっては科学と安全性を優先し、政治と経済には左右されない」と結論づけていること。その存在自体が爪の先から頭のてっぺんまで政治と経済によっている原子力の問題が、政治と経済抜きにやれるなんて本気で考えてるんだろうか。この八木健三さんは別に原子力利用を肯定する立場からこの数字を引用してるわけではなく、こんなに危険な放射性廃棄物なのだから、幌延の廃棄物処理場の設置には反対であるということを言ってるんだけど、国際学術連合放射性廃棄物委員会の先生方には本当にあきれてしまったよ。

私たちは父や母の世代の人たちに「どうしてあなた方はあのいまわしい侵略戦争に加担したのか」という問いを発してきたけど、これからは、私たちが私たちの子孫から「どうしてあなた方はこんなとんでもない毒物を私たちに残していったのか。あなた方の欲望のツケを何で私たちが払わされなければならないのか」と問われる番だよね。それが一〇〇年、二〇〇年だけじゃなくて何万年も何十万年も先の子孫からまで！　しかも、父や母の世代と違って、私たちはその危険性を知っているのだから、それは父や母の世代の人たちの過ちよりも何万倍もたちの悪い大きなツケだと思う。

私たちが今やらなければならないことは、美しい自然をこれ以上汚染させないということだけでなく、すでに破壊されてしまった自然を回復すること、そして自然の一部として、自然と共に生きる生き方を子供たちに伝えていくことだと思う。レジャーとして商品化された自然謳歌ではなく、生活と一体となった自然をね。

北海道の幌延の場合、アイヌモシリを侵略した和人が、さらにアイヌの母なる大地を永遠に回復不可能なほどまでに破壊するということだから、二重三重の意味で犯罪的だよね。計画推進勢力は「安全だ、安全だ」と言うけど、そんなに安全なら皇居の下にでも埋めてみろって言うんだよね！

核の問題は、単に核兵器や放射性廃棄物の問題ではなく、核サイクルの最初の段階＝ウランの採掘そのものを全面的に中止するしか根本的解決はないと思う。

今、ウランの採掘をやっている南アフリカ（アザニア）、ナミビア、オーストラリア、北アメリカ、カナダなどはすべて白人侵略者の国で、原住民を危険な採掘労働に駆りたて、タダみたいな安価な賃金でボロクズみたいに使い捨てにしており、ウランは地下から地上に出てくる時にすでに南アフリカの黒人や非アメリカのインディアン、オーストラリアのアボリジニなどのおびただしい血を吸ってしか出てこれない。インディアンやアボリジニたちは、何万年も何千年も前から、ウランの眠っている土地を聖地とし、聖地とその周辺を掘り起こしてはならないという掟を守ってきたそうだよ。全世界の科学者を集めたよりも、彼らの方がずっとずっと賢いよね。現代の科学者のアホどもは、地球を汚染し、破壊しただけじゃ気がすまず、今度は放射性廃棄物を宇宙空間に捨てて、宇宙まで汚染しようっていうんだから、こういう話を聞くと、もう人間やってるのがいやになってくる。

でも、人間だって昔からこんなに愚かだったわけじゃないんだよね。アイヌやインディアンやアボリジニなどの生き方や闘いを見れば、人間だってもともとは他の動植物と同じように、大地の子として美しく生きてきたのであり、その気になりさえすれば、この貪欲で恥知らずな現代文明に汚染されて生きてきた私たちだって、彼らのように美しい生き方をとり戻すことができるはずだものね。

私、人間をやっているのがいやになりそうになった時、タシナ姉（注・在日インディアン、イレーヌ・アイアンクラウドさん。インディアン名タシナ・ワンブリ）のこと思うと勇気と力が湧いてくるんだよ。彼女は、自分たちのこと話す時、いつも私たちは何百年も前から自然と共に平和に暮らしてきたって言い方するでしょ。インディアンだけじゃなく、アイヌの人たちもみんなそうだよね。何万年前の先祖のことを話す時でさえ、「私たち」という言い方をする。こういう感覚って今の日本人にはほとんどないよね。とくに左翼的進歩的と言われている人々は、万世一系をでっちあげ、血統でもって人を差別する天皇制やそれに続く部落差別、家父長的な家族制度、親の罪を子々孫々まで負わされた封建時代への反発から、先祖のことを話すことは血統をもって人を差別することとしてタブー視してきた面があるんじゃないだろうか。血統主義や封建制を批判することは、それはそれで正しいのだけれど、未来の子供たちに対してあまりにも無責任だね。自分たちさえよければそれでいいとする今の日本人のありようを見ていると、私たちが本当に未来を自分たちのものとしてとり戻すためには、タシナ姉たちのように、現在だけでなく過去や未来に生きる人々をも「私たち」として捉えていく感性をとり戻さなければと、最近ますます強く思うんだよ。

そうやって未来のこと、過去のこと考えていくと、日本列島に国家体制がしかれるようになったのは四世紀以降にすぎないし、アテルイたち東北の原住民が、十数万の大和朝廷侵略軍を向こうにまわし三〇年に及ぶ反侵略反日の独立戦争を闘い抜いた末に破れ、東北地方が日本の中央集権国家の支配下に組み込まれたのは、たった一〇〇〇年ぐらいの前のことにすぎないのよね。それ以前の蝦夷地《えぞち》は、日本（大和朝廷）にとって異民族の外国でしかなく、蝦夷はアイヌと同じように国家権力などつくらず、自由平等に自然と一体となって野山を駆けめぐって生活していたわけだものね。

征夷大将軍坂上田村麻呂の「蝦夷征伐」と言われているアテルイの戦いの敗北以降も、蝦夷の日本に対する抵抗闘争は終ったわけではなく、アテルイが処刑されてから七十数年後にも「元慶《げんぎょう》の乱」といって、出羽国の蝦夷と俘囚《ふしゅう》が叛乱を起こし、秋田以北の独立を要求して闘ったという記録が残ってるんだよ。侵略者たちによって書かれた歴史の中からは抹殺されてしまったものも含めると、無数の東北原住民の反日闘争があったはずだと思うよ。

例えば私の田舎にも、古代天皇制国家が「蝦夷征伐」のために築いた城柵・官衙《かんが》の中では最大規模と言われている宮沢遺跡というのがあるし、その他にも坂上田村麻呂が「蝦夷征伐」に際し、将兵の安全を祈って勧請《かんじょう》したという氷室薬師など、東北原住民と古代天皇制国家の闘いにまつわる史跡がある。郷土芸能の古川太鼓というのは、仁明《にんみょう》天皇の時代（八三三〜八五〇年）、奥州達谷《たっこく》が窟《いわや》に大獄丸という鬼神が住み、日夜百姓に危害を加えていたので、天皇の命を受けた坂上田村麻呂が鬼神を討伐したという故事に由来するものだという。大獄丸に率いられた東北原住民が、神出鬼没のゲリラ戦でいかに侵略者たちを悩ませていたかを彷彿させる話だよね。どれも侵略者側の遺跡や芸能だけれど、古川市内をざっと見渡しただけでこれだけのものが出てくるんだから、東北地方の古代史を調べてみたら、あちこちから似たようなものがたくさん出てくるでしょう。「前九年の役」（陸奥俘囚長、安倍氏の叛乱）や源頼朝による平泉の藤原政権（藤原氏は「東夷《あずまえびす》の酋長」と自称していた）の打倒を第二、第三の「蝦夷征伐」と考えれば、東北地方が名実共に日本の中央権力の支配下に入ったのは、一二世紀以降のことと言えるのだから、まだ八世紀しかたっておらず、プルトニウムの半減期（二四四世紀）に比べたら三〇分の一以下という、ごく最近のできごとにすぎないんだよ。

もし東北人の心の中にアテルイたちの魂が生き続けていて、彼らのことを「私たち」と言える心が残っていたなら、太平洋戦争当時、自分たちを侵略征服した天皇のためにアジア人民に銃口を向けるということは起こらなかったのではないだろうか。現在の東北人は、東北原住民と侵略征服者やその奴隷たちの混血や、他の地方から来た人など民族的にはゴチャゴチャしていてわからないのだから、これはもちろん血統的な意味で言っているのではなく、心、魂の問題としてね。私たちは長い間本当の意味での「私たち」を奪われ、にせの「私たち」――天皇陛下の赤子とか日本国民とか――を押しつけられてきたんだよね。そのために本当に友だちになりたい人とも友だちになれず、侵略の尖兵へと自分たちをおとしめてきたんだ。今こそ、本当の「私たち」をとり戻さなければね。心、魂としての「私たち」は、誰もが自由に選択できるわけだから、これから私は自分のことを「アジア人民を虐殺した皇軍兵士の子孫の日帝本国人です」と言うだけじゃなく、同時に「アテルイや大獄丸の子供です」って言っていこうと思うよ。

アテルイや大獄丸が今生きていたら、原発や核サイクル基地どころか、東北新幹線や縦貫道だってわれわれの母なる大地への侵略だと言って許さないだろうね。東北だけでなく、全国の原住民や民衆の歴史を掘り起こしていけば、私たち日帝本国人の中にも、アイヌや琉球諸島の人々のように、日本の支配者どもによって押しつけられた歴史や伝統文化とは違った、私たちが誇りとして受けつぐべき真の民衆の歴史や伝統・文化を発掘することができるのじゃないかと思う。

まだまだ私も知らないことばかりだけど、これから少しずつでも彰と一緒に勉強していきたいね。そして東北に帰ったら、「アテルイの子供たち」として恥ずかしくないような反日の闘いを作り出していこうね。

それじゃ、また！　元気でね。

あとがき（径書房版）

原稿の推敲作業も終りに近づいた五月一五日、最高裁より、口頭弁論期日を七月一一日にしたいが都合はどうか、との打診が弁護人にありました。

この知らせを聞いたとたん、私は胃がギューッと締まり固まってしまうのを感じました。口頭弁論が開かれて一、二か月後に判決があるというのが最高裁の一般的パターンであり、刑が確定してしまえば、一八歳の時からこの一八年間を共に生きてきた、大道寺将司・益永（旧姓片岡）利明の両君は、いつ殺されてしまうかわからないからです。

その後の弁護人の交渉により、七、八月は口頭弁論期日は入れないということになりましたが、年内にも判決があるかもしれないという厳しい状況です。

六〇年代後半から七〇年代初めにかけて青春を迎え、全共闘世代と言われた私たちの世代も小・中学生の親となり、社会の「中堅」となりつつある今日、日本の社会は私たちの青春時代とは比べものにならないほど右傾化し、人間疎外は進行しつつあるようです。かつて叛逆の代名詞だった若者たちの多くが現状肯定的な保守化の流れに呑み込まれてしまう中で、最も傷つきやすい子供たちが、登校拒否、学校や家庭内での暴力、落ちこぼれ、自殺等々の形で、今の社会のあり方に〝否《いな》〟をつきつけています。本当の生き方を求めて苦しんでいる者こそが孤独にドロップアウトせざるをえない、こんな社会をなぜ私たちは作ってしまったのでしょうか。

私の半生はずっこけの連続でした。今、やっと折り返し地点に立とうとしているにすぎません。「闘い」という意味で言うならば、出獄後こそが正念場と言えるでしょう。

この一年間、こうして過去を振り返る中で、喧嘩の絶えなかった彰との間にも新しい出会いが生まれ、私自身が、繁雑な日常の中でともすれば忘れがちになってしまっていた私という人間の根っこと出会えたような気がします。そして、多くの人々との出会いの中で、今の私があることを感謝の気持ちで思うのです。

まだまだ長い道のりを試行錯誤しながら歩んでいかなければなりません。この本がそんな人々との出会いの一助になれば、これほどうれしいことはありません。

高い塀と鉄格子という障壁を乗り越えて、この本の企画から完成に至るまで、あたたかい励ましとアドバイスを送ってくださった後藤護さん、田中伸尚さん、竹本信弘さん、素晴らしい絵を表紙のために提供してくださった故丸木スマさん、スマさんの絵の使用を快諾してくださった丸木位里さん俊さんご夫妻、そして出版を快く引き受けてくださった径書房の皆さん、とりわけ、私のつたなく未熟な文章について多大なるご指導ご援助をいただき、お忙しい中、何度も東京拘置所まで足を運んでいただいた原田奈翁雄さん、山崎啓子さんに、心よりの感謝とお礼を申し上げます。

一九八六年六月一六日

あとがき（径書房版）

「現代教養文庫」のためのあとがき

一九八七年一一月、私は一二年半ぶりに塀の外に出た。自由の身になったとはいえ、高い塀の中には、死刑が確定した大道寺さん、益永さん（旧姓・片岡）らが残されたままであり、私の獄外における一歩、一歩は、いやおうなしに三菱重工爆破事件で犠牲となられた八名の方々や自死したとされる姉たちの視線から自由ではありえなかった。

私は、今でも姉の無念の死を思うとあふれる涙を押さえることができない。三菱重工爆破で殺されたご遺族の方々にとっても、闘いの途中で自死した斎藤和さん、藤沢義美さんのご遺族にとっても同じだろうと思う。

「時代が人を作ります。しかし時代を創り出していくのも人間自身に他なりません。作られながら創り出していく。それこそが、人間ひとりひとりが一回かぎりの生を自分自身のものにしていくということの中身であり、生きていることに負わされた大事な責任であり、意味なのではないでしょうか」

本書の原版が出版されたとき、出版に力をそそいでくれた径書房の原田奈翁雄氏が本書へくださった言葉である。

今や日本人は、朝鮮人・中国人強制連行も、従軍慰安婦も、南京大虐殺も歴史から抹殺することができなくなった。抹殺しようとする者は、閣僚の椅子にも座れない時代となった。

事実を事実として認めるという、ただそれだけでも何と戦後半世紀の歳月を要している。従軍慰安婦を強制されたハルモニ（おばあさん）たちや花岡で虐殺された中国人遺族や生存者の人びとが、少しでも納得のいく謝罪と補償を日本政府からかちとるのに、あと何年の歳月が必要なのであろうか。

他のアジア諸国の人びとにとって当たり前のことが、日本人にだけはまったく通用しない――そんな日本人社会の歪みを私は「日本の中の日本」である監獄で見た。

栃木刑務所でのことである。運動会の入場行進で、所長ら当局側の幹部職員と来賓席のテントの前で全員が右手を高く挙げて敬礼をし、「君が代」をバックに「日の丸」に脱帽することを強制された。運動会の練習日、私は親しくなったフィリピン人にナチスのような敬礼や「日の丸」への忠誠を誓う脱帽は私にはできないと話した。「君が代」の歌詞の意味を聞くと、彼女は目をまん丸くして「クレイジー！」と叫び、「まり子がやらないなら私もやらない」と断固拒否を貫いた。その時、香港系中国人が前の年、たった一人で敬礼を拒否したことを聞いた。彼女たちにとって、日本人にはおなじみの敬礼は「ハイル、ヒットラー」を連想させ、「日の丸」は彼女たちの国を蹂躙した侵略者の象徴と映る。

日本人なら誰もが知っているだろう。このような光景は国体を始め日本国中の体育祭、運動会などで日常的に見られることを。そして、たとえどんな道理があろうとも周りの人がみんなやっていることにひとり「否」を叫ぶことがどれほど困難であるかを。しかも、これは監獄の中のことであ

る。「担当抗弁」罪という、いわゆる「口答え」が処罰の対象として正々堂々と明記されている絶対権力下である。拒否することによってどのような懲罰が待っているかわからなかった。私自身、厳正独居（昼夜独房に拘禁し、他囚と一切接触させない）入りを覚悟してのことだった。

日本人被収容者と彼女たち外国人被収容者のきわだった違いは、日本人にとっては、価値の基準は自分にはなく、「みんながやるか、やらないか」にあるのに対し、彼女たちにとっては他の人がどうであろうと自分は自分であるという「個」が確立しており、自己主張があるということだった。そのために他の日本人被収容者からは「うるさい」「わがまま」と非難の声も聞かれた。力ある者には群れる習性が、まるで遺伝子に組み込まれてでもいるかのように身についている日本人の個としての未熟性を思わないわけにはいかなかった。

現代は情報化社会といわれるが、監獄では露骨に都合の悪い情報はすべて墨塗り、削除である。すでにおわかりのように本書は獄壁の中で書かれた手紙によって構成されている。ところが、原稿を外に出す段階で東京拘置所は三四カ所にわたってカッターで切り抜き削除した。これに対して東京地裁は、一九九一年三月、原告である私に一〇万円の損害賠償金を支払うよう国に命じた。一審では勝訴したが、今、控訴審の最中である〔国を相手にしたこの民事訴訟は、控訴審においても勝利し、確定した〕。国側は、裁判の中で削除理由を次のように述べている。

「右信書の内容がやがては出版されて不特定多数の者の目に触れることが予想されたこと、（略）このまま発信を認めることにより、外部の人が本件削除箇所をそのまま真実と誤解し、同拘置所に対するいわれのない不信感、非難等が生じて、ひいては、同拘置所の正常な管理運営に著しい支障を生じる相当の蓋然性が認められたため、三四カ所の記述を抹消したものである」

法務省の中には人権擁護委員会というものもあって、一応、人権問題をも取り扱う国の行政機関ということになっている。その代表者の法務大臣がこのような主張をして平然としている。「思想・表現の自由」とか「情報公開条例」とか、どこの国の話しかと耳を疑う。

この裁判とともに、私たち（「東アジア反日武装戦線」の元被告たち）は、獄中者の新聞を読む権利、死刑囚が死刑の実態を知る権利を求めて提訴した。

犯罪を犯したとの容疑をかけられ、拘置所に収容された被告の多くはお金がなく、差し入れがない限り新聞を読むこともできない。長い間、社会のニュースから切り離された生活を強いられることによって、社会の動きがわからなくなり、「獄ボケ」となる。その結果、ただでさえ困難な社会復帰がいっそう難しくなり、再犯へと追い込まれる要因ともなっている。監獄当局は新聞差し入れを「検閲に手数がかかる」というだけの理由で認めようとしないのだ。

獄中者も人間であり、社会の中の一員であるとの感覚があれば、簡単に実現できることではないだろうか。

死刑制度を温存させているのは「先進国」の中では日本とアメリカの一部の州のみである。しかし、ひとつだけ大きな違いがある。アメリカでは死刑に関する情報はオープンであり、死刑囚は外部に電話もできるし、死刑囚の監房にマスコミの記者が入って取材することさえ許されているのに、日本では、秘密密行主義が徹底していることである。死刑が確定すると親族との交通（文通、面会、差し入れなど）すら認めないこともある。

「あんな奴は死刑にしてしまえ」と、「凶悪犯」が逮捕されるたびに「勧善懲悪」の「正義漢」が声を大にするが、死刑を宣告された人びとがどのように生き、どのように殺されていくのかを知っている人はほとんどいない。

死刑囚が裁判の過程で死刑に関する判例を読みたいと思うのは、防禦権行使のうえからもあまりにも当然のことだろう。ところが、東京拘置所は大道寺さん、益永さんが「別冊ジュリスト・刑法判例百選」という判例集を読もうとしたところ、死刑の執行方法についての記載がある部分を「死刑の実態を知ると情緒不安定になり、ますます死刑廃止運動を激化させる恐れがある」との理由で抹消したのである。「おまえは生きて償いをする資格がない。死んでお詫びしろ」と命ずる国が、どうやって死ぬのかは教えられないという。この二つの訴因については一審においても原告側敗訴、つまり、裁判所も拘置所のやり方を支持したのである。

本当に知らなければならない情報からは遮断され、知る必要もない情報にふりまわされることの何と多いことか。

出所後、繁雑な日常の生活に追われ、じっと静かに風の音に耳をそばだてるような時間を失っている私だが、自分を見失いそうになった時、いつも思い出すのは第二の心の故郷である。それが、私にとっての監獄である。

最後に、本書の文庫本化を快諾してくれた径書房、出版にあたってお世話になった社会思想社の栗林俊弘氏、ノンフィクションリーズに加えていただいた佐高信氏にお礼を申し上げたい。

一九九四年六月

「現代教養文庫」版解説――人の精神の輝きを見る

松下竜一

一九七五年五月一九日、午後九時二十六分上野駅着の特急「ひばり12号」で仙台から護送されて来た荒井まり子を待ち受けていた報道陣は、一様に驚きの声を洩らした。おかっぱ頭の彼女がまだ高校生のようにあどけなくて、凶悪なる爆弾犯というイメージからは余りにも遠い印象だったからだ。東北大学医療技術短大生荒井まり子は、このとき二十四歳であったのだが。

そのときからおよそ十年後、獄中の彼女と面会した田中伸尚（ノンフィクション作家）がその印象を次のように述べている。

〈穴のあいたプラスチック製の衝立を隔てて彼女に初めて会ったとき、少女だと思った。ことばを交しても少女だ、と感じた。そのとき彼女はたぶん東拘に入れられて十年近かったはずである。なのに、たったいま菜の花畑から連れてこられたばかりのようだった〉（『草の根通信』一六九号）

三十四歳前後であったはずの女性をつかまえて、〈たったいま菜の花畑から連れてこられたばかりのよう〉な少女とは、感傷に眼をくもらされてのあまりにも不自然な誇張表現ともとられかねないところだが、しかし本書冒頭の「上古川の四季」にたちまち引きこまれていくとき、読者は田中仲尚の的確な表現を心からうべなうだろう。「上古川の四季」は、まさにさっきまで菜の花畑の色に染まっていた少女のような心を持つ人によって描かれた世界にほかならないからだ。

だが、考えてみればこれは稀有なことなのだ。本書を読み進めていくにつれて、読者はそのことに気づき粛然とするだろう。彼女は十年以上を単に静かに獄中に隔離されていたのではない。拷問とも呼ばれるべき無法なまでの凄まじい獄中処遇にさらされていたことがわかる。（本書に先立って荒井まり子獄中書簡集『呼び声は獄舎を越えて』という私家版があるが、それにはよりなまなましく凄絶きわまりない獄中処遇が伝えられている。まさに東拘番外地である）

十年以上の歳月を想像を絶した仕打ちにさらされながら、しかし荒井まり子は心の裡《うち》に抱く世界をいささかも奪われ穢されることはなかったのだ。そのことに気づくとき、人の精神のしなやかさ、勁《つよ》さ、いかなる外圧によっても冒されることのない尊厳といったことを思わずにはいられないだろう。

先にこの現代教養文庫版「ベスト・ノンフィクションシリーズ」の一冊に収録された拙著『狼煙《のろし》を見よ』〔現在は河出書房新社刊『松下竜一その仕事』二二巻に所収〕で、私は東アジア反日武装戦線〝狼〟部隊の首謀格大道寺将司が爆弾に至るまでの軌跡を追っている。（いまにして思えば、荒井まり子が本書を獄中で綴っているときと、私が『狼煙を見よ』を書いている時期は重なっていたことになる）

私が『狼煙を見よ』を書こうと思い立ったのは、獄中から貰った大道寺の手紙を読んで疑問を覚えたことに始まっている。多数の死傷者を出した爆弾事件の主犯として、大道寺将司は社会的には〝無差別テロリスト〟〝思想なき爆弾魔〟〝冷酷無比な殺人者〟などなどの凶悪イメージで塗りこめられていた。私とて決してそれらをうのみにしていたわけではないものの、できればかかわりを持ちたくない遠い存在として彼を関心の埒外に追いやっていたことは確かで、それが獄中からの一通の手紙によって考えこまざるをえなくされたのだ。

大道寺将司の素顔は、世上に流布されたそんなレッテルとはまったく違うのではないか。その疑問から私は東京拘置所の大道寺と面会し、文通による取材を続けることになる。（それなのに、同じ東拘にいた荒井まり子と一度も面会しなかったのは、私の人見知りの激しさのせいだといえば、いい年をしてと笑われるだろうが）

そして、私は知ることになる。彼らはあまりにも誠実に生きようとしたために、爆弾にまでいってしまったのだと。大道寺らが三菱重工本社へと警告の爆弾を仕掛けるに至るまでの闘争の出発点を、本書の中の次のような記述に見ても的はずれではあるまい。

〈「沖縄」や「ベトナム」のデモに参加し、「沖縄」「ベトナム」について学び始めた私は、これまで知らなかった真実の前に愕然とせざるをえなかった。日本の戦後の「平和」なるものは、沖縄を基地の島として米軍に売り渡すことによって初めて保たれてきたものであり、沖縄人民には戦後の「平和」など全く無縁のものでしかない。毎日毎日ベトナム人民を虐殺している米軍の飛行機は沖縄から飛び立ち、沖縄に帰ってくる。三菱をはじめとした侵略大企業は、米軍に戦略物資や兵器を供給することによって大儲けをし、日本総体がベトナム特需によって高度経済成長なる繁栄を謳歌している。ベトナム人民の虐殺に手を貸しているのは私たちの国、日本であり、「ベトナム戦争を何とかしてやめさせられないのか」と他人事のように考えていた私自身が、そうした日本の中でベトナム人民の虐殺、沖縄人民の苦しみに加担し、その血と屍の上に築かれた「平和と繁栄」の中で

生活していたことに気づかされた〉

そう気づいたとき、大道寺ら〝狼〟はいたたまれずに行動を起こした。気づいてしまった自分をごまかすことができないほどに、彼らは誠実であったということなのだ。そして、丸の内の大惨事を惹《ひ》き起こしてしまう。人を殺傷する意図のない警告爆弾のはずが、彼らの予測をはるかにうわまわる爆発力を発揮して悲劇を呼んでしまったのだ。

そのことで彼らを無差別大量殺人者として糾弾することはたやすい。だが、時代の痛みにも気づかず、あるいは気づいていても知らぬふりをしていた者が（行動しなかったがゆえに失敗もしなかっただけのことで）、行動を起こしたがゆえに大きな失敗をしてしまった者を威丈高に指弾できるだろうかという思いは、『狼煙を見よ』を書き進むにつれて私の中でつのっていった。なによりも、そのことで一番苦しみ抜いているのは獄中の〝狼〟たちなのだ。

荒井まり子は、企業爆破事件の実行犯ではない。謀議にすら関与してはいない。第一、仙台のアパートで事件を告げるラジオの臨時ニュースに衝撃を受けた彼女は、「三菱重工を爆破した人たちはどんな人たちなのだろう。やった人たちは巻き添えの死傷者を出すことを容認してやったのだろうか」と思い悩んでいるのだ。その彼女が「精神的無形的幇助行為」という前代未聞の容疑で逮捕され、八年という重刑を科せられていくのだ。（しかも本書執筆時点でも未決勾留十一年という不当を強いられている）

これはもう、荒井まり子の〈思想〉が罪に問われていることにほかならない。大道寺将司らと〈反日思想〉という思想を共有していることが罰せられているのだ。思想信条の自由を保障した日本国憲法下の裁判所で、ハレンチにも「精神的無形的幇助行為」なる詐術によって思想が罰せられていくのである。
〈何もやっていないうちに逮捕されてしまった私の闘いは、逮捕されたことによって始まったと言っていいと思う〉と彼女は記しているが、思想が罰せられている以上、彼女は獄中で全人格を賭けて闘わざるをえない。獄中処遇に抗する凄絶な彼女の闘いは、荒井まり子を荒井まり子たらしめている思想を守る闘いにほかならないのだ。

ここで私は、この一冊の中の最も美しいと思われる一節を引かずにはおれない。
〈今日、外に出た時、あたり一面が秋の光に満ちていて、その中にキラキラ白く輝きながら舞うものがあったので、そっと手のひらですくってみたら、小さな小さなクサカゲロウだったよ。私の手の中に入っても、じっとしていて、少しも逃げようとしなかった。赤銅色のピカピカの目に、柔らかい緑の体、透きとおった絹の衣のような羽もほんの少し緑色がかっていて、それが太陽の光を受けて虹色に輝くの。その気品あふれる美しさは、草たちの精霊のよう。うどんげの花（クサカゲロウの卵）は吉兆だというから、今日の彰のおとうさんの手術、きっとうまくいくと思います〉

ここで虹色に輝いているのは、ついに重刑攻撃にも陰湿な獄中処遇にも屈することのなかった彼女の裡なる精神なのだと、読者は気づかないだろうか。

本書は、荒井まり子が獄中結婚した相手である彰にあてて書かれるという語り口となっている。結婚といっても、獄壁で隔てられて〈まだ指一本触れあうことができない〉相手である。本書の語り口のやさしさも、むべなるかなである。

本書の執筆を慫慂《しょうよう》した仕掛け人の一人である田中伸尚が明かしている。〈彼女が原稿を書いて彰クンに渡し、ゲラ刷りを彰クンがたった三日間で校正し、古川から父を呼んで事実確認をした〉

もちろん、獄中から発するものには拘置所による検閲がある。本書でも獄中処遇を暴露する部分については数十か所にわたって墨塗り抹消という妨害があったが、〈しかし彰クンと彼女の息の合った巧みなプレーで原文を復活させることができた〉として、田中は〈この本はまり子さんと彰クンの合作ともいえる〉（前掲『草の根通信』）と結論している。

刑期を終えて社会復帰した荒井まり子さんと彰氏が家庭を築き、二児を成していることを最後に付記しておこう。

いや、もうひとつ付記したいことがある。『狼煙を見よ』を執筆していていつまでも哀切な思いが残ったのは、この事件の中で自死した荒井まり子さんの姉なほ子さんのことである。せめて一言なりと「虫めづる姫君」に言及せずに、この小文を終えることが私にはできないのだ。

（作家）

〔松下竜一さんは二〇〇四年に六七歳で逝去された〕

跋——希望の書

鎌田 慧

「荒井まり子を知っていますか?」

弁護士の内田雅敏さんから電話があって、おお、とわたしは声をあげた。懐かしい名前だ。彼女の『子ねこチビンケと地しばりの花』は、心に残る本だった。会ったことはない。が、よく覚えている。その本が復刊されるので、なにか書いてほしい、との依頼だった。

二四年前、わたしは、この本を読んで、「やさしい精神」というタイトルで、推薦文を書いていた。やや早熟で、感受性豊かな女性が、大学受験に合格して、東北の小都市から東京にやってくる。六九年、東大・安田講堂闘争は陥落していたが、いくつもの大学に、まだ全共闘運動は燃えさかっていたころの話である。

東京に出てきたばかりの荒井まり子は、街で足の不自由な老人が、ストリップショーの看板を背負って歩いているのをみて、涙を流す。そんな優しさと正義感が、ベトナム戦争反対の運動に撹拌《かくはん》される。政治の季節だった。

彼女のおなじクラスに、大道寺将司がいた。彼女は彼の研究会に参加して、世界を見る視点を確立しようとする。この出会いが彼女の一生を決めることになる。が、彼はやがて非合法の爆弾闘争にはいっていく。

彼女は八人の死者と三八五人の負傷者をだした三菱重工爆破事件には、まったく関与していなかった。それでも逮捕され、一二年半ものあいだ拘留される。罪名は「精神的無形的幇助罪」。とらえどころのない罪状だが、精神自体が犯罪、という判決だった。

明治の末期、大逆罪で処刑される直前、管野須賀子は書いている。

「総《すべ》て煙の様《よう》な過去の座談を、強《し》ゐて此《こ》の事件に結びつけて了《しま》った」。

時代を超えて、治安検事は手柄を狙っている。ひとをひとと思わぬ強暴と出世主義。「功名、手柄を争って、一人でも多くの被告を出そうと苦心惨憺《さんたん》」(「死出の道艸《くさ》」)。

ひとりでも被告の数の多い方が手柄になる。それに仲間が多いほうが、社会的な恐怖心を煽り、罪状もおどろおどろしいものになる。それで荒井まり子は、「懲役八年」の判決になった。そればかりか、本件に算入されなかった未決の四年半が加わり、合わせて獄中一二年半、このデタラメぶりが、爆弾闘争への見せしめでもあった。いまからでも、冤罪事件として闘えるはずだ。

荒井まり子の柔らかな心は、故郷の山や川や草木、さらには小動物や虫など、自然そのものによってつくりだされていた。それが東京に出てくるまでの回想に、よくあらわれている。タイトルの「子ねこチビンケと地しばりの花」は、彼女をとりまく、童話的な世界のことである。拘置所にいても寄ってくる野良猫をかわいがり、運動場で植物を育てる。

子どものころ、彼女に草花や昆虫の名前や特性を教え、一緒に住んだ東京のアパートの軒先に、小さな畑をつくって野菜や花を栽培していた姉は、妹が逮捕されたあと、列車から飛び降りて自死を遂《と》げる。姉を運動に引きこんだのは彼女だった。

父親は高校の教員だった。右翼ばかりか共産党まで、「娘を人殺しにした教師はいらない」と、実家のまわりを宣伝カーでまわっていた。ことほどさように「爆弾魔」にたいして、世間の圧迫がひどかった。

丸の内の三菱重工ビルに爆弾を仕掛けたあと、大道寺など「狼」グループは予告電話をかけて、社内とその周辺のひとたちを待避させようとした。ところが、なんどかけてもいたずら電話とまちがえられ、相手にされなかった。動顚と苦悩、荒井まり子は彼らの苦悩を引き受けようとする。

「〝あの時代〟、熱い青春を彼らと共に生き、共に闘い、同じ志を抱いていた私にとって、彼らの苦しみは私の苦しみだった。彼らの苦悩の探さは到底はかり知れないにしても、私には彼らの苦しみを少しでも共に背負って闘っていこうということ以外何も考えられなかった」

この類《たぐ》いまれな精神性が、起訴され、有罪にされたのだ。「共助」、「共苦」というべき彼女の同志愛は、彼女独特のものだった。

「この後、シャバに出られることがあったとしても、爆弾魔のテロリストとして白い眼で見られるだけで、共に闘える仲間は誰もいない。このまま闘えずに一人だけ生き残るくらいなら、いっそのこと〝狼〟と共に闘った者として死んでいきたい」

たしかに彼女には、孤立感と疎外感が人並み以上につよかった。自分だけ無罪でいることに耐えられなかった。一体感をもとめて、自分も罪を背負うべく、「狼」グループの一員だ、と嘘の供述を重ねて検事に協力、調書を録取させた。一体性を強調して、まんまと「狼」の幇助者となった。

しかし、実行犯でも共謀犯でもなく、「幇助犯」という聞き慣れない犯罪者の出現は、検事の「一人でも多く被告を出そうとする苦心惨憺」の結果だった。明治時代の秘密裁判における検事の欲望と実行は、現代では犯罪になるはずである。

もっとも不幸なひとびとと一体になり、ともに生き、ともに苦しもうとする心根は、シモーヌ・ヴェイユの生涯を彷彿させる。『工場日記』に序文を寄せている、アルベルチーヌ・テヴノンは、シモーヌ・ヴェイユの生涯についての二つの意見、「彼女は聖女だった」と「彼女のような一生がなんの役に立ったのか」との対立する意見を紹介して、つぎのように書いている。

「こういう無償の苦しみが彼女を一人の証人にしたのではないか。そこで、この証人の純粋さと誠実さは、決してうたがうことはできないのである」

「こういう苦しみのゆえに、彼女は、おどろくべき同情心を与えられ、人間のありとあらゆる悲惨さを見とおすことができるようになったのではあるまいか」

この本には、時代の精神が記録されている。若者たちの闘争は、ひとびとに支持されていた。爆弾闘争はその読みちがえだった。

ひとりの若い女性の悪戦苦闘ぶりが、悲惨に陥らず明るい報告になっているのは、この手紙の相手が、彼女の獄中結婚者という、まどろっこしい存在であることにも規定されている。噛んでふくめるような描写が、ユウモアを醸しだしている。

この本は、若者たちがこれから絶望せずに生きていくための、もっとも有効な手本である。

（ルポライター）

著者紹介

荒井まり子（あらい・まりこ）
　1950 年、宮城県に生まれる。1969 年法政大学文学部史学科に入学するが、翌年中退し、アルミ工場、ビニール工場で働いた後、73 年東北大学医療技術短期大学部看護科に入学。75 年東アジア反日武装戦線“狼”グループの一員として逮捕され、「精神的無形的幇助」で一審懲役８年、控訴審、上告審ともに棄却され、87 年出所。
　現在、福祉関係の仕事にたずさわっている。

子ねこチビンケと地しばりの花
未決四十一年の青春

2010 年４月 19 日　第１刷発行

著　者　荒井まり子

発行所　株式会社風塵社《ふうじんしゃ》
〒 113-0033　東京都文京区本郷 1-10-13
TEL 03 − 3812 − 4645　FAX 03 − 3812 − 4680

印刷：吉原印刷株式会社／製本：株式会社越後堂製本
装幀：大江晃世・瀬頭陽

好評既刊

でもわたしには戦《いくさ》が待っている

斎藤和［東アジア反日武装戦線大地の牙］の軌跡

東アジア反日武装戦線への死刑・重刑攻撃とたたかう支援連絡会議編
A5判、512P、定価2625円（税込)、2004年刊行

東アジア反日武装戦線大地の牙部隊に参加し、1975年5月19日の一斉逮捕時に青酸カリ入りカプセルを飲んで自死した斎藤和《のどか》さんの鮮烈な生涯を、証言と資料を中心に甦らせた。

【本書の内容】

第1章　東京行動戦線から東アジア反日武装戦線へ　太田昌国

第2章　斎藤和さんをめぐる証言

久田恵／福田隆三／朝倉喬司／竹田賢一／川仁宏／平岡正明／中野英幸／きたの卓司／北川フラム／大道寺将司／黒川芳正／向井孝／浴田由紀子／佐々木祥氏／佐々木規夫／松田政男

第3章　カズ君への手紙　浴田由紀子

資料編

兵器工場（日特金）攻撃事件冒陳／『中国人は日本で何をされたか』／『腹腹時計ＶＯＬ．１』／七五年七月一九日集会アピール／大道寺将司さんの証言／浴田由紀子さんの書簡から／浴田由紀子最終意見陳述書／斎藤和略年譜

跋　宇賀神寿一

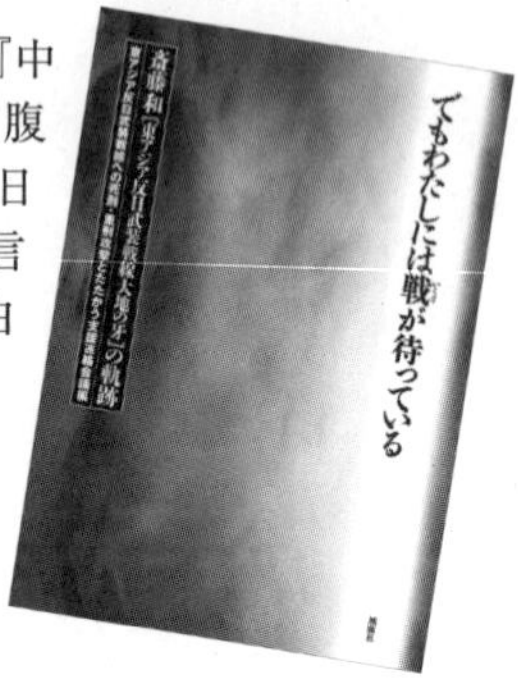